ショコラの罠と蜜の誘惑

桜舘ゆう

YU SAKURADATE

Noche

NB

ノーチェ文庫

登場人物紹介

ユリアナ

レオーネ子爵家の一人娘。
レオハルトに淡い想いを寄せ、
グレヴィアを姉のように慕っている。
引っ込み思案だが優しい心の持ち主。

レオハルト

ターラディア王国の王太子。
自分にも他人にも厳しい美青年。
ユリアナを妹のように可愛がる一方、
強く執着している。

クエスト
レオハルトが最も信頼する従者。
ジェラル
グラフォート侯爵家の子息。何故かレオハルトとグレヴィアの仲を気にしている。
ミルゲル
トルネア王国の王配殿下。ターラディアへ来たのには、理由があるようで……？
シスター・アリエッタ
ユリアナの親友。物腰が柔らかく、気品に満ち溢れている。
グレヴィア
アルベティーニ公爵家令嬢。レオハルトの花嫁候補のひとり。趣味はお菓子作り。

目次

ショコラの罠と蜜の誘惑

石造りの教会の窓から太陽の光が差し込み、祈りを捧《ささ》げる少女を照らしていた。

少女は、タ—ラディア王国の子爵令嬢、ユリアナ・レオーネ。

暖かな日差しを浴びて輝く彼女のストロベリーレッドの巻き髪には、白い花やレースのリボンが飾られ、十八歳のうら若い乙女の愛らしさを引き立てている。

ユリアナは恭《うやうや》しく木の床に跪《ひざまず》き、ラーグ神の石像の前で熱心に祈り続けていた。

穏やかで優しい世界が、ずっと続きますように。

皆が健《すこ》やかに過ごせますように——と。

王宮の近くにあるこの小さな教会で、ラーグ神に祈りを捧げることは、ユリアナの日課だった。
タ—ラディア王国は王室を始めとして、国全体がラーグ神を唯一の神として奉《ほう》ずるラーグ教を信仰している。

両性具有《りょうせいぐゆう》のラーグ神は、ときに男性、またあるときには女性の姿で現れる。そして人の世に降臨《こうりん》し、人間と結ばれ子を儲《もう》け、世界を繁栄に導《みちび》いたと伝えられている。

子は財を成し、国を興隆《こうりゅう》に導く。そんなラーグ教の教えが根強いターラディアでは、子は多ければ多いほどよいとされる。王族に至っては、婚姻から一ヶ月公務を休み、その間は子作りに励《はげ》まなければならないほどだ。

ユリアナは髪に結ばれたレースのリボンを揺らしながら顔を上げると、自身の家のことを思い、そっと溜息《ためいき》をついた。

子は財を成す。けれど、レオーネ家の子はユリアナひとり――

「あまり熱っぽく見つめていると、ラーグ神が心を動かされ、ご降臨されますよ」

ふいに、からかうような声が小さな教会に響いた。

ユリアナが声のした方向を見ると、修道服を着た、年若い女性が立っていた。彼女はこの教会のシスターで、名前はアリエッタという。

アリエッタは三年前に亡くなったシスターの後任として、この教会にやってきた。

黒い修道服に同色のベールを被《かぶ》った彼女は、華やかな色のドレスやきらびやかな飾りをつけずとも十分に美しく、並々ならぬ気品を感じさせる。

ユリアナはアリエッタがどこの国で産まれて、どういういきさつでシスターになったか知らない。

しかし、彼女の身のこなしは、ユリアナの知る貴族の令嬢たちと変わらず上品だった。だからユリアナは、アリエッタはどこかの国の貴族だったのではないかと考えている。それは推測に過ぎないものの、ユリアナが彼女に親近感を抱《いだ》くには十分な理由だった。そのため、アリエッタならわかってくれるかもしれないと、つい彼女には様々な相談をしてしまうのだ。

「ラーグ神が私などを見初《みそ》めてくださるとは思えません」

ユリアナがそう返事をすると、アリエッタは口元に手を添えて優雅《ゆうが》に微笑《ほほえ》んだ。

「それはどうでしょう？　ユリアナのような可愛《かわい》らしい娘に、こうも日々熱心に祈られては、ラーグ神も心を動かされるように思いますけど。特に、今日のドレスはいつもとは違う雰囲気ですし」

「こ、このドレスはお姉様にいただいたもので……ラーグ神に対して、どうというものでは……」

白磁《はくじ》のような頬《ほお》をうっすら赤らめて反論するユリアナを見て、アリエッタはおかしそうに笑った。

ユリアナが告《つ》げたお姉様というのは、彼女の実の姉の話ではない。お姉様——アルベティーニ公爵家の長女グレヴィア。彼女はユリアナの幼《おさな》なじみで、ユリアナが赤子の頃からの付き合いだ。

そんな彼女がつい先日ユリアナに贈った淡《あわ》いエメラルドグリーンのドレスは、スクエアネックの豪奢《ごうしゃ》なデザインだった。

スカートは幾重《いくえ》にも重ねられたオーガンジーでできた愛らしい作り。しかし、胸元はサイズを間違えたのではないのかと思うほど大きく開いている。大切なお姉様からの贈り物ではあるが、こういったドレスは、自分にはまだ早いのではないかとユリアナは気にしていた。

それ故《ゆえ》に、アリエッタに『いつもと違う』と言われ、羞恥《しゅうち》に耳まで熱くなってしまう。

「清純なユリアナにしては、デザインが少し大胆だとは思いましたが、似合っていますよ？　大人っぽくて美しいわ」

賛辞《さんじ》にますます頬を赤く染《そ》めるユリアナを、アリエッタは微笑ましそうに見ている。

「とにかく、お座りになって」

アリエッタは、ユリアナを促《うなが》した。

ユリアナはオーガンジーの裾《すそ》をひるがえし、勧《すす》められるまま腰を下ろす。

ここは小さな教会だが、三人掛けの木製の椅子《いす》が左右に八脚ずつ備え付けられており、内部はそれなりに広い。

アリエッタひとりでこの教会を管理しているため、以前「大変ではないか？」と聞いたことがある。しかし彼女は「ひとりのほうがいいのよ」と笑っていた。

「今日もこのあとはお茶会に行くのかしら？」

「は、はい……」

アリエッタからの問いかけに、ユリアナは少し俯《うつむ》いてしまう。

お茶会というのは、王宮庭園内にある石造りの小宮殿の一室で、ほぼ毎日行《おこな》われているものだ。

ターラディア王国は、一年を通して春のように温暖かつ穏やかな気候で、常に美しい花が咲く国である。王宮庭園はそんな花々に彩《いろど》られており、ユリアナたちがお茶会をする小宮殿もまた、緑と花に囲まれていた。

手入れの行き届いた花々の中で、美味《おい》しいお茶とお菓子を楽しむ贅沢《ぜいたく》な日々。しかし、ユリアナは最近、ほんの少しだけ憂《うれ》いを覚えていた。

何故ならお茶会の参加者は、この国の王子レオハルト・グランシャールと、彼の親戚にあたるグレヴィア、そしてユリアナの三人だけ。

彼らはユリアナに対して本当の妹のように接してくれている。だからといって、自分も同じように思ってしまってもいいのだろうか。それを考えると、ユリアナはいつも心苦しくなった。

レオハルトはこの国唯一の王子であり、グレヴィアも公爵家の令嬢。一方でユリアナは、貴族とはいっても子爵家の娘である。

グレヴィアの場合、レオハルトの従兄妹《いとこ》かつ花嫁候補であるから王宮への出入りが許されているが、自分はどうだろう？　ユリアナはそこまで考えて溜息《ためいき》をつく。

（駄目……なのよね。本当は）

なにも考えずに、無邪気《むじゃき》に彼らと遊んでいた昔とは違う。ユリアナ自身は、今でも彼らを兄と姉のように敬愛している。けれど、レオハルトと親しくすることについて、周りの貴族はそれを許さない空気を醸《かも》し出していた。

（ううん……周りの人たちばかりではないわ）

レオハルトも、貴族たちと同様に考えているのではないか。

いつからか、レオハルトはユリアナといるときに、妙《みょう》に思い詰めた顔をするようになった。なにかきっかけとなった出来事があった気がするのだが、それがなんであったかは思い出せない。

思い出そうとしても、ガーベラに似た真っ白な花の姿だけが脳裏《のうり》に浮かぶのだ。

自分のせいでレオハルトが思い悩んでいるのなら、再《ふたた》び同じことをしてしまわないように、きっかけを思い出さなければいけないのに――

（お兄様とお姉様……早くご結婚されればいいのに）

レオハルトとグレヴィアは、今年でそれぞれ二十四歳と二十三歳。年齢的にも、そろそろふたりが結婚するのではないかと噂《うわさ》されている。ユリアナも、ふたりはとてもお似合いのカップルであり、次の王妃にはグレヴィアが相応《ふさわ》しいと考えていた。

美しくて優しいグレヴィア。そして美貌《びぼう》の王子と呼ばれる怜悧《れいり》なレオハルト。

ユリアナは、ふたりが自分とは違う世界にいるように感じていた。

だからこそ、ユリアナはふたりに結婚してほしかった。優しいグレヴィアなら、レオハルトのいる世界から、ユリアナを追い出したりはしないだろう。

「……私、このままでいいのかなって思っているんです。シスター・アリエッタ」

「それはどういった理由で？」

「レオハルト様もグレヴィア様も、ご兄妹がいらっしゃらないこともあってか、私を可《か》愛《わい》がってくださいます。けれど、いつまでもそれに甘えてはいけない気がして……」

ユリアナがぽつぽつと話すのを、アリエッタは静かに聞いている。

「なかなか子ができなかったレオーネ家をずっと案じていたおふたりのご両親が、私の誕生を喜んで、おふたりと交友を結ばせてくださったことは、とても嬉しいのです……でも」

「ユリアナはレオハルト王子をどのように思っているの？」

「尊敬すべきお兄様だと思っています」

「そう」

アリエッタが何故そんなことを聞いてきたのか、ユリアナにはわからなかったが、そのまま話を続けた。

「物心がついたときから、おふたりが傍《そば》にいてくださったので、私はそれを当たり前のように思っていましたが、本当はいけないことなのだと……最近は、そう思い始めていて」

「……ユリアナはどうしたいの？」

「私は……」

このままではいけないとわかっていながら、このままでいたいと望んでしまう。

ユリアナはアリエッタの問いに答えられず、そっと顔を上げてラーグ神の像を見つめた。

神に望みたいのは、この穏やかで優しい世界が続いていくこと。その望みの奥底にある自分の本音に気付いた途端《とたん》、彼女の銀灰色《シルバーグレー》の瞳が涙で滲《にじ》む。

ユリアナの潤《うる》んだ瞳を見たアリエッタは、彼女の前に跪《ひざまず》き、そっと手を握った。

「ずっとなんて望めないと、わかっているんです。でも、完全に世界が分かれてしまうのはいや……」

ユリアナの口から漏《も》れ出た言葉に、アリエッタは優しい笑みを浮かべる。

今まで誰にも言えなかった心中《しんちゅう》を吐き出すと、ユリアナの瞳からは次から次へと涙が溢《あふ》れた。

もし同じことをレオハルトに言えば、彼はユリアナと距離を作ってしまうかもしれない。グレヴィアに言えば、逆にどんな無理をしてでも距離を詰めようとするだろう。また、このふたり以外に言っても理解はされないと思っていたから、誰にも言えずにいた。

アリエッタは琥珀色《こはくいろ》の瞳をユリアナに向けたまま黙っている。が、それでよかった。

アドバイスをもらっても、ユリアナが実行できない以上、現状は動かないのだから。

聖女さながらの美しく優しい瞳で見つめられれば、何故だかそれだけで、心が浄化《じょうか》されていくように感じる。

ユリアナは頬《ほお》を伝う涙を指で拭《ぬぐ》って、椅子《いす》に座り直すアリエッタに微笑《ほほえ》んだ。

「アリエッタは不思議な人ね。話を聞いてもらうだけで心が軽くなるの」

「ありがとう。そう言ってくれるのはユリアナだけよ……三年前から、ずっと感謝している。知らない土地に来て……正直心細いと思っていたの。あなたがこうして毎日来てくれることで、何度も救われたわ」

「え？」

ユリアナは驚いてアリエッタへ視線を向ける。すると、彼女はにっこりと笑った。

「秘密の話よ。人々を導《みちび》くべきシスターが心細いと思っているなんて、他の人が聞いたらなんて言うかわからないわ」

神に仕《つか》えるシスターでも、寂《さび》しさを感じることもある。

ユリアナには理解できるが、そう思わない人間がいるのも事実だ。

「もちろん、誰にも言わないわ。アリエッタ」

「大好きよ、ユリアナ。地位のないシスターに言われても、ただ困るだけかもしれないけれど」

「そんなことないわ。私だって、アリエッタが大好きよ」

「爵位がなくても？」

ユリアナは大きく頷《うなず》いた。

「私の大事な友人ですもの。爵位なんて関係ないわ」

その言葉に、アリエッタは嬉しそうに目を細める。

「……きっと、ユリアナの大事な人だって、そう思っているわよ」

「私の大事な人？」

大事な人と言われて浮かぶ人物は、たったひとりだ。

ふたりでないのは何故なのか。ユリアナは不思議に感じると同時に、その人物を思って心に痛みを感じた。

切なくて甘い、心の痛み。この痛みの正体は、なんなのだろう。

ユリアナがそんなことを考えていると、やがて、ギギギ……と教会の木の扉が開かれる重い音がした。ユリアナとアリエッタのふたりは、音のほうを振り向く。

「――お兄様」

そこには、今、ユリアナが思い浮かべていた人物――黒の詰襟《つめえり》の礼装《れいそう》に身を包んだレオハルトがいた。

戸口《とぐち》に立つ彼の銀色の髪が、日差しを浴びてキラキラと輝く様《さま》はとても美しく、ユリアナは一瞬呼吸さえ忘れて見入った。

肩章《けんしょう》から胸元に下がる金糸《きんし》の飾緒《しょくしょ》を揺らしながら、レオハルトはカツカツと彼女たちのいる場所まで歩み寄る。

「あまりにも遅いから迎えに来た」

「ご、ごめんなさいお兄様、おふたりをお待たせしてしまったんですね」

「心配しただけだよ、ユリアナ」

目の前に差し伸べられた彼の手。ユリアナは、条件反射のように自分の手を載せて立ち上がった。

レオハルトは前髪をさらりと揺らしながら、艶《つや》めき輝くエメラルドグリーンの瞳を、アリエッタへと向ける。

「すまない、話の途中だったのだろうか?」

「いいえ」

「いつもユリアナが世話になっている。感謝しているよシスター」

「とんでもないことでございます」

そう言ってアリエッタが微笑《ほほえ》むと、レオハルトはユリアナの手を引き、戸口に向かって歩き始める。

彼に連れられ歩きながら、ユリアナは小さく息を吐いた。

迷っているのに、いつまでもこんなことをしていていいのだろうか。

彼らと同じ世界には居続けたい。けれど、自分がいることで、レオハルトとグレヴィアの邪魔をしてしまっているのではないかと思える。

ふたりに結婚してほしいからこそ、ふたりきりの時間に割り込みたくない。

レオハルトが公務で忙しいのは、聞かなくてもわかる話だ。現に今も、彼は公務で着用する礼装《れいそう》のままユリアナを迎えに来ている。そんな彼の予定の合間を縫《ぬ》ってまで、お茶会を開き続ける意味はあるのだろうか。

（たぶん、私が、行かないと言えばいいだけ）

そうは思うものの、もしこのお茶会がなくなってしまったら、自分はいつ彼に会うことができるのだろう？

幼《おさな》い頃だって、王宮の門をくぐり抜けることはできても、レオハルトにはなかなか会わせてもらえなかった。年頃になった自分が彼に会わせてもらうことは、さらに難しいだろう。

王宮の大きな門の向こう側に広がる世界は、同じ国ではあるけれどもほとんど別世界。王族が住むエディアノン宮殿には、千を超える数の部屋があり、その規模を見ただけでも、グランシャール家が代々受け継《つ》いできたものの重みがわかる。国家の繁栄のために子孫を残し、民《たみ》に豊かさと安定を約束すること。それが王族の務《つと》めである。

そして歴代の国王は、そのために政略結婚もしてきた。

教会のすぐ近くに停められていた王家所有の馬車に乗り込み、ユリアナは正面に座るレオハルトをちらりと見て俯《うつむ》く。

（お兄様のご両親は、政略結婚ではなかったけれど……）

レオハルトの母であった人――今は亡き王妃は身体が弱く、なかなか子に恵まれなかった。それ故《ゆえ》、王妃に子ができないなら、第二王妃をという声が上がった。しかし国王は聞き入れず、そのせいでレオハルトが産まれるまでのいっとき、貴族たちからの王室への風当たりが強くなってしまった。国王はそれほど王妃を愛していたのかと、ユリアナは両親からその話を聞かされたときに感じたものだった。しかし結局のところ、両親がそんな話をわざわざ聞かせたのは――

そこまで考えると、ユリアナの胸がずきんと痛む。

代々子供のできにくいレオーネ家は、結婚相手として歓迎される家柄ではないと、あのときの両親はユリアナに暗《あん》に教えていたのだ。

馬車は、お茶会の会場である王宮庭園内の小宮殿へと向かっていた。窓から外を眺めると、馬車はすでに庭園内に入っていて、いつものように可愛《かわい》らしい花々が咲き乱れているのが見える。

今はまだ日常的にこうした景色を見ているが、いつかそうではなくなる日が来るだろう。そんな予感がして、ユリアナはほんの少し身体を震わせる。

「寒いのか？」

レオハルトの心配そうな声に、ユリアナは首を横に振る。

「あ……いいえ、大丈夫です」

「なら、いいのだけれど。今日はなんだか元気もないようだし、具合が悪いのではないかと心配しているよ？」

「ごめんなさい、お兄様。本当に大丈夫です」

「そうか」

エメラルドのように美しいレオハルトの目が細められた。

そんな彼と見つめ合っていると、胸が締めつけられ、息ができなくなる。

柔らかそうな白い肌や、銀色に輝く髪。見る者全てを魅了《みりょう》する美貌《びぼう》の持ち主である彼を、間近に見られなくなる日がやってくるのではと想像するだけで、震え上がるような思いがする。

それでも、時間の流れは止められない。いつかその日がやってきてしまうのだろう。

そう考えながらユリアナは俯き、オーガンジーのスカートをぎゅっと握り締めた。

「今日のドレス、可愛らしいね」

レオハルトの言葉に、ユリアナは驚いて顔を上げる。

「あ、ありがとうございます。このドレスは、お姉様からの贈り物なんです」

「グレヴィアから? そう……。なんだか白い肌がよりいっそう……綺麗《きれい》に見えるね」

そう言われると、いつもより大きく開いている胸元をレオハルトに見られたのかもしれない、とつい気になってしまう。ユリアナは羞恥《しゅうち》に耳朶《みみたぶ》まで熱くなりながら、扇《おうぎ》を開いて、胸元を隠す。

そんな彼女を見て、レオハルトはふっと笑う。

「近いうちに、そのドレスに合う首飾りをレオーネ邸に届けさせるよ。少しだけ首のあたりが寂《さび》しいからね」

「え? あ、はい。ありがとうございます。お兄様……」

「それとも、その可愛《かわい》らしい耳に飾るもののほうがいい?」

ふいに、正面の席に座っていたレオハルトの身体がユリアナに近付き、彼の指先が彼女の赤く染《そ》まっている耳朶に触れる。

「ひぁっ」

くすぐったさに思わず妙《みょう》な声を出してしまい、ユリアナは慌《あわ》てて口元を覆《おお》った。

「あぁ、ごめん。ユリアナはくすぐったがりなんだな」

レオハルトはそう言って笑うと、身体をもとの位置に戻す。

「ごめんなさい……」

「おまえが謝ることはないよ」

指先で僅《わず》かに触れられただけなのに、耳が熱い。いや、熱くなっているのはその部分だけではないが、それ以上は考えないことにする。

「その……ど、どちらでも、いいです」

自分の身体の変化をごまかすように、ユリアナは先程のレオハルトの質問に答えた。

「ん……では、せっかくだから揃《そろ》いのものを贈るよ。グレヴィアに出し抜かれてばかりでは気に入らないからね」

「ありがとうございます。お兄様」

「楽しみにしていて」

そんな話をしているうちに、王宮庭園内の小宮殿に馬車が着いた。

「ユリアナ！　待っていたわ」

小宮殿の扉を開けてユリアナが中へ入ると、テーブルいっぱいにお菓子を並べていたグレヴィアが濃紺《のうこん》のドレスの裾《すそ》をひるがえし、彼女に駆《か》け寄ってきた。

「ごめんなさい、遅くなってしまって」

「いいのよ、少し心配しただけ」

先程、迎えに来てくれたレオハルトも、同じことをユリアナに告《つ》げていた。

いつもより少し、祈りとアリエッタとのお喋《しゃべ》りの時間が長かっただけだが、ふたりに心配させてしまったことを、ユリアナは申し訳なく思いつつ謝罪する。

「本当にごめんなさい。お兄様、お姉様。ついシスター・アリエッタと話し込んでしまって」

「ユリアナはシスター・アリエッタのことが好きよね」

グレヴィアは、艶《つや》めいた唇に笑みをたたえ、目を細めながらそう言った。

少しつり上がった知的な目は彼女の美しさの象徴であり、青い瞳はサファイアを思わせる。

エメラルドの瞳を持つレオハルトとサファイアの瞳を持つグレヴィアは、やはりお似合いだと、ユリアナはぼんやりと考えた。

「……はい、シスター・アリエッタはとても優しくしてくださいますから」

「だが、相手がたとえシスターであっても、おまえが心を許しているという事実には嫉《しっ》妬《と》するね」

椅子《いす》に座ったレオハルトは、長い足を組んでそんなことを言い始める。

嫉妬される理由なんてないはずだと、ユリアナが戸惑っていると、グレヴィアが紅茶を用意しながら笑った。

「そうね、大事なユリアナが私たち以外の人に信頼を寄せているというのは、嫉妬してしまうわ」

「え？」

それはまだ、自分が彼らに必要とされているということなのだろうか。

ユリアナと同じ年頃で、もっと爵位の高い貴族の娘は沢山《たくさん》いる。それなのに、ふたりは何故ユリアナを可愛《かわい》がるのか。他の貴族たちからそう囁《ささや》かれているのを、ユリアナは知っていた。

レオーネ子爵家は長い間子供に恵まれずにいた。養子をとろうかという話が出始めた矢先にやっと授《さず》かった子がユリアナだ。

もともと母親同士の交流があったグランシャール王家とアルベティーニ公爵家も、なかなか子に恵まれなかった。それ故《ゆえ》に両家はユリアナの誕生を自分の家の出来事のように喜び、祝ってくれた。そして、レオハルトとグレヴィアもユリアナをとても気に入ってくれ、幼《おさな》なじみの関係は今もずっと続いている。けれど、どんなに彼らが気さくに接してくれても、自分は所詮《しょせん》、子爵家の娘。甘えすぎてはいけない。

席に座ったものの、お菓子を少し食べただけでぼんやり考え込んでしまったユリアナに、グレヴィアが心配そうに声をかけた。

「……あら、ユリアナ。今日はあまり食がすすまないようね？　お口に合わなかった？」

テーブルにずらりと並んだ焼き菓子は、お菓子作りが好きなグレヴィアが作ってきたものだ。

「ユリアナには少し、ブランデーがきついのかもしれないな」

レーズンやナッツが入ったブランデーケーキを食べながら言うレオハルトに、ユリアナは慌《あわ》てて首を横に振る。

「大丈夫です。どれもとても美味《おい》しいです」

「よかったわ。もう、レオハルトったら、ご自分の好みを言わないで」

グレヴィアが咎《とが》めるように言いながら綺麗《きれい》な青い瞳を向けると、レオハルトは魅惑的《みわくてき》に微笑《ほほえ》んだ。

（……やっぱり、私がおふたりの時間を邪魔しているのだわ）

三人でのお茶会は、ユリアナが十五になった年にグレヴィアの発案で始まった。今年でかれこれ三年目になる。その間ずっと、自分がふたりの愛を育《はぐく》む時間を短くしていたのだとすれば、申し訳ない。

ユリアナは、唐突《とうとつ》に立ち上がった。

「あ、あの、私、用事を思い出して……今日はこれで、失礼させていただきます」

「そうなの？　もう少し色々なお話をしたかったのに」

ユリアナの言葉に、グレヴィアは残念そうに返事をした。

「ごめんなさい、お姉様」

「では、私が屋敷まで送ろう」

そう言いながら立ち上がるレオハルトに驚き、ユリアナは首を左右に大きく振る。

「いいえ、お兄様、大丈夫です」

「遠慮《えんりょ》することないわ。レオハルトに送ってもらいなさい」

「で、でも」

思わぬ展開に困ってしまう。

「また、明日ね。ユリアナ」

有無《うむ》を言わさぬグレヴィアの笑顔に、ユリアナはそれ以上の言葉が出てこなかった。

彼女たちをふたりきりにさせたくて帰ろうとしているのに、レオハルトに送られるのではい意味がない。しかし、こうなってしまっては従うしかなかった。

再《ふた》びユリアナを乗せたレオハルトの馬車が、王宮庭園内を走る。

馬車が庭園の南西にさしかかったとき、ユリアナは花壇《かだん》に咲く赤い薔薇《ばら》を眺めて小さく息を吐いた。そんな彼女に、レオハルトは首を傾《かし》げて問いかける。

「どうかしたのか？」

「え？」

「溜息《ためいき》をついたように見えたよ」

「ごめんなさい……なんでもないです」

南西の花壇は、青々としたつげの垣根《かきね》に囲われた内側に、赤い薔薇が植えられている。垣根は迷路のような、ちょっとした散歩道になっていて、昔、ファルワナ公爵家令嬢のリズティーヌとレオハルトがそこを歩いていた――

七年前、幼《おさな》いユリアナがレオハルトを訪ねて王宮に来た日、彼は花嫁候補のひとりであるリズティーヌと顔合わせをしている最中だった。

赤い薔薇を手折《たお》り、リズティーヌの髪に飾っていたレオハルト。

彼女の艶《つや》やかな黒髪に差し込まれた薔薇と、リズティーヌの手の甲《こう》に恭《うやうや》しく口付けるレオハルトの姿を見たとき、ユリアナは泣き出したい気持ちになった。

そんな過去を思い出してしまうから、ユリアナは南西の花壇が少し苦手だった。

「……ユリアナ？」

案じるようなレオハルトの声に、ユリアナは顔を上げる。

「お兄様、私……イヤリングやネックレスよりも……お花が欲しいです」

「花って、どんな花だろう？」

「赤い薔薇がいいです」

言っている間にも涙が溢《あふ》れそうになって、ユリアナは慌《あわ》てて無理に微笑《ほほえ》んだ。

「赤い薔薇？　いいよ、おまえが望むなら、レオーネ邸に届けさせよう」

「……はい」

ユリアナは微笑みを浮かべたまま、ゆっくり頷《うなず》く。

本当に欲しいものの正体を、打ち消してしまうように。

＊　＊　＊

「今日は、レオハルトは来られないそうよ」

次の日。いつものように、食べきれないくらいの量の焼き菓子が並べられたテーブルを前に、グレヴィアがユリアナに告《つ》げた。

王宮庭園にある小宮殿の一室。いつものお茶会の場所に、レオハルトの姿はなかった。

「そうなんですか」

「陛下《へいか》の体調がよくないそうよ」

「えっ？」

「このところずっと、寝たり起きたりの生活が続いているみたい」

淡々《たんたん》と語るグレヴィアに、ユリアナはかえって危機感を覚えてしまう。

「……そんなに、具合がよろしくないんですか？」

「あ、ううん。重篤《じゅうとく》っていうほどではないのだけど、陛下もなにぶんご高齢ですからね。レオハルトもさらに忙しくなると思うわ。それでも、お茶を飲むくらいの時間はとれると思うけど」

グレヴィアはそう言ったものの、それから暫《しばら》くはふたりだけのお茶会が続くことになった。

それが数日続き、ユリアナは場所を変えてはどうかとグレヴィアに提案した。所有者のレオハルトがいない状態でこの小宮殿を使うことに、ためらいを覚えたからだ。しかし、レオハルトが僅《わず》かな時間を縫《ぬ》ってくるかもしれないからとグレヴィアが言ったことで、お茶会の会場は変わらないままだ。

そしてレオハルトが顔を見せなくなって十日目のお茶会。ユリアナはふわふわのシフォンケーキにフォークを刺しながら言った。

「……お兄様も、もし、ご兄弟がいらっしゃったら、こんなにお忙しくはならなかったのでしょうね」

「あら、そうかしら？　レオハルトは少し暴君《ぼうくん》なところがあるけれど、仕事はできるから、余計な人間がいないほうがやりやすいんじゃないかしら。兄弟がいたらいたで、争い事も増えるものよ」

争い事が増えるというのは王位継承の問題だろうか？　けれど、それ以上に気になったことがあり、ユリアナは優雅《ゆうが》に紅茶を飲んでいるグレヴィアに視線を向ける。

「お兄様が暴君？」

「暴君は言い過ぎたわね。まぁ……言うなれば策士《さくし》かしら。でも、このまま放っておくと、本物の暴君にもなりえるわね」

何故グレヴィアがそう言い切るのか、ユリアナにはわからなかった。

暴君というのは、自分勝手で暗愚《あんぐ》な人物だ。公正かつ聡明《そうめい》なレオハルトが該当《がいとう》するとは到底思えない。しかし、グレヴィアはさらに彼女を驚かせるような言葉を続けた。

「でも、ユリアナが彼の傍《そば》にいてくれたら、そうはならないわ」

「わ、私では無理です」

「どうして？　ユリアナはレオハルトが嫌い？」

「いいえ、嫌いではありません」

「そう。よかったわ」

にっこりと知的な笑みを浮かべるグレヴィアに、ユリアナはさらに違和感を覚えた。

いったい、なにがよかったというのだろう？

結局その日も、レオハルトがお茶会の席に現れることはなかった――


レオハルトがお茶会に参加しない日々が、数週間ほど続いたある日。

エディアノン宮殿で月に一度行《おこな》われている舞踏会《ぶとうかい》に参加していたユリアナは、大広間でレオハルトの姿を見つけた。

白地の壁に黄金《おうごん》の装飾がなされた豪華な大広間で見る彼は、いつもよりも威厳《いげん》に満ちていて近寄りがたい。普段は漆黒《しっこく》の礼装《れいそう》に身を包んでいるレオハルトだが、今夜は白い立ち襟《えり》のフロックコートを着ている。目を奪われるほど豪奢《ごうしゃ》な刺繍《ししゅう》が施《ほどこ》されたそれを、彼は難《なん》なく着こなしていた。

もとより、ユリアナは公式な席ではレオハルトに近寄らないよう努《つと》めている。しかし、今夜はたとえ彼から呼ばれたとしても、畏《おそ》れ多すぎて傍に行けそうになかった。

彼は誰とも踊らずにいたが、遅れてやってきたグレヴィアとだけは少し話をしてから彼女の手を取り、ワルツを踊り始めた。

グレヴィアが着ている水色のドレスは、抜けるように白い肌を持つ彼女によく似合っている。そして、プラチナブロンドの髪に飾られた青い薔薇《ばら》の髪飾りは、宝石がちりばめられた華麗《かれい》なものだ。しかし、彼女自身がそれに負けることなく美しく輝いていた。

キラキラと煌《きら》めくシャンデリアと、壁面の金の装飾の目映《まばゆ》さの中でも、レオハルトとグレヴィアは特別に輝いて見えた。ワルツを踊るふたりを見ていたまわりの貴族から、感嘆の息が漏《も》れる。

ユリアナは何故かいたたまれない気持ちになった。ミントグリーンのドレスの裾《すそ》をひるがえし、舞踏会の行われている大広間からそっと抜け出す。

不思議と、胸の中がもやもやする。その理由がわからないから、余計に気持ちが悪い。

そうして応接間のソファでユリアナが休んでいると、紺色《こんいろ》のフロックコートに身を包んだ青年が、声をかけてきた。

「失礼、少しお話をしてもよろしいですか？」

そう尋ねてくる金髪碧眼《きんぱつへきがん》の青年には見覚えがなく、ユリアナは答えをためらう。すると彼はにこりと微笑《ほほえ》んだ。

「私はグレヴィアの友人で、グラフォート侯爵家のジェラルと申します」

ジェラルは少しきつそうに見える顔立ちをしていた。しかし柔和《にゅうわ》な笑みを浮かべて告《つ》げられた言葉に、ユリアナの警戒心は緩《ゆる》む。

「まぁ、お姉様のご友人なんですね。私はレオーネ子爵家のユリアナです」

「ええ、知っています。あなたのことはグレヴィアからよく聞いていて、一度お話をしてみたいと思っていたのです」

「お姉様が私のことを？」

緩やかなウェーブのかかった前髪を揺らして、彼は頷《うなず》く。

「ここは少し暑いですね。よろしければバルコニーで涼《すず》みませんか」

白い手袋をはめた手が目の前に差し出される。ユリアナはその手を取って立ち上がった。

ジェラルは彼女を連れてバルコニーまで行く。

「実は、こういった舞踏会《ぶとうかい》などの席は苦手でしてね。人の多さや熱気にやられてしまう」

彼は顔を手で扇《あお》ぐ仕種《しぐさ》をしながら、そんなことを言った。

「そうなんですか？　私もです」

「奇遇《きぐう》ですね」

にこりと微笑む彼の表情はとても綺麗《きれい》で、先程までのもやもやした胸中を払拭《ふっしょく》してくれるようだった。少し怖そうに見えたのも、きっと彼が年上だからなのだろう。話をしているうちに、最初の印象は薄れていった。

給仕されたシャンパンを飲みながら、ジェラルと他愛《たわい》ない話を語らう。こんなふうに男性と話をする経験は今までなかったため、ユリアナは新鮮に感じた。

レオハルトがユリアナを可愛《かわい》がっていることは周知の事実なので、彼女がこういった会に参加しても、ダンスを申し込まれたり話しかけられたりすることがなかったのだ。

会話の間中、どこか艶《つや》めいた雰囲気のジェラルの青い目が、ユリアナを見つめていた。彼はレオハルトと同じくらいの年齢に見えるが、視線の向け方はレオハルトよりも蠱惑《こわく》的《てき》に感じられる。

年上の男性というのは、皆このような感じなのだろうかと思いながら見上げていると、ジェラルはやけに真剣な表情をして、再《ふたた》び口を開いた。

「ところで、君に聞きたいことがあるのだけれど」

ジェラルのあらたまった様子に、ユリアナは首を傾《かし》げた。

「なんでしょうか？」

「君は、グレヴィアとレオハルト殿下をどう思う？」

「どう……というのは」

質問の意味がわからずに聞き返すと、ジェラルは顎《あご》に指を当てて、少し考えるような仕種《しぐさ》をしてみせる。

「んー……直接的な聞き方をするなら、彼らは男女の関係にあるのだろうか。と、いうことなんだけど」

「お兄様とお姉様が、恋人かどうかという意味でしょうか？」

「まぁ、そうだね」

「……その、どうでしょうか。おふたりからそういったお話は聞いたことがないのですが」

「話を聞いたことがなくても、それらしい雰囲気を感じたことはない？　ふたりが抱き合ったり、キスしたり、そんな場面を見たことは？」

「……お兄様とお姉様がキス？」

唇はもちろん、頬《ほお》にさえ口付けている場面に居合わせたことはない。

レオハルトが女性の手の甲《こう》にキスをしているのを見たことはあるが、その相手はグレヴィアではなくリズティーヌだった。

そう言えば、今夜の舞踏会《ぶとうかい》にリズティーヌは来ているのだろうか？

グレヴィアが花嫁の最有力候補ではあるが、リズティーヌだって候補であることにかわりない。

家柄で言えば、王族の親戚に当たるグレヴィアのほうが格は上だ。しかしファルワナ公爵家は代々多産の家系であることから、リズティーヌをレオハルトの花嫁に推《お》す声が強いのも事実。

リズティーヌのことを思い出し、気分が塞《ふさ》ぎつつも、ユリアナはジェラルの問いに答える。

「……どうでしょうか。私の前でなさったりはしません……おふたりとも大人なので」

ユリアナは、レオハルトが公衆の面前でそんなことをしたりしないだろうと考えて言ったのだが、ジェラルには違う意味にとられてしまったらしく、突然肩を掴《つか》まれた。

「それは、ふたりが大人の関係にあるという意味か？」

「お、大人の関係？」

それまで冷静に話をしていたジェラルが急に激昂《げっこう》しているように見えて、ユリアナは動揺した。

「――性交をしていると、君には思えるのか？」

「どうなんだ」

「え」

肩を揺さぶる彼に驚きつつ、ユリアナは思わずふたりが睦《むつ》み合う場面を想像する。その途端《とたん》、強く掴《つか》まれている肩が震えた。それに合わせて、彼女の髪に飾られた花や、レースのリボンも小刻みに揺れる。

ユリアナにも性の知識はある。最近、グレヴィアがやたらとそういう描写が詳細にされた恋愛小説を彼女に渡してくるためだった。

レオハルトの身体とグレヴィアの身体が繋《つな》がり合う様子を脳裏《のうり》に浮かべると、胸がひどく痛んで、ユリアナの銀灰色《シルバーグレー》に輝く瞳から涙が溢《あふ》れる。

「わ、わからないです……私には」

自分はレオハルトとグレヴィアの結婚を望んでいるはずなのに、どうしてこうも胸が痛くなるのだろうか。

ユリアナの涙に気付いたジェラルは、屈《かが》んで彼女の顔をのぞき込んでくる。

「すまない、君はふたりと仲がよいから、なにか知っているのではないかと思ったんだ……驚かせてしまってすまなかった。悪気はないんだ」

「そこでなにをしている！」

　ジェラルの謝罪の言葉が掻《か》き消されてしまうくらいの怒鳴り声が響き、ユリアナの身体はびくりと跳ねた。

　おそるおそる声のした方向を見ると、今まで見たことがないような厳しい表情で、レオハルトがジェラルを睨《にら》んでいた。

「……これは、レオハルト殿下」

　ジェラルは恭《うやうや》しく頭を下げたが、レオハルトの表情は変わらない。

「名前は？」

「失礼しました。私はグラフォート侯爵家のジェラルと申します」

「ほう。伝統あるグラフォート家の者が、宮殿内で不埒《ふらち》な行為に及ぼうとは、甚《はなは》だ失望させられる」

「いえ、私はただユリアナと話をしていただけで、そのようなことはなにも……」

「黙れ」

　静かな怒りの炎《ほのお》を燃やすレオハルトに、ユリアナは身のすくむ思いだった。しかし、ジェラルは彼女とは異なり、小さく笑う。

「なにがおかしい？」

「いいえ、私は大変な誤解をしていたようで。ユリアナ……泣かせてしまって申し訳なの甲に彼が口付けたことで、ジェラルはいっそうレオハルトの怒りを買ってしまった様子だった。

いったいなにが誤解なのか、ユリアナには少しもわからなかった。けれど、彼女の手

ジェラルは謝罪をしながら彼女の手を取り、甲《こう》に恭《うやうや》しく口付ける。

かった」

「――触れるな、ジェラル。早々に退席せよ」

「わかりました。それでは、失礼させていただきます」

「この件、許されると思うな」

「罰《ばつ》を受ける必要があるならば、甘んじて受けさせていただきます。殿下」

レオハルトの横をすり抜け、ジェラルはさっそうと立ち去ってしまう。しかし、残されたユリアナはどうしていいかわからずに、ただうろたえるだけだった。

「あ、あの、お兄様」

カツカツと踵《かかと》を鳴らし、レオハルトはユリアナの傍《そば》まで歩み寄ってくる。

彼がなにに対してこうも激昂《げっこう》しているのかはわからなかったが、ジェラルが言っていた罰という言葉が気になった。誤解でジェラルが罰せられてはいけない。ユリアナは、彼とはただ話をしていただけだとレオハルトに伝えようとする。

「お兄様、私はあの」

ふたりの距離はさらに詰められ、気が付けばユリアナはレオハルトの腕の中にいた。

彼女の細い腰に、彼の腕が回される。

「あの男になにをされた？」

「な、なにも」

「なにもなくて泣くはずがないだろう」

「い、いいえ、本当です」

顔を上げると、レオハルトのエメラルドグリーンの瞳と視線が絡《から》み合った。

激情に駆《か》られているせいなのだろうか？　今日はレオハルトの瞳が、先程のジェラルと同様に蠱惑的《こわくてき》に見えた。

けれど、その眼差《まなざ》しにはジェラルよりもずっと熱っぽく、力があるように感じられる。

見つめ合ううちに、ユリアナの鼓動《こどう》はますます速くなり、息苦しさすら覚える。

ユリアナは彼と視線を合わせ続けることが辛くなって俯《うつむ》くが、顎《あご》に手を添えられ上を向かされてしまった。

「では聞き方を変えようか。こんなところで忍び逢うようにして、いったいなにをしていた？」

「忍び逢う?」

抱き締められたまま、ユリアナはバルコニーの隅《すみ》まで追い詰められる。

もしかしたらレオハルトは、自分に対しても怒りを抱《いだ》いているのだろうか。ユリアナはその可能性に気付き、恐怖に震えた。

「お、お兄様、私はなにも……」

「黙って」

白い手袋をはめたレオハルトの手が、俯《うつむ》こうとする彼女の顎《あご》を再《ふた》び持ち上げた。

そのまま彼の端整な顔が近付いてきたので、ユリアナは慌《あわ》てて顔を背《そむ》ける。

「……どうして私を拒《こば》む?」

「いやだからです」

グレヴィアに対して申し訳が立たない。

けれど、レオハルトにはその気持ちは伝わらなかったようだ。彼はエメラルドグリーンの瞳を意地悪く細める。

「いや……ね。いいよ、いやがっても。けれどそれが許されると思うな」

思いがけず強い力で、壁面に背中を押し付けられた。

「あの男から、奪ってやる」

「ち、違うの……、んっ」

彼の長い睫毛《まつげ》が視界に入った次の瞬間、ユリアナは唇に柔らかな感触を覚える。

レオハルトの唇が、ユリアナの唇に触れていた。

(どうして……私、お兄様とキスしているの……?)

レオハルトがなにか勘違《かんちが》いしているのは明白である。ユリアナはその誤解を解《と》くため、彼の唇から逃《のが》れようとするが、力強く抱き締められているせいで逃れられない。

「や……ぁ」

レオハルトの唇は柔らかくて弾力があり、そして温かかった。

その温《ぬく》もりに、意識がどろどろに溶かされ、虜《とりこ》になってしまいそうになる。

「ん、やっ」

ぬめる舌先が、ユリアナの舌に触れてくる。

その感触がとても気持ちいい。それ以上を欲しがり始める自分の心を抑え付けるために、ユリアナは力一杯レオハルトの逞《たくま》しい胸を押した。

「何故そんなにも拒む? 許さないと言っているよ」

「お兄様、お願いです。私の話を聞いてください」

ユリアナの懇願《こんがん》を聞き入れる気になったのか、レオハルトは彼女を拘束《こうそく》していた腕を解く。

「では、場所を変えよう。こんなところでするような話ではない」

レオハルトが目配《めくば》せをすると、近くに控《ひか》えていた従者のクエストがふたりの傍《そば》にやってくる。

輝く栗色《くりいろ》の髪と、大きな瞳の持ち主である彼は、ほっそりとしていて背が高い。外見は少年のようではあるが、馬の名手《めいしゅ》であり、レオハルトが重用《ちょうよう》している人物だ。

今夜の彼は黒い燕尾《えんび》の執事服を身に纏《まと》い、レオハルトの傍についていた。

「退席する。私の部屋の準備を」

「かしこまりました」

レオハルトの命令に恭《うやうや》しく頭を下げると、クエストはふたりを先導するため歩き始める。

先を歩くふたりにならってユリアナも歩き出したが、その足取りは決して軽いものではなかった。

(私は……お兄様を怒らせてしまったのかしら)

過去にあった出来事が思い出せないままなのに、今度は彼を怒らせてしまったのだろうか。そう考えると身がすくみそうになる。

バルコニーでは話せないと言うくらいだから、ひどく叱られるのかもしれない。それを想像すると、レオハルトの部屋に足を踏み入れることが怖かった。

やがて彼の部屋の前に着くと、大きな白い扉が開けられた。室内へ入っていくレオハルトに、ユリアナも続く。

彼の部屋は淡《あわ》いブルーの壁に、白や金の装飾が施《ほどこ》されている。同じく白と金の色合いのソファに、レオハルトは腰を下ろした。

「座りなさい、ユリアナ」

彼はそう言って、ユリアナに隣に座るよう促《うなが》す。今更拒《こば》みようもなかったため、ユリアナはおそるおそるそこに腰を下ろした。

「……お、お兄様、私は……ジェラル様とはなんの関係もないんです」

「なんの関係もない人間と、バルコニーでなにをしていたんだ？」

問いかけとともに、厳しい視線が向けられる。彼がユリアナの言うことを信じていないのは明白だった。

「本当に、ただ、話をしていただけなんです」

「どんなことを話していた」

長い足を組みながら、レオハルトが追及してくる。

「色々……です」

「私に言えないようなことか」

そんなつもりで言ったわけではないのに、レオハルトはユリアナの答えに不機嫌そうに唇を引き結んだ。こんな彼を今まで見たことがなかったから、不安を覚える。

やはりレオハルトを怒らせてしまったのだろうか。彼女の銀灰色《シルバーグレー》の瞳に涙が滲《にじ》んだ。ミントグリーンのタフタに花の刺繍《ししゅう》が施《ほどこ》されたドレスを、ユリアナはぎゅっと握り締めた。

「……ユリアナ」

ふいに、レオハルトに肩を抱かれて引き寄せられる。

彼の身体を間近に感じると、堪《たま》らなくなって涙が溢《あふ》れ出した。

「お兄様」

彼を失いたくない。そんなふうに思えば思うほど、ユリアナはレオハルトとの距離を感じてしまう。傍《そば》にいたいと言いたいけれど、言ってしまえば彼は離れていくかもしれない。そう考えて、ユリアナは唇を強く噛《か》み締めた。

「……唇に傷がつく」

レオハルトの指がユリアナの唇に触れる。

「駄目だよ、おまえが見ていいのは私だけだ。おまえに触れていいのも……」

彼に触れられている部分が熱い。自分の体温も、レオハルトの体温も、そう変わらないはずなのに。

「私は、本当に……ジェラル様とはなにもないんです。だって、今日初めて会ったばかりで」

「信じることはできない」

きっぱりと言い切られて、自分はそんなに信用されていなかったのかと、ユリアナは悲しみのあまり肩を震わせ、膝《ひざ》のあたりに涙を零《こぼ》した。

「おまえが私を信用していないのはわかるが、だからといって離れていくことは許さない」

信用していないのは彼のほうではないのか？

訳がわからない。ユリアナがレオハルトを信用していないなんてことはないのに、いったい何故そう思うのか。

ユリアナが戸惑いや悲しみといった感情の渦《うず》に呑み込まれていると、レオハルトがふいに彼女のコンペールのボタンを外し始める。

そんなことをされたらドレスが脱げてしまう。彼の動きに気付いたユリアナは慌《あわ》ててドレスの前を押さえた。

「お、お兄様……なにを」

「ユリアナ、今夜はずっと私の傍《そば》にいなさい」

彼女の問いには答えず、レオハルトが思いがけないことを命《めい》じてくる。

この部屋に泊まっていけと言っているのだろうか？　寝衣に着替えるため、彼自《みずか》らドレスを脱がそうとしているのだろうか？　そんな戸惑いのなか室内を見渡すと、先程まででいたはずのクエストが、いつの間にかいなくなっていた。

ユリアナの様子を見ていたレオハルトは薄く笑う。

「誰かに助けを求めようとしても無駄だよ」

「……助けを求めてはいないです」

「諦めたという意味か？　聞き分けがいいな」

再《ふたた》びレオハルトの指が、ユリアナの唇に触れる。

「賢い選択だ」

こうやって唇に触れられていると、バルコニーで口付けられたことをつい思い出してしまう。あの甘美《かんび》な感触と微《かす》かな快楽。先程同様、口付けの先を求めたくて堪《たま》らなくなるような感覚に陥《おちい》り、ユリアナはどうしていいのかわからなくなった。

「ユリアナ、あの男のことは忘れろ」

「ジェラル様は、お姉様のご友人で……」

「なに？　グレヴィアがおまえにあの男を紹介したのか？」

不快そうに眉《まゆ》をつり上げた彼に、ユリアナは慌《あわ》てて左右に首を振る。

「違うんです。そうではなくて、偶然、話しかけられて、少しお喋《しゃべ》りをしていただけなのです」

「本当になにもないのか」

「はい」

頷《うなず》く彼女に、レオハルトは安心したように微笑《ほほえ》む。

「そうか。では、ドレスを着替えて奥に来なさい」

それだけ告《つ》げると、レオハルトはユリアナの身体を離して立ち上がり、奥の部屋へと行ってしまう。そして彼と入れ替わるように、白い扉の向こうからメイドが数人、ユリアナの傍へと歩み寄ってきた。そのうちの一人は、真っ白い寝衣を手にしている。

ユリアナは彼女たちにドレスを脱がせてもらい、肌触りのよい寝衣に着替えた。

レオハルトが入っていった奥の部屋はきっと寝室だろう。ユリアナはエディアノン宮殿に泊まったことはなかったが、王家所有の別荘には何度か泊まりに行ったことがある。

そこでは、レオハルトの部屋の奥に寝室があった。

着替えが終わったユリアナは、先程言われた通りに、おそるおそる奥の間へ入る。

緑色の壁面には金の細工《さいく》がなされていて、手前の部屋と同様に豪奢《ごうしゃ》だった。天蓋《てんがい》付きのベッドの幕《まく》は、別荘で使われていた上質な白いモスリンとは違い、重厚感のある赤い布に金糸《きんし》が織《お》り込まれていた。

ユリアナがその絢爛《けんらん》たる様《さま》に圧倒され足を止めると、すでに寝衣に着替えベッドに横たわっていたレオハルトが、彼女に声をかけてくる。

「どうした？　共に寝るのは、初めてではないだろう」

彼の言葉通り、幼《おさな》い頃のユリアナは別荘に招かれるたび、大人たちの目を盗《ぬす》んではレオハルトのベッドに潜《もぐ》り込んでいた。

あの頃のユリアナはそれがいけないことだとは考えもしなかったし、彼女にとって、レオハルトの傍《そば》に行くのは自然な行為だった。

昔は、彼の傍で眠れるだけで幸福を覚えていた。けれど今は、足がすくんでしまって動けない。

「おいで、ユリアナ」

「……そ、そっちに、行ってもいいんですか？　本当に？」

「来いと言っている」

ベッドの上で頬杖《ほおづえ》をつきながら、レオハルトは微笑している。

ユリアナはおそるおそるベッドに近付いた。これ以上なにを話せばいいのかわからず、黙ったままベッドに腰かける。するとすぐにレオハルトの腕に囚《とら》われ、ベッドの中央まで引きずり込まれてしまった。

「ひ……ゃ」

ユリアナが驚いているのにも構わず、レオハルトは有無《うむ》を言わさず彼女の上にのしかかる。

「お、お兄……様？」

「おまえが好きなのは、私だ。愛しているのも私。それ以外は認めないし許さない」

言い聞かせるように告《つ》げられた言葉に、ユリアナは驚いた。

レオハルトのエメラルドグリーンの双眸《そうぼう》が、威圧的に彼女を見下ろしている。何故彼がそんなふうに言うのか、ユリアナには理解できない。けれど、彼女にとってレオハルトは最も敬愛している人物だったから、思ったままを答えた。

「私は、お兄様が好きです」

「それは本心か？」

「もちろんです」

ユリアナは頷《うなず》くが、対するレオハルトは納得がいかないと言わんばかりの表情で、彼女を見下ろし続けている。

「では、私になにをされても、当然文句などないだろう？」

「なにって、なにを——ン」

ふいに彼の唇が、ユリアナの唇を塞《ふさ》ぐ。レオハルトの柔らかい唇を感じると、途端《とたん》に焦《こ》がれるように切なくなる。

「ふ……っ、あ……」

絡《から》まり合う舌の熱っぽく濡《ぬ》れた感覚に、興奮させられる。その舌がレオハルトのものだと意識してしまえば、余計だった。

「好きだと、言いなさい」

唇を離した彼からの命令に、ユリアナはぼんやりとしながらも従う。

「好き……です、お兄様」

「……あぁ、愛しているよ。ユリアナ」

なんの前触れもなしに、レオハルトはユリアナの着ている寝衣の裾《すそ》を腹部のあたりまでたくし上げ、彼女の秘部に下着の上から指を這《は》わせた。そうして彼は、布越しに花芯《かしん》へ触れる。

その途端《とたん》に湧《わ》き上がった快感と羞恥《しゅうち》に、ユリアナの全身が震える。ゆるゆると指を動かして、彼女の身体を昂《たか》ぶらせようとするレオハルトに、ユリアナは堪《こら》えきれず彼の腕を掴《つか》んでしまう。

「お兄様……いや……」

「拒《こば》んでは駄目だ」

「恥ずかしい……の」

誰にも触れられたことのないその部分を、兄のように慕《した》うレオハルトに触られて、あろうことか性的な快楽を覚えてしまっている自分が恥ずかしい。

銀灰色《シルバーグレー》の瞳を涙で潤《うる》ませるユリアナに、レオハルトは諭《さと》すように口付ける。

「駄目だ。おまえは私のものだ。あんな男には奪わせない」

それがジェラルを指していると、ユリアナはすぐに気付く。やはり、彼は自分の言葉を信じてくれていないのだと感じ、悲しい気持ちになった。

いつから、彼はこんなにも自分を信じてくれなくなったのだろう？

記憶を辿《たど》ってみても、彼女にはわからない。

「信じて……お兄様、私は、本当に……っぁ」

彼の生温《なまあたた》かい舌が、急にユリアナの耳朶《みみたぶ》をくすぐった。以前、指で触れられたときも堪《こら》えられなかったのに、柔らかい舌で嬲《なぶ》られてしまうと、それ以上にどうにもならなくなってしまう。

「あ……ぁ、ン……お兄様、だめ」

ぶるぶると身体を震わせるユリアナの様子を見て、レオハルトはうっすらと笑んだ。

「……信じているよ、ユリアナ。おまえがまだ、誰にも奪われていないということをね」

レオハルトの腕を制していたユリアナの腕の力が抜けたのを見計らい、彼はドロワーズの紐《ひも》を解《と》くと、そのままあっけなく脱がしてしまう。

「や……ぁ」

「今夜は抱かない。だからユリアナ。じっとしていて」

もがこうとするユリアナをそんな言葉で抑え付けて、レオハルトは秘裂を擦《こす》るように何度も指を往復させた。

彼の指が動くたびに腰のあたりから湧《わ》き上がってくる愉悦《ゆえつ》に、ユリアナの唇から甘えるような声が漏《も》れる。我慢しがたい羞恥《しゅうち》と、追いかけたくなるほどの快楽の狭間《はざま》に落とされて、ユリアナは次第に追い詰められていった。

「お兄様……っ、あ……ぁ」

恥ずかしくて堪《たま》らないのに、やめてほしくない。レオハルトの指が敏感な部分を這《は》うごとに溢《あふ》れる蜜に、ユリアナの腿《もも》がどんどん濡《ぬ》らされていく。やがて挿入《そうにゅう》された彼の指に、僅《わず》かな痛みを覚えたが、強い興奮の前でそれは些細《ささい》なものだった。

「ん……っ、ふ」

「痛いか？」

レオハルトの問いかけに、ユリアナは大きく首を横に振る。

「では……気持ちいい？」

レオハルトのエメラルドグリーンの瞳がかげり、色濃くなった。細められた彼の目に獣性《じゅうせい》を覚えて、背筋《せすじ》がぞくりと震えてしまう。

「どうなんだろうね？」

ユリアナが答えられずにいると、レオハルトはさらに奥まで指を挿入してくる。

「あ……っ、あぁ……」

「可愛《かわい》い声……もっと聞かせて」

きゅっと耳朶を甘噛《あまが》みされ、ユリアナの身体が跳ねる。それでもレオハルトは容赦《ようしゃ》なく、舌先を耳から首筋、そして鎖骨へと這わせ、ふっくらとしたユリアナの胸まで来ると、淡《あわ》い色をした頂《いただき》を口に含んだ。

「ん……っ、あ……やぁっ」

乳首を舌で転がされる感触に、ユリアナの全身がぶるぶると震えてしまう。そんな様子が恥ずかしいのに、自分では制御ができなかった。

自分の身体は今、感覚までもがレオハルトに支配されてしまっている。そう考えることによって、新たな快楽がユリアナの内側に生まれる。

「あ……ぁ、あぁ……や、あ……」

彼の身体と繋《つな》がっている。たとえそれが指一本であっても、身体の奥深い場所でレオハルトの温度を感じていることに対して、ユリアナは得《え》も言われぬ悦《よろこ》びを覚えていた。ずっと傍《そば》にいたいと願う相手の体温を感じることは、こんなにも嬉しいものなのか──

「ん……っ、う……ン、ふ」

ユリアナはリネンを強く握り締める。レオハルトから与えられる愛撫《あいぶ》の甘さに溺《おぼ》れ、酔《よ》ってしまっている。身体の感覚が不安定で、なにかを掴《つか》んでいないと心細かった。

「も……っ、あ……ああっ」

やがて、最後の瞬間は思いがけずやってきた。内側でなにかが弾《はじ》けるような感覚に高い声を上げ、ユリアナは身体をこわばらせた。

「……達したんだね」

ぼそりと呟《つぶや》くレオハルトの声にも、全身がぞくぞくする。

「可愛《かわい》いね……抱かないつもりでいたのに、つい、そうしてしまいたくなる愛らしさだ」

「お、お兄様……？」

彼は一度身体を起こすと、着ていた寝衣を脱ぎ捨てて、ユリアナの前で全裸になった。

生まれて初めて見る男性の裸身に、ユリアナは呆然《ぼうぜん》となる。

逞《たくま》しいその身体付き。胸部は筋肉で僅《わず》かに盛り上がっていて、引き締まった腹部も男らしさを感じさせる。

それ以上は視線を下げられず、ユリアナは横を向いた。

「お、お兄様……駄目です」

彼の指でどうにかなってしまったあとで言っても、説得力はまるでないかもしれない。

しかし、このまま流されるように身体を繋げるわけにはいかなかった。

彼にはグレヴィアと結婚してもらわなければならない。そうでなければ、三人でずっと一緒にいたいというユリアナの望みは叶《かな》えられない。

「今夜は抱かないと約束した。だが、少しだけおまえの身体を感じたい」

彼の甘い声は、まるでねだっているように聞こえて、また身体がぞくりとした。

彼に願われていやだと突き放《はな》せないのは、自分の弱さなのだろうか？　今すぐこのベッドから飛び下りて逃げるべきなのに、ユリアナは動くことができないまま、レオハルトに再《ふたた》びのしかかられる。

「だ、だめ……」

けれど言葉とは裏腹に、彼の重みが心地よかった。このまま組み敷かれて、抱かれても構わないと思ってしまうほどに。

ユリアナは両膝《りょうひざ》を合わせたまま足を持ち上げられる。

「……抱かないから、じっとしていて……いい子だから」

諭《さと》すようなレオハルトの声。

なにをされるのかわからぬまま息を詰めていると、レオハルトは彼女の太腿《ふともも》に、屹立《きつりつ》している彼自身を挟《はさ》み込んだ。

熱くて硬いその感触に、ユリアナの全身がぞくぞくと震える。

「動いたら入ってしまうかもしれないからね」

彼は意地悪い声で告《つ》げてから、ユリアナの腰を持ち上げ、ゆっくりと身体を動かし始める。

「んぁ……っ」

花芯《かしん》を撫《な》で上げられる感触に、ユリアナは甲高《かんだか》い声を上げた。

秘裂を屹立で撫で、たっぷりと蜜を絡《から》ませると、レオハルトは彼女の腿の間で身体を前後させる。

「あぁっ……ん」

彼の熱がすぐそこにあるかと思うと、ユリアナの全身に緊張が走り、身体が自分のものではないようにさえ感じてしまう。

熱くて切なくなるような感覚が、レオハルトと触れ合っている部分から広がっていく。

この行為を求めたのはレオハルトなのに、ついユリアナからもっとしてほしいとねだってしまいたくなる。こんなことはいけないと、戒《いまし》めていたはずの心が揺らいでしまいそうだった。

「お兄様……っ」

指で触れられていたときよりも快感は大きく、腰から湧《わ》き上がる愉悦《ゆえつ》に意識が乱されていく。

「あ……あぁ……っ」

縋《すが》るようにレオハルトに手を伸ばすと、彼はその手を強く握ってくれる。

彼と手を繋《つな》いでいるという安堵感《あんどかん》。心の中に生まれた柔らかく優しい感覚と、与えられる強い快楽に酔《よ》わされる。

「駄目……」

駄目なのに、もっと欲しかった。先程覚えたばかりの快楽に、再《ふたた》び溺《おぼ》れさせられる。

彼の屹立《きつりつ》での愛撫《あいぶ》に、ユリアナの全身は火がついたように熱くなった。

「あ……あぁ……っ」

自分の唇から漏《も》れる艶《なま》めかしい声に、ユリアナの頬《ほお》は羞恥《しゅうち》に染《そ》まる。

そんな声を呑み込もうとするように、レオハルトの唇が重なり、また互いの舌が絡《から》んだ。

舌先を吸われる感触も心地よくて、本当にどうにかなってしまいそうだった。

「……おかしく、なっちゃ……」

ユリアナの甘えたような声に、身体を揺らしていたレオハルトが微笑《ほほえ》む。

「可愛《かわい》いね」

二度目の絶頂はすぐだった。

「ん……っ……、お兄様ぁ!」

「――っ……」

背中を反《そ》らした瞬間、ユリアナはお腹の上に生温《なまあたた》かい感触を覚えた。そこに広がる白濁色の液体に、彼女は震える。

興奮のせいなのか、息が上がった様子の彼にも、全身が震えるほどの幸福感を覚えてしまう。

「……ユリアナ、愛しているよ」

涙で滲《にじ》む視界の中で、レオハルトが微笑んでいるのが見えた。

これが、現実であってほしいのか、それとも夢であってほしいのか、今のユリアナにはそれすらもわからない。ただ、快楽に酔わされた身体がひどく重たくて、静かに目を閉じることしかできなかった。

＊　＊　＊

翌日の早朝。ユリアナはレオハルトに願い出て、王家所有の馬車に乗り、エディアノン宮殿をあとにした。

昨晩感じた幸せの反動なのか、彼女はどうにもならないやましさを覚えていた。

自分は花嫁候補にもなれない身であるのに――と。

彼女が守りたがっている小さな幸せは、レオハルトとの世界を途切れさせないことだったのに、彼の身体を欲しがるだなんてどうかしていた。

とそのとき、ふいになにかを思い出しかけた。しかしすぐに、脳裏《のうり》に浮かんだ白い花に掻《か》き消されてしまう。

（……白い、花……）

同じ花を再《ふたた》び見ることによって、なにがあったのか思い出すことができるかもしれない。あの花は、湖畔《こはん》に咲いていた気がした。

その日の昼過ぎのレオーネ邸。

ユリアナがそろそろお茶会に出かける時間だと思っていると、朝にも乗った王家所有の馬車が彼女を迎えにやってきた。

いつもはない馬車の迎えに戸惑いながら、ユリアナはピンク色のドレスの裾《すそ》を持ち上げ、レオハルトが手配したであろう馬車に乗り込んだ。

そうして走り出してからちらりと窓の外を見ると、レオハルトの従者であるクエストが馬で併走《へいそう》している。今までこんなことはなかったのに、いったいどういうことなのだろうか？

普段はお茶会の前に、アリエッタがいる教会に立ち寄っていたが、今日はそれも叶《かな》わず、馬車はまっすぐ王宮の門をくぐる。

やがて王宮庭園内の小宮殿に到着すると、深紅《しんく》のドレスを着たグレヴィアがすでに待っていた。いつもとなにも変わらぬ様子で、美味《おい》しそうなお菓子をテーブルの上に並べ、上機嫌でお茶会の準備をしているグレヴィア。そんな彼女を見て、ユリアナの心は再びやましさでいっぱいになった。

「今日はレオハルト、来られるそうよ」

ふいにグレヴィアの口から彼の名前が出てきて、ユリアナの心臓がどきりと跳ねた。

「あ……ぁ、そうなんですね」

お茶会に来るつもりがあるから、彼はレオーネ邸に馬車を寄越したのだろうか？

「そうそう、この前貸した本はどうだったかしら？　ユリアナ」

この前貸した本というのは、性描写が詳細に描《えが》かれた恋愛小説のことだ。グレヴィアの言葉で昨晩のことが鮮明《せんめい》に思い出され、ユリアナの鼓動《こどう》が速くなる。

「あ、あの……面白かった、です」

「それはよかったわ。今日はもうちょっと違う感じのものを持ってきたの」

そう言いながら、グレヴィアは絹《きぬ》の布にくるまれた本を取り出す。

「違う感じのもの？」

ユリアナの問いかけに頷《うなず》きながらも、グレヴィアは戸口《とぐち》をちらちらと気にしていた。

「レオハルトはまだ来ないようね」

グレヴィアが包みを開けると、一見なんの変哲《へんてつ》もなさそうな赤い表紙の本が出てきた。

「女の子だけの秘密よ」

悪戯《いたずら》っぽく微笑《ほほえ》みながら、グレヴィアはぱらりと本を開く。その中身にユリアナは驚愕《きょうがく》した。

普通の絵本だと思ったそれは、よく見ると男女が交わっている様子が描《えが》かれたものだ。見ているうちに、ユリアナの頬《ほお》が一気に熱くなる。

「ユリアナも年頃の女の子ですもの、こういうことには興味があるでしょう？」

年頃云々《うんぬん》どころか、つい昨日、似たような体験をしたばかりのユリアナは余計に動揺《どうよう》してしまう。

「お、お姉様も、興味がおありなんですか」

自分がどう思うかの答えは濁《にご》して、ユリアナはグレヴィアにそう尋ねた。

「もちろんよ。私は十六くらいから、こういった本を見たり、読んだりしていたわ。王宮内の書庫にこの手の本は結構多いのよ」

「十六歳ですか……」

「ユリアナは遅いくらいね」

そんなことを言いながら、グレヴィアはユリアナに見せつけるようにして、ぱらぱらとページを捲《めく》っていく。

小説よりも遥《はる》かに刺激の強い内容に、ユリアナは戸惑いを隠しきれなかった。

「ねぇ、ユリアナは小説とかこの本を見て、変な気分になったりはしない？」

事もなげに問いかけるグレヴィアに、どう答えていいのかわからない。困っている様子のユリアナを見て、グレヴィアはにっこりと微笑んだ。

「私はなるわよ。でも、その先にあるものは子作りなのだから、少しも悪いことではないわ。ラーグ神は繁栄の神で、婚前交渉を禁じてはいらっしゃらないもの」

確かに、女性が結婚するまで処女でいなければいけないという概念《がいねん》は、この国にはない。

「屋敷に戻ったらゆっくり見てね」

再び本を絹《きぬ》の布でくるみ、ユリアナに差し出しながらグレヴィアは笑った。

（……お姉様も、そういうことをされた経験がおありなのかしら）

差し出された本を受け取りつつ、ふと、ユリアナはそう思った。

けれど、聞くにはあまりにも生々《なまなま》しい話題だ。また、その相手がレオハルトかもしれないと考えると、聞けなかった。

彼が自分にしたのと同じ行為をグレヴィアにもしているかもしれないと思うだけで胸

が痛い。昨晩のレオハルトの唇の柔らかさや、熱っぽい舌の感触を思い出すと、もう一度してほしいという感覚がユリアナの全身を満たしていく。

獣性《じゅうせい》を宿《やど》したエメラルドの瞳や、逞《たくま》しい身体。彼の全てに支配されたくなる、あの感覚はいったいなんなのだろう？

ユリアナが悩んでいるのに気付かず、グレヴィアはテーブルの上を見て口を開く。

「レオハルトはなかなか来ないわね。もう先に食べちゃいましょう」

「待たないのですか？」

「食べ始めた頃に来るわよ。そうだ、今日はユリアナのために凄《すご》く美味《おい》しいショコラを用意したのよ」

グレヴィアはそう言いながら、銀色のトレーに載せられたショコラを勧《すす》めてくる。

「お父様が買ってきてくださったものなの。ちょっとだけお酒が入っているけれど、とても美味しいのよ」

「そうなんですね。では、いただきます」

ユリアナは勧められるがままに、銀のトレーから一粒を手に取り、そっと口の中に入れる。すると、ふわりとお酒の香りが口腔《こうこう》に広がり、口溶けのよいショコラはあっという間になくなってしまった。

「とても美味しいです」

「そうでしょう？　あまりにも美味しかったから、ユリアナにも食べてもらいたくて持ってきたのよ」

「嬉しいです。お姉様」

アルコールのせいだろうか？　顔が一気に熱くなり、ふわふわした感覚に陥《おちい》る。

「もっと食べて。そのドライフルーツが入ったショコラも美味しかったのよ」

そうしてグレヴィアに勧められるままに、もう二、三粒食べたところで、身体が熱くてたまらなくなってしまった。

「……なんだか、とても暑いですね」

持っていた扇《おうぎ》でユリアナが自分の顔を扇《あお》ぐと、グレヴィアが心配そうに聞いてくる。

「まぁ、大丈夫？　お酒がきつかったのかしら」

自分はアルコールに弱いのだろうか。頭がぼうっとし、くらりと眩暈《めまい》がした。

思わずこめかみを押さえたユリアナに、グレヴィアが告《つ》げた。

「奥の部屋で少し休むといいわ。レオハルトが来たら教えてあげるから」

「ごめんなさい。お姉様」

「いいえ、勧めたのは私だから――レオハルトにも叱られてしまうわね」

少しだけ困ったような表情をしたグレヴィアに、ユリアナはソファから立ち上がりながら苦笑いする。

「……お兄様には、内緒にしてください」

グレヴィアが叱られてしまうのも、レオハルトに心配をかけてしまうのも本意ではない。

侍女《じじょ》に案内されて奥の部屋のベッドに身体を横たえると、ユリアナは急激な眠気に襲《おそ》われた。

お菓子とは違う甘い香りを鼻腔《びこう》に感じる。その香りは咲き乱れる花の蜜のものだった。

ユリアナは、これが夢だとすぐ気が付いた。

何故ならば、目の前で幼《おさな》い自分が熱心に花冠《はなかんむり》を編《あ》んでいたから。

視界に広がる王宮庭園の花畑。

懐《なつ》かしさと同時に、寂《さび》しさも感じてしまうのは何故だろう?

幼い自分は、でき上がったふたつの青い花冠を、少女時代のグレヴィアと、少年の姿をしたレオハルトの頭の上に被《かぶ》せた。

ユリアナが満たされたように微笑《ほほえ》むと、ふたりも微笑みを返してくれる。

幸せだ――

幼い自分と同調するように、ユリアナもそう感じていた。

今、第三者の視点で見ている光景は、かつての出来事である。この頃は、なんのためらいもなくふたりに接することができた。もう取り戻せない、穏やかで柔らかいあの時間が懐《なつ》かしかった。

「……ん、う」

優しい夢が静かに終わり、ユリアナは目を覚ます。

けだるげに目を開けると、ベッドの端《はし》に誰かが座っていることに気付いた。

銀色の髪とエメラルドグリーンの瞳を持つ、美貌《びぼう》の青年。夢の中で幼いユリアナが花冠を捧《ささ》げた少年とよく似た人物が、彼女を見下ろしている。

――この国唯一の王子。美しいレオハルト。

「お兄……様？」

頭が朦朧《もうろう》とする。グレヴィアはレオハルトが来たら起こしてくれると言っていたのに、何故、彼はここで自分を見下ろしているのだろうか？

それとも目が覚めたと思っているだけで、これはまだ夢の続きなのだろうか。現に、身体がひどく重くて起き上がれない。

漆黒《しっこく》の礼装《れいそう》に包まれたレオハルトの腕が、ユリアナの身体の傍《そば》にある。幼《おさな》い頃は無邪気《むじゃき》にその腕を掴《つか》んでいたが、今は袖口《そでぐち》に触れることさえできそうになかった。畏《おそ》れ多く思うと同時に、彼の温《ぬく》もりを自分の腕の中に引き寄せたいと考えてしまう。切ない胸の痛みが、全身を甘く震わせた。

「ユリアナ、起き上がれそうか?」

レオハルトの問いかけに頷《うなず》くと、彼は微笑《ほほえ》みながら、彼女の頬《ほお》に張り付く髪を指でそっとはらう。

レオハルトの指先が触れただけなのに、身体がひくりと跳ねてしまった。

「お、お姉様は……?」

「先に帰ったよ」

「……え?」

あっさりと告《つ》げられた言葉に驚愕《きょうがく》する。

「どうして——」

慌《あわ》てて身体を起こすと、眩暈《めまい》がした。その上、身体の中心に鈍《にぶ》い疼《うず》きを感じる。ユリアナはこの感覚を知っている。そう、つい昨日の晩に覚えたばかりの疼きだ。正気を失いそうになるくらいの熱が、彼女の身体の奥で燻《くすぶ》っていた。

「わ、私、そんなに長い間、寝てしまっていたんですか？」

くらくらする頭を押さえながら聞くと、レオハルトは首を傾《かし》げる。その動作で、彼の艶《つや》やかな前髪がさらりと揺れた。

柔らかそうなその髪に触れたい衝動に駆《か》られたが、ユリアナはリネンを強く握り締めることで耐える。

「どうかな……グレヴィアは私が来てすぐ、アルベティーニ家の従者が迎えに来て帰ってしまったから、詳《くわ》しい状況はなにも聞いていない」

「あ……あ、そうだったんですね」

「まぁ、おおかた、件《くだん》のご友人のことで呼ばれたのだとは思うけれど」

そう言って、ふっとレオハルトは笑った。

件のご友人、とは誰のことだろう。そう考えてから、ユリアナの思考は、すぐにある人物へと辿《たど》り着く。

「ジェラル様になにかあったんですか？」

「何故、あの男のことをおまえが心配する必要がある？」

すぐさま問い返されて、ユリアナは口をつぐむ。確かに、心配するような間柄《あいだがら》ではないけれども……

「ベッドで寝ているということは、体調が悪くなったのか？　大丈夫か？」

「あ……はい、少し」

彼女の身体を支えるために、レオハルトがユリアナの肩に触れる。ただそれだけの接触なのに、ユリアナの身体は大袈裟《おおげさ》に跳ねた。

「ひゃ……ぁ」

「すまない。どこか、痛むのか？」

彼からの謝罪の言葉に、ユリアナは慌《あわ》てて首を横に振る。

「ごめんなさい、どこも痛くないです」

けれど彼に触れられた瞬間から、それまで感じていた鈍《にぶ》い疼《うず》きの性質が変わったような気がした。

ふわりと香る、レオハルトの香水。いつもと同じ香りなのに、今はそれが妙《みょう》に官能的な香りに感じられてしまう。騒ぎ出す欲求を抑えきれなくなる予感がして、ユリアナはレオハルトに願った。

「お、お兄様……どうか、お兄様もお帰りください。私は……もう少し休んでから帰りますので」

「体調の悪いおまえをひとりにはできない。それに、色々聞きたいこともあるしね」

彼が聞きたいこととは、なんだろうか？

「ユリアナ」

ふいに手を握られる。彼の皮膚《ひふ》の感触に全身がざわめき、疼きはいっそう強まる。

「……っ」

漏《も》れそうになる声を押し殺すために唇を強く引き結ぶと、唇にレオハルトの指が触れた。

昨晩の口付けが鮮明《せんめい》に思い出されて、ユリアナは思わず身体を引く。

いつまでもこうしている場合ではなかった。レオハルトの問いに答えて早々に彼から離れなければならない。

「私に聞きたいこととは、なんでしょうか」

「昨日おまえは、あの男になにを聞かれて泣いた？」

ひくりとユリアナの肩が揺れる。

泣いた理由は、レオハルトとグレヴィアが抱き合う行為をまざまざと想像してしまったからだ。しかし、それがどうして泣くほどのものだったのかという説明はできそうになく、黙り込んでしまう。

「言わないと──おまえを泣かせたあの男には、それ相応の罰《ばつ》を受けさせることになる。

ひとまず、今はグラフォート侯爵家からの外出禁止を命《めい》じているが、宮廷内で不埒《ふらち》なこ
とをしたという罪で投獄《とうごく》すべきかと考えている」
レオハルトはユリアナを甘い表情で見つめながら、淡々《たんたん》と物騒《ぶっそう》な言葉を述べた。
「ジェラル様を投獄だなんてそんな……。聞かれた内容は、おふたりが男女の関係かど
うかということだけで」
「おふたりとは、誰と誰のことだ」
ユリアナの答えに、レオハルトは首を傾《かし》げた。
「あ……の、お兄様とお姉様……のことです。わ、私は、わからないと答えたのですが、
ジェラル様は、それなら私から見てどのように思うのかとお聞きになりました」
「……それは、ユリアナから見て、私がグレヴィアを抱いているかどうかという意味だ
ろうか?」
「そ、そう……です」
「ふうん、随分《ずいぶん》とくだらないことを聞く男なんだな。そんなことは、私なりグレヴィア
なりに聞けばいいものを」
「……当事者には、聞けないからだと思います」
ユリアナが俯《うつむ》いて思ったままを答えると、レオハルトは眉根《まゆね》を寄せる。

「私はともかく、グレヴィアとは友人なんだろう？　気になるのなら、まったく関係のないおまえに聞くより、本人に聞くほうが早いだろう」

「それはそうなんですが」

「それに、当事者っていうのはどういうことなんだろうね？」

彼の怒りの矛先《ほこさき》が変わったことには、すぐに気付いた。けれど、どうしていいのかまではわからない。

重たい沈黙が続く。なにも言わなくなったレオハルトの様子をうかがうために、ユリアナがちらりと視線を上げると、彼女をじっと見つめているエメラルドの瞳とぶつかった。

「……最近のユリアナは、本当に私を怒らせるのが上手くて困るね」

彼の言葉に、ユリアナはさらに動揺する。

「お、お兄様……ごめんなさい。許してください」

「許されたいの？　こんなふうに何度も私を怒らせるくせに」

「……気付けなかったんです。今までずっと……」

なけなしの勇気をふりしぼって、ユリアナはレオハルトに尋ねた。

「昔、私がなにかしてしまって……それ以来お兄様が思い悩んでいらっしゃるのはわかっています。きっと、怒っていらっしゃったんですよね？　だけど、自分がなにをしたか思い出せないんです」

「昔って？　なんのことだ」

「それを覚えていないんです」

レースがついた花の髪飾りが落ちそうな勢いで、ユリアナは左右に首を振る。

彼女の銀灰色《シルバーグレー》の瞳に涙が滲《にじ》み始めているのを見て、レオハルトは小さく息を吐いた。

「……今はともかく、そのことで怒ってなどいない」

「怒っていないのなら、どうして」

今まで、自分に原因があるのだと思っていた。けれどそうではなく、理由はなにもないけれど疎《うと》ましいとレオハルトに思われているなら、そのほうが余計に悪い。

彼のいない世界には行きたくない――

そう思った途端《とたん》、ユリアナの身体が震え始めた。

「わ、私……」

ユリアナの脳裏《のうり》に沢山の白い花が浮かぶ。何故か、あの花と同じ香りが漂《ただよ》っているような気がした。

いい香りのする綺麗《きれい》な花だったから、レオハルトにも見てもらいたかった――？

白い花についての記憶だけが断片的に浮かぶが、他のことが思い出せない。

「お兄様……、私」

縋《すが》るように彼の身体に身を寄せると、次の瞬間、ベッドの上に押し倒されてしまった。

「ん……っ、や……」

「……忘れてしまっているのなら、思い出す必要はない」

「え？」

レオハルトの物言いだと、彼はなにかを知っているように思える。知っていて教えてくれないのはどうしてなのか。

「全て忘れろ。おまえにとっては不要な記憶だ」

柔らかいレオハルトの唇が、ユリアナの唇を塞《ふさ》ぐ。

「んぅ……っ」

ユリアナはレオハルトの胸を押すが、びくともしない。それどころか、彼は口付けながら彼女を抱き締めた。

「私を拒《こば》んでは駄目だ。ユリアナ」

男の表情《かお》をのぞかせるレオハルトに、ユリアナの劣情《れつじょう》が煽《あお》られる。やがて大きく膨《ふく》らんだ情欲を制御できなくなっていく。

快楽の頂《いただき》を教え込まれたのはつい昨日のことなのに、ユリアナはその快楽にすっかり弱くなっていた。

レオハルトの舌が口内に入り込んでくると、抵抗できなくなり、恍惚《こうこつ》としながらそれを受け入れてしまう。

「あ……ン」

レオハルトにドレス越しに撫《な》でられる場所が、どこも熱い。

肩や背中に触れる彼の掌《てのひら》に、ぞくぞくした。

(もっと、欲しい)

求める気持ちはいっそう強まる。昨晩は腹の上に出されたレオハルトの子種を、自分の中に放《はな》ってほしい——そんな気持ちが芽生《めば》えて、はっとする。

自分は、なんてことを考えてしまっているのだろう。レオハルトはターラディア王国の王子。そして彼の花嫁最有力候補はグレヴィアだと理解しているはずなのに、レオハルトと関係を結びたがるなんて——ユリアナは、僅《わず》かに残された理性でレオハルトの胸をもう一度押した。

「ん……だ、駄目……です」

手放したくない体温が傍《そば》にあるのに、遠ざけなければいけない。その辛さに、彼女の銀灰色《シルバーグレー》の瞳から、涙が溢《あふ》れそうになった。

「……おまえの、そのなにかに耐えているような表情が、私を煽《あお》っていると気付かないのか」

「え？」

そう言われても、わざとしているわけではないのに、とユリアナは困ってしまう。

「それに、おまえに選択権などない」

僅かに空《あ》いた彼との距離は、レオハルトがユリアナを抱き締めたことで再《ふた》び縮まった。

ユリアナの目の前には、彼の抜けるように白い肌と、宝石のように美しいエメラルドグリーンの瞳がある。

「どうあがいても、私以外の男は望めないのだから、諦めろ」

そう言い切ったレオハルトは、片手をどこかへ伸ばし、赤い表紙の本を取り出した。

その本はなんだったろうか？　はっきりしない頭で考えていると、レオハルトが本を開いて中身を彼女に見せつける。

やがて、絵本のようなそれがなんであるか思い出し、ユリアナは羞恥《しゅうち》に頬《ほお》を染《そ》め上げた。

「この本は王宮内の書庫にあるものだ。持ち出したのはグレヴィアだろう。彼女が見る分にはいいとしても、おまえには少し刺激が強すぎるように思えるね……」

咎《とが》められたのかと思い、ユリアナは素直に彼に謝罪した。

「……ごめんなさい、お兄様」

「知りたいのなら、この私が教えてやる。だから、他の男に目を向ける必要はない」

自分がこの本と同様の行為を知りたがっていると思われている。それが恥ずかしくて堪《たま》らなかった。確かに興味がないわけではないが、だからといって、そういう行為をしたいがためにジェラルと話していたと思われては困る。

「……違うの……」

レオハルトは短い笑い声を上げてから、彼女を見る。

「今日は、なにを食べたの?」

「え? あ……なにも、食べていません」

戸惑いがちに返されたユリアナの言葉を聞いて、彼は微笑《ほほえ》む。

「どうして嘘をつくのだろうか。お菓子を食べた形跡《けいせき》があったのに、おまえだけなにも食べなかったとでも?」

レオハルトの鋭《するど》い指摘に、ユリアナはなにも言い返せずに黙ってしまう。

「隠さなくてもいい。食べたのはこのショコラだろう?」

いつからそこに置いてあったのか、ベッドの脇にあるテーブルには、例のショコラが載せられていた。

レオハルトは銀色のトレーの上に並ぶショコラを長い指でひとつ摘《つま》んで、ユリアナの唇の前に差し出す。

「口を開けて」

「え？」

「食べなさい」

「ど、どうして……？」

含みがあるような笑みを浮かべながら、彼は言葉を続ける。

「早くしないと、溶けてしまう」

口溶けがよいショコラは、レオハルトの体温でも溶けていく。

レオハルトの指先がショコラで汚れていくのを見て、ユリアナは思いきって唇を開き、ショコラを口に含んだ。

「〝ラティアナの蜜薬〟で作られた蜂蜜酒《ミード》入りのショコラだ。美味《おい》しいか？」

蜜薬というのは、薬草にも使われる花を蜜源《みつげん》とする蜂蜜《はちみつ》のことをいう。

――ラティアナ。

どんな花だったろうか。彼が口にした名前は、聞き覚えがあるような気がする。

「はい……だから、つい、食べ過ぎてしまって……」

レオハルトの指先に付着したショコラ。ユリアナはそれを綺麗《きれい》にするために、舌先でそっと舐《な》め取った。

レオハルトはそんな彼女の様子に、艶《つや》めいた笑みを浮かべる。

「……いやらしいね」

ショコラを食べてすぐ、ユリアナの身体の疼《うず》きは増していた。

彼女が息を乱し、焦《じ》れるように内股を擦《こす》り合わせる様子を、レオハルトは目を細めて見下ろす。

「男を誘う香りが強くなった。触れられたいのか?」

ユリアナは弱々しく首を横に振った。

「我慢を続ければ、自分が辛いだけだよ」

「だ……って、やっ」

レオハルトの唇が耳朶《みみたぶ》に触れる。ただでさえ弱い場所への愛撫《あいぶ》に、彼女の身体がぶるっと震えた。

閉じている足の奥が、どんどん熱を持っていく。太腿《ふともも》を擦り合わせることで、溢《あふ》れ出す体液のぬるりとした感触が、いやでもわかってしまう。

快楽の渦《うず》に呑み込まれそうになりながらも、耐えようとしているユリアナの様子を見つめつつ、レオハルトは彼女のドレスの裾《すそ》を、ドロワーズが見えるくらい大胆に捲《まく》り上げた。

「お兄様……っ」

「足を開いて」

優しく諭《さと》すような声を聞き、ユリアナの目に羞恥《しゅうち》の涙が滲《にじ》む。

「いや……こんなの……恥ずかしい」

「私しか見ていない。なにを心配する必要がある？」

「お兄様にだって、見られるのは恥ずかしいです」

ユリアナが顔を手で覆《おお》い隠そうとすると、レオハルトはそれを止める。

「顔を隠しては駄目だ」

そうこうする間にも、ユリアナの腰の痺《しび》れは強くなる。なにもされずとも甘い感覚が身体中に広がって、中途半端な快感に身を捩《よじ》らせた。

「ん……ぁ」

「辛くなってきたのか？　私の言う通りにしないから、そういうことになっているんだよ」

レオハルトはそう言いながら、ドレスの前ボタンを外していく。ユリアナは羞恥《しゅうち》と申し訳なさを覚えて、逃げ出したくなった。

「お兄様、私……」

尚《なお》も決心のつかない様子のユリアナに、レオハルトは柔らかい口調で再《ふたた》び命令した。

「してほしいのだろう？　足を開きなさい」

「……ん……ぅ」

僅《わず》かに足を開く素振りを見せた彼女の膝《ひざ》を、彼は唐突《とうとつ》に折り曲げて大きく左右に開く。

「っ……や」

「もうすっかり、どろどろになっているみたいだな。下着が濡《ぬ》れてしまっている」

しとどに濡れた蜜源《みつげん》に、レオハルトが指を滑《すべ》らせた。彼の指は彼女の変化を面白がるように動き回り、やがて下着越しに花芯《かしん》を撫《な》で始める。

「あ……ぁ、ン……や、だ」

明らかな目的をもって、自分でも触れたことのない部分に触れてくるレオハルト。ユリアナはひたすら彼の指に翻弄《ほんろう》されていく。

「凄《すご》いね……どんどん溢《あふ》れてきている。気持ちいいのか？」

「や……」

そんな恥ずかしいことを聞かないでほしかった。

ユリアナがむずがるように首を左右に振れば、レオハルトが笑った。

「気持ちよくないのか……困ったね」

少しも困った様子のない口ぶりで言いながら、レオハルトは彼女の下着の中に指を入れてくる。

直接触れられると、下着越しのそれとはまた違う愉悦《ゆえつ》が湧《わ》いて、つい大きな声が出てしまう。

「あ……っ、あぁ……や……ぁ」

「……こういうほうが、よかったか」

「い、いや」

羞恥のあまりそう告《つ》げたが、やめてほしいと思う気持ちと同じくらい、続けてほしいと思う気持ちがあった。

もっと、もっと、とさらなる快感を欲している自分が心の奥底にいて、自《みず》ら彼の指にその部分を押し付けようとする。

やがて、彼の指が直接花芯を撫でると、かっと熱が上がった。

「あ……ぁん、お兄様……っ」

「可愛《かわい》い、ユリアナ」

ふっとレオハルトが笑う。

快感が増すほどに、羞恥《しゅうち》は欲望の陰に隠れて、彼を欲しがる感情ばかりが強まっていく。燻《くすぶ》っている部分を擦《こす》ってもらわないと、おかしくなってしまいそうだった。

昨夜のように、彼の指を内部に入れてほしい。レオハルトの体温を内側に感じると、気持ちよくもあり、また繋《つな》がっている感覚がして安心もできた。

「お兄様……」

けれど、自分からねだることなどできない。ユリアナが焦《じ》れてこれ以上は堪《たま》らない気持ちになった頃、ぬちり、と淫猥《いんわい》な音がした。

音のしたほうを見ると、レオハルトの指が彼女の内側に入り込んでいる。

「あ、あン……お兄様の指……が……」

「いい？」

「あ……ぁ……いい……、です」

頭の冷静な部分では、彼にこんなことをさせてはいけないと思っているのに、どうにも制御ができなかった。

今のユリアナには、疼《うず》いていた場所に与えられる甘い快楽に陶酔《とうすい》することしかできない。そして、その感覚は昨晩よりも大きい渦《うず》を生み出し、ユリアナの理性を呑み込んでいく。

「ん……ぁっ」

「ほら、こっちも……」

彼の唇と舌が耳を這《は》い始めた途端《とたん》、爆発的に膨《ふく》らんだ快楽にユリアナは嬌声《きょうせい》を上げた。

「あ……っ、あ……ぁぁっ」

膨れあがった快感は腰から頭頂部へと抜けていき、その強い感覚に身体が引きつる。

彼の指が内部から抜き出されても、全身の震えは止まらなかった。

「……可愛いね」

指についた彼女の体液を舐《な》め取りながらそう言うレオハルトを、ユリアナは焦点の定《さだ》まらない瞳でぼんやりと見つめる。

「物足りないといった表情だな。心配することはない、離宮に移動してから、たっぷり可愛がってあげる」

物足りないなんて思ってはいないのに、レオハルトはそんなことを意地悪く告《つ》げてくる。

（……いいえ、本当に？）

じくじくとした熱い疼《うず》きを最奥部に感じながら、本当は自分は物足りなさを感じているのかもしれない、とユリアナは考えた。

昨晩は、指だけでも繋《つな》がっていることに満足できたのに、何故か今はそうではない。自分の中で貪欲《どんよく》な感情が頭をもたげ、暴《あば》れ出そうとしているような気がしていた。

＊＊＊

彼女がレオハルトに連れてこられた場所は、先程までふたりがいた小宮殿にほど近い位置にある、雪の宮殿だった。

その白亜《はくあ》の宮殿は、先々代の王がトルネア王国から嫁《とつ》いできた王妃のために建てたものである。

政略結婚で見知らぬ国に嫁いできた王妃が寂《さび》しくならないようにと、トルネア王国の調度品ばかりが置かれている。先々代の王が愛情深く王妃に接していた証《あかし》ともいえる宮殿だった。

普段のユリアナであれば、そんな雪の宮殿に足を踏み入れることなど畏《おそ》れ多いと言って拒《こば》んだだろう。しかし今の彼女は、そこまで頭が回るような状況ではなかった。

雪の宮殿へ移動してからも、身体の奥に燻《くすぶ》るじくりとした疼きは一向に治まらず、ユリアナの身体は火照《ほて》ったままだった。

綿《めん》モスリンの白いシュミーズドレス姿の彼女は、ベッドの上で横を向き、自分の身体を持てあましている。

「水でも飲むか？」

そんな彼女の背後から、レオハルトの涼《すず》やかな声がする。

意識が朦朧《もうろう》としていても、彼になにをされたかについての記憶はしっかりある。ユリアナは羞恥《しゅうち》から振り向くことができなかった。

一刻《いっこく》も早く家に帰りたかったのに、結局それは許されず、宮殿に連れてこられてしまった。なおかつ、レオハルトも一晩中ここにいるつもりらしい。彼を前にしてこの身体の疼きに耐え続けなければいけないのかと考えると、とても辛かった。

『たっぷり可愛《かわい》がってあげる』

先程聞かされた艶《つや》めいた彼の声が脳裏《のうり》によみがえり、それだけで全身が甘い快感にわななく。

「寒いのか？」

衣擦《きぬず》れの音が聞こえて、ユリアナは背後からレオハルトに抱き締められる。背中に感じる彼の体温に、ユリアナの花芯《かしん》がきゅっと疼《うず》いた。

今、疼きを覚えた場所にレオハルトが触れたことを思い出し、それだけで堪《たま》らない気持ちになる。

「……ユリアナ、一緒にお風呂に入ろうか」

「えっ」

彼はいったいなにを言い出すのだろうか。驚いて見上げると、レオハルトは綺麗《きれい》な顔に笑みを浮かべた。

「この宮殿内は少しだけ温度が低いから、身体が冷《ひ》えてしまったのだろう。湯浴みをして温まろう」

温暖な気候のターラディアは、年間を通じて春のように暖かい。一方、トルネア王国は寒冷な雪国だ。そこからやってきた妃《きさき》のため、雪の宮殿は少しでも室内の温度が低くなるように、工夫がなされた構造になっている。

「だ、だったら、私、ひとりで――やっ」

言葉の途中で、ユリアナの身体がふわりと宙《ちゅう》に浮く。

レオハルトに抱《かか》え上げられて、彼女はそのまま浴室へと連れていかれてしまう。

ユリアナが身に纏《まと》っていたレースの可愛《かわい》らしいシュミーズドレスは、あっという間にレオハルトの手によって脱がされてしまった。

「い、いや……お兄様」

「綺麗にしてあげる。おいで」

彼は自分の衣服を脱ぎ捨てると、湯の張られた猫脚《ねこあし》のバスタブの中に、ユリアナを抱いたまま入った。

ゆらゆらとミルク色の湯が揺れる。

ユリアナの頭は未《いま》だ朦朧《もうろう》としていて、これが夢なのか現実なのかの区別さえつかなくなってきていた。

「……んぅ」

彼が肩を撫《な》でるだけでぞくりとし、再《ふたた》び内側が熱くなる。

「……まだ、辛いのか？」

もし辛いと言えば、レオハルトはまたあの淫《みだ》らな行為に及ぶのだろうか。

「辛くないです……」

ユリアナの返事に、レオハルトは意地悪い表情で微笑《ほほえ》んだ。

「今日のおまえは、私に嘘ばかりつく。どうして？」

「そういうお兄様だって……今日は意地悪なことばかりおっしゃいます」

「あぁ、そういう私は嫌い？」

余裕の微笑《ほほえ》みを浮かべたまま、レオハルトはユリアナのストロベリーレッドの巻き髪を指で梳《す》いた。

「き、嫌いだなんてことは」

「じゃあ、好きか？」

「――好きですけど」

「そう」

艶《つや》やかに輝く髪の感触を楽しむように、彼は長い指を動かし続ける。

「おまえの髪は柔らかいね」

今更ながら、ユリアナは裸でいることに居心地の悪さを感じて俯《うつむ》き、彼から離れようとする。そして正面に向かい合って座っている彼の裸身に、心臓が壊れそうなくらいどきどきした。

「髪も……甘くていい香りがする。おまえの皮膚《ひふ》の香りには負けるけど」

髪を弄《もてあそ》んでいたレオハルトの指がユリアナの顎《あご》に触れ、顔を持ち上げる。

彼が触れた場所全てが、火をつけられたように熱い。エメラルドグリーンの瞳が誘うように濡《ぬ》れて輝く様子も、ユリアナを堪《たま》らない気持ちにさせた。

「だ、めです」

「なにが？」

意地悪く微笑む彼の表情にも、もはや甘い感覚しか生まれず、ユリアナの全身がざわついた。

「ほら、もっとこちらにおいで」

そんな言葉と共に、手首を掴《つか》まれ引き寄せられる。

そのままユリアナは、座っているレオハルトの上に乗りかかる格好にさせられた。

そうすると乳房が湯から出てしまい、彼女は慌《あわ》てて両腕で胸元を隠す。

「どうして隠してしまうの？」

「は、恥ずかしいからです」

「私は見たいと思っているよ」

レオハルトはそう言いながら、ユリアナの腕を外そうとする。彼女は必死に抵抗した。

「いや……っ」

「見せて、ユリアナ」

「お兄様が私の胸を見る必要はないと思います」

「へぇ、断言してしまうんだね」

「だ、だって……」

ユリアナが身体を隠すように背中を丸めると、レオハルトの指が彼女の耳に触れてくる。

その途端《とたん》、背筋《せすじ》にぞくぞくと甘い感触を覚えて、声が漏《も》れた。

「あ……ぁ、それ、や……」

じくりと腹の中が熱くなり、身体の中心に疼《うず》きを感じてしまう。逃《のが》れようと身を捩《よじ》れば、下腹部に当たる熱く硬いものに気付いて、思わず息を呑む。

「おまえが動くからだよ」

レオハルトのエメラルドグリーンの瞳が妖《あや》しく光り、彼の表情がみるみるうちに、艶《なま》めかしいものへと変化する。

もとより美貌《びぼう》の王子と呼ばれるほど美しい顔立ちをしているレオハルトであったが、今の彼は見る者全てを魅了《みりょう》し、甘美《かんび》な罠《わな》に落とそうとしているかのようだった。

「あ……、駄目」

その表情に、ユリアナの背筋がぞわりとした。

寒気《さむけ》とは違う類《たぐい》の、この上なく甘いそれに溺《おぼ》れそうになる。そうでなくても、すでに身体はおかしくなっているというのに。

「どのみちおまえが望める相手は私だけなのだから、迷う必要もない」

レオハルトは、昨日もそんなことを言っていた。望める相手が彼だけというのは、どういう意味なのだろうか。

「他の男を求めるなんて許さない。そんなことは言わなくてもわかっていると思っていたけれど」

そう言いながら、レオハルトが腰をゆっくりと動かし始める。

秘部に熱の塊《かたまり》が擦《こす》れて、甘い感覚がユリアナの中に湧《わ》き上がった。

「あぁんっ」

「──可愛《かわい》い声」

濡《ぬ》れた声で囁《ささや》かれ、ユリアナは慌《あわ》てて自分の口を両手で覆《おお》った。

「もっと聞かせなさい。擦られると、ユリアナはいいのか？　こんなふうに、私のもので」

硬くて熱い塊でさらに秘裂を擦られると、それ以上は堪《こら》えようがなくなって、つい甘えた声を出してしまう。

「や……ぁ、お兄様……やめ……ンッ」

彼にされている行為の淫猥《いんわい》さを考えると、あまりの恥ずかしさに涙が滲《にじ》む。

「いい表情をするね、凄《すご》く煽《あお》られるよ」

「どうし……て、お兄様、意地悪……です」

ふるふると震えながら告《つ》げるユリアナに、レオハルトは笑った。

「意地悪？　そうなのかな。これが普通なんだけどね」

彼の艶《つや》のある銀色の前髪がさらりと揺れる。その奥で輝くエメラルドの瞳は蠱惑的《こわくてき》だ。

「嘘……いつもと、違う」

ふと、お茶会の席で、レオハルトのことを暴君《ぼうくん》と称したグレヴィアを思い出す。確かに今の彼なら、暴君と呼んでも差し支えはない。

「いつもと違うから、いやだ？　嫌いになってしまう？」

ユリアナの細い腰を掴《つか》み、秘裂を何度も熱の塊《かたまり》で擦《こす》りながらレオハルトが尋ねてくる。

「あ……ぁあっ、ん……」

どうしたって、嫌いにはならないし、なれない。

ただ、支配されていく感覚が怖い。しかし、怖く思うと同時に、その行為を強く望んでいる自分に気付かされて、どうしていいのかわからなくなってしまう。

「あ……ぁ……私は……お兄様を嫌いにはなりません」

「じゃあ、好きか？」

彼の指が蜜に濡《ぬ》れている場所を割り開く。その奥に入り込もうとする猛々《たけだけ》しい塊を感じて、ユリアナは躊躇《ちゅうちょ》の声を上げる。

「あ……っ、お兄様……だ、め……ン」

戸惑いと期待に、彼女の腰がぶるぶると震えた。

本当は、その塊を奥まで入れてほしいと思っている。疼《うず》いている場所に届くように、奥まで入り込んで掻《か》き混ぜてほしかった。

「ユリアナ、抱かせて」

レオハルトからそう告げられた途端《とたん》、最奥で甘い疼きを感じ、おかしくなりそうだった。

「おまえを私のものにしたいんだよ。だから、いい？」

「……っ、あン」

ユリアナの全身が歓喜《かんき》に震えた。

──自分がレオハルトのものになる？

それはなんて甘美《かんび》な言葉なのだろうか。今まで以上の熱と興奮に、意識が乱れていく。

「……抵抗するなよ。このまま……入れる」

彼の手がユリアナを逃《のが》さないように腰を掴み、そのままゆっくりと彼女の中に自身を沈めていく。

硬い感触が少しずつ内部に入り込んできて、ユリアナは首を左右に振った。

「あぁ……や……、お兄様……入っちゃう……」

「痛いか？」

聞かれた言葉に対して、ユリアナは再び首を横に振る。

無垢《むく》な内壁を押し広げている塊《かたまり》が熱すぎて、襞《ひだ》が感じる痛みは些細《ささい》なもののように思えた。

「もっと、奥まで入れるよ」

「……やぁ……」

いやいやと首を振ると、レオハルトが笑う。

「ユリアナ、もう諦めなさい。こうなってしまうと、私だってやめられないんだよ」

「入れちゃ、いや……なの」

彼は疼《うず》きが強くなっている奥までは入れずに、浅い場所で出し入れを繰り返して、ユリアナの身体を揺さぶった。

湧《わ》き上がる愉悦《ゆえつ》に、ユリアナが高い声を上げる。

「あっ……あぁ……や、だ、そんなに……しないで」

「いやいやばかりだな。ベッドの上でなら足を開いてくれる？　私を受け入れるか？」

ためらう気持ちは場所の問題ではなかったから、ユリアナは首を横に振った。

「困ったね」

彼はふふっと笑ってから、彼女の耳朶《みみたぶ》を甘噛《あまが》みする。

「ひ……っ、ああン」

「じゃあ……私を好きだと言いなさい」

どうしてその言葉を言わせたがるのかはわからなかったが、そうすればこの状況から逃《のが》れられるのだろうか。ユリアナは朦朧《もうろう》とする意識の中、レオハルトが望んでいる言葉を告《つ》げた。

「好きです……」

「愛しているか？」

「……愛して……ます」

そう答えてすぐ、ちゅっと、短い口付けが彼女に与えられた。

「私もおまえを愛している」

ユリアナが涙で潤《うる》んだ瞳を彼に向けると、レオハルトは意地悪い表情で微笑《ほほえ》んだ。

「愛し合っているのなら、抱き合うことになんの問題もないだろう？　おまえだって興味を抱《いだ》いていたことだ」

浅い部分に入り込んでいたレオハルトの一部が、一気に奥まで挿入《そうにゅう》される。最奥部を突き上げられる感覚に、ユリアナの身体が大きく跳ねた。

「あっ……あぁっ」

「ん……ユリアナ」

「あ……や……っお兄様……」

思わず彼の逞《たくま》しい身体にしがみついてしまう。そこへの刺激は、ユリアナの思考をどろどろに溶かしてしまった。

――自分は、なんて弱いのだろう。

その弱さは、ユリアナが望む、レオハルトが傍《そば》にいる世界を壊してしまうかもしれない。それなのに――

ただ、じわじわと彼の熱に侵食されていく内部の感覚が、彼女の劣情《れつじょう》を煽《あお》った。

「ふ……っ、あ……ぁ、奥……が」

「ユリアナ……好きだ」

「お、お兄様……わ、たし……あぁっ」

「好きだと、言いなさい」

「好き……好きです……」

下からゆっくりと突き上げられるたびに、奥から滲《にじ》む甘い快感に意識が乱される。

「や……ぁ、あ……っ、はぁ……ンっ」

意識は朦朧《もうろう》としているのに、内側に与えられる感触だけは鋭敏《えいびん》に感じられる。深々と貫《つらぬ》かれるその感覚には痛みも伴《ともな》った。けれど、彼が堪《こら》えきれずに漏《も》らす吐息《といき》を聞くと、痛みと同時に愉悦《ゆえつ》が湧《わ》き、つま先まで痺《しび》れるようだった。

「中が柔らかく締めつけてきているよ。おまえも悪くないと感じているんだな」

レオハルトは薄く微笑《ほほえ》み、バスタブの側に置かれた小さな白いテーブルに手を伸ばす。

そこには黄金のゴブレットが置かれていた。

彼は様々な色の宝石が埋め込まれた豪奢《ごうしゃ》なそのゴブレットを手に持ち、中を満たしている液体を口に含んだ。

葡萄酒《ぶどうしゅ》かなにかだろうか？　ユリアナがぼんやりそう考えていると、ふいに、レオハルトに口付けられる。

「……んぅっ」

口内に入り込むのは、彼の舌と甘い液体。

「お兄様、なにを――」

甘い液体が喉《のど》を通ると、ひりつき焼けるような熱さを覚える。痛みにも似たその感覚に、ユリアナは驚きを隠せなかった。

「そんなに驚くことはない。今、おまえが飲んだのは蜂蜜酒《ミード》だ」

「……蜂蜜酒……」

レオハルトは、お酒でさらに身体を温めようとしているのだろうか？

「少し濃いかもしれないな」

そんなことを呟《つぶや》きながら、彼は己の唇についた蜂蜜酒を舐《な》め取った。

彼の赤い舌がやけに艶《なま》めかしく、官能的に見えてしまう。そして繋《つな》がり合っている部分が、これまで以上に熱を帯《お》びてきているような気がした。

「あ……熱い……」

小宮殿のお茶会でショコラを食べた直後の感覚に似ているが、熱っぽさや疼《うず》きは、そのときの倍以上に思える。

「ユリアナ、ほら……もう少し飲みなさい」

レオハルトは、今度はゴブレットから直接飲まそうとしてきた。

しかし、蜂蜜酒の香りに危機感を覚えて、ユリアナはいやがるように首を振った。

「私を信用していないんだな」

レオハルトは蜂蜜酒をあおると、先程と同様にユリアナに口移しで飲ませる。

やがてユリアナは、深い場所でただ繋がり合うだけでは我慢ができなくなってしまっ

た。さっき危険だと感じたのは、こうなる予感があったからだろうか？

戸惑いが渦巻《うずま》く中、レオハルトが緩《ゆる》やかに腰を動かし始めると、ユリアナはすぐに、身体から滲《にじ》み出るような甘い快楽の虜《とりこ》になった。

「あ……あぁ……っ」

「ユリアナ、中の感じが凄《すご》くよくなった。おまえにもわかるだろう？」

バスタブの湯がぱしゃぱしゃと撥《は》ねる水音が、やたらと大きく聞こえた。

ユリアナのほっそりとした小さな身体は、レオハルトから突き上げられるたびにびくびくと震えている。

「ん……、う……」

「……ユリアナ。私の身体で貫《つらぬ》かれている感覚はどうだ？」

「凄く……いいの……奥が……」

聞かれたことに無意識に答えたものの、言葉の淫猥《いんわい》さに気付き、ユリアナの頬《ほお》は羞恥《しゅうち》に染《そ》まる。その返答を聞いたレオハルトの緑色の瞳が余裕なく艶《つや》めいたことに、感情も感覚も弾《はじ》けてしまいそうになった。

内壁が熱い。彼の屹立《きつりつ》した部分も熱くなっているように思える。互いの身体を擦《す》り合わせることで高まる温度に、ますますおかしくさせられる。

「あぁ……ユリアナ……いい」

「お兄様……私、も……」

「ずっと、おまえを抱きたかった」

強い力で抱き締められ、ユリアナは何度もレオハルトに貫かれる。熱くて逞《たくま》しい塊《かたまり》に攻め立てられ続けて、高い声が止まらなくなった。

「あ……あぁっ、お兄様……そんなふうに、突かないで……いや……おかしくなってしまうの」

「もっともっと、おかしくなればいい。気持ちいいと泣いて叫べ」

「や……いや……」

むずがるようにユリアナが首を左右に振れば、レオハルトは再《ふたた》びゴブレットを手にして彼女の唇にあてがってくる。

「ん……んふっ」

液体を流し込まれ、否応《いやおう》なしに嚥下《えんか》させられ、ユリアナの身体はいっそう熱を持つ。

レオハルトは空《から》になったゴブレットを元の場所に戻すと、再びユリアナを突き上げ始める。

「ひっ……や、あああっ」

激しい律動《りつどう》に堪《こら》えきれず、ユリアナはレオハルトの首に腕を回し、彼の身体に抱きつく。

ふわっと香るレオハルトの匂いを鼻腔《びこう》に感じた瞬間、心の中にある感情が溢《あふ》れた。

今、自分は彼の腕の中にいて、身体を繋《つな》げ合っているという事実。その幸福感が、堰《せき》を切ったように溢れ出てくる。

「あ……あぁ……お兄様……っ、お兄様……ぁ」

背筋《せすじ》がぞくぞくとして、全身が甘美《かんび》な感覚に支配されたそのとき、ユリアナは官能の頂点にのぼりつめた。

「あっ……あ……あぁあああっ」

「……私も、出すぞ……ユリアナ……っ」

「あ……っ、あぁっ」

体内にどくどくと熱い飛沫《しぶき》を注《そそ》がれて、その熱に身体を震わせる。

内側で主張するように跳ねる彼自身に再び絶頂を迎えて、ユリアナはそのままレオハルトの腕の中で意識を失ってしまった。

＊＊＊

雪の降らない温暖な南の国ターラディア。雪深く寒冷な北の国トルネア。先々代の王がターラディアを統治していた時代に、両国は同盟を結んだ。

その昔、トルネア王国は飢饉《ききん》に直面し、北の大地でナンバーワンの地位に君臨《くんりん》していたトルネア王国の弱体化により、北の国々の力関係は不安定になった。

やがてトルネア王国に代わり、隣国カザス王国が力を持ち始める。カザス王国は同じラーグ神を信仰している南の大国ターラディア王国を味方につけ、北の大地での地位をより強固なものにしようと画策《かくさく》した。

そしてターラディア王国に、婚姻による同盟が申し込まれる。

届いた親書は二通。一通は、これを機に周辺国を征服しようとするカザス王国から、そしてもう一通は、失った国力の回復を望むトルネア王国から。

当時のターラディア国王が選んだのは、信仰を異《こと》にするトルネア王国だった――

ターラディア王国の援助もあり、危機に瀕《ひん》していたトルネア王国は、次の代になる頃には元の安定を取り戻していた。

——遠い同盟国に嫁《とつ》いできた王妃は、雪の宮殿の窓からなにを考えて外を眺めたのだろう？

祖国のために政略結婚をした彼女の胸中は、彼女にしかわからない。

ユリアナはベッドの上で目を覚ました。見知らぬ天蓋《てんがい》に、ぼんやりとしていた意識がすばやく覚醒《かくせい》した。

半《なか》ば跳ね上がるように起き上がり室内を見渡すと、ターラディア王国ではあまり見ない、龍《りゅう》の彫刻《ちょうこく》がなされた調度品が並んでいることに気づく。

「……トルネア……」

龍が神の使いとされている北の国の名前をぼそりと呟《つぶや》いた途端《とたん》、ユリアナの全身がぶるぶる震え始める。

「わ、私……お兄様と……」

男性の身体を求めずにはいられなくなるような疼《うず》きは、もう感じられなかった。

しかし、熱病にかかったような熱さがなくなった分、今はレオハルトを受け入れてしまったことに対しての後悔ばかりが頭をよぎる。

大きな置時計に目をやると、時刻はとうに昼を過ぎていた。室内にレオハルトの姿はなく、また、使用人の姿もなかった。

レオハルトは公務に出かけたのだろうか。

「……どうしよう」

服を着たかったが、メイドが控《ひか》えている気配もない。

もしや、ずっとここにいなければいけないのだろうか？

白地に金糸《きんし》で龍の刺繍《ししゅう》がされたソファの上には、室内着用のシュミーズドレスが置いてある。本来、簡素なものが多いこのドレスだが、今置かれているそれは、襟《えり》ぐりにレースがふんだんに使用されていて、王族のものらしく豪華に見えた。

ユリアナはこれを自分が着てしまってもいいのだろうかと考えたが、彼女が昨日着ていたドレスは、メイドの手伝いがなければ着られそうにない。

ベッドから下りて絹《きぬ》の寝衣からシュミーズドレスへ着替えると、彼女は使用人を探して部屋の外に出た。しかし廊下《ろうか》にも、使用人の姿はない。

ユリアナは暫《しばら》く宮殿内をさまよった。エディアノン宮殿ほどではないとはいえ、広大な敷地を有する雪の宮殿内で、やがてユリアナは道がわからなくなってしまった。いったん自分が元いた部屋に戻ろうとしたが、それすらもできない。

（困ったわ）

そもそも、こんなふうにうろうろしてはいけなかったのかもしれない。王家所有の別荘とは違い、ここは先々代の王妃が使っていた后宮《こうぐう》なのだ。グレヴィアのように、王家と親戚関係があればまた別だろうけれど。

（……私は、ただの幼《おさな》なじみだもの）

レオハルトは、性に目覚めてしまったユリアナを、幼なじみとして放っておけなくなったから抱いたのだろう。そもそも彼には、ユリアナよりずっと美しい花嫁候補――グレヴィアがいるのだから。

ユリアナはふと、彼女の友人だというジェラルのことを思い出した。

ジェラルの物言いからして、彼が想いを寄せているのはグレヴィアに違いない。きっと彼は、レオハルトとグレヴィアを奪い合っているのだ。

（だから、お兄様はあんなふうに激昂《げっこう》なさったのね）

レオハルトはジェラルがユリアナともめているのを見て、今後グレヴィアに近付けさせないために、その状況を利用したのだろう。

ユリアナが勝手な推測を繰り広げていると、廊下《ろうか》の先から、ひそひそと控えめな話し声が聞こえてきた。

ようやく出会えた使用人に、ユリアナは安堵《あんど》の息を吐く。そして、レオーネ邸へ帰るための馬車を用意してもらうために、水色のお仕着せを着た彼女たちに近付こうとした。

しかし、話の内容がはっきりと聞き取れる位置まで来ると、ユリアナの足は止まった。

「レオハルト王子のご結婚相手は、グレヴィア様だと聞いていたけど、違うのかしらねぇ」

「家柄から見ると、正妃はグレヴィア様で、ユリアナ様は二番目ってことじゃないの？　ここ何代かは王妃様はおひとりだったけど、側室がいた時代もあったようだし……お世《よ》継《つ》ぎも必要だからね」

「でも、アルベティーニ家もレオーネ家も、子の多いお家ではないのにね」

「駄目なときは、また別の方をお迎えになるんじゃない？」

「……ロマンチックじゃないわねぇ」

「仕方ないわ。世継ぎは必要よ。あ、そろそろお茶の時間じゃないかしら」

「あなたは色気より食い気ね」

「今日は美味《おい》しいクッキーが用意されているみたいよ。楽しみね」

クスクスと笑う声が遠ざかっていく。

ユリアナはそれ以上立っていられなくなり、その場にしゃがみ込んだ。

――彼を誘惑したのは自分だ。

そんな意識はなかったけれど、ユリアナの体調の変化を見たレオハルトが放っておけなくなったのだ。これはつまり、自分が誘惑したも同然だろう。

きっと、レオハルトには側室がどうのという意識はない。本当にそのことを考えているのなら、使用人たちが言っていたように、養子をとろうかという話が出るほど子に恵まれない家系の娘に、手を出すわけがないのだ。

そして、そんな家系の自分が側室になって、ふたりの邪魔をするわけにはいかない。

（いやだ……もう、家に帰りたい）

どうしてこんなことになってしまったのだろう。

穏やかな日々を共に過ごし、かつて花冠《はなかんむり》を捧《ささ》げた兄と姉。そのふたりの幸せを願いたかったのに、自分が側室だなんて。

そのとき、黒髪が豊かなリズティーヌの姿がユリアナの脳裏《のうり》に浮かんだ。

子の多い家系のファルワナ公爵家の令嬢。レオハルトに赤い薔薇《ばら》を贈られた美しい女性。

彼女のことを考えれば考えるほど、ちりちりと胸が焦《こ》げるような痛みを覚える。ユリアナは、幼《おさな》い日のあの出来事以来、公爵家の娘であるリズティーヌに対して苦手意識を持っていた。そして、おそらく彼女もユリアナをよく思ってはいない。

ユリアナが社交界デビューをした日、一番冷《ひ》ややかな目を向けてきたのが、リズティーヌだった。だから余計に、彼女がレオハルトの花嫁になるのはいやだと思ってしまう。リスティーヌとレオハルトが結婚すれば、自分はもう二度と、彼の傍《そば》には行けなくなるだろう。

グレヴィアならきっと、三人の世界を壊したりしないのに――

「ユリアナが部屋にいないとは、どういうことだ」

突然、そんな厳しい声が聞こえてきた。

その声の主がレオハルトであることはすぐにわかった。厳しい口調の彼に、ユリアナは身をすくめる。直後、執事だろうか、男性の慌《あわ》てたような声が続いた。

「申し訳ありません、少しの間、使用人が誰もいない時間ができてしまいまして」

ふたりの声は、近くの部屋の中から聞こえた。しかし、ユリアナはうずくまったまま動くことができない。

「言い訳にもならない話は聞きたくない。宮殿から出た形跡はあるのか」

「それは、ございません」

「だったら、早く探せ」

どこにも感情が込められていないような淡々《たんたん》とした彼の口調からは、かえって怒りの深さが感じられた。

今まで彼に叱られたことがなかったから、レオハルトは怒ったりする人ではないと勝手に思い込んでいた。しかし、ここ最近の彼はそうではない。

――やはり自分は昔、彼をひどく怒らせてしまったのではないか？　レオハルトは怒っていないと言ったが、同時に忘れろとも言っていた。

ふいに、怯《おび》えるユリアナの頭の中で記憶の断片が再生される。

真っ白い綺麗《きれい》な花。ガーベラに似た姿の、甘い香りのするその花を、ユリアナはそれまで見たことがなかった。そのため、レオハルトにも見せたかったのだ。

――沢山摘《つ》んで花束にしたら、いい香りをそのまま彼に届けられる。

そう考えて湖畔《こはん》に咲いている花を、一本、また一本と摘み取った。

レオハルトは喜んでくれるだろうか。きっと喜んでくれるはずだ。だって、ユリアナが作ってプレゼントする花冠《はなかんむり》やブーケを、彼はいつも喜んでくれていたから。

『ユリアナ！　その花をその場に捨てて、すぐにこっちに来なさい』

そこまで思い出し、ユリアナの肩がびくりと跳ねた。

――どうして？　彼は自分のすることを、喜んでくれていない？

記憶の底に沈んでいたものをさらに思い出そうとしたが、ふいに人の気配を感じて、その記憶は再《ふたた》び沈んでいってしまった。

おそるおそる顔を上げれば、レオハルトがしゃがみ込んだ彼女を見下ろしていた。

「ユリアナ、こんなところにいたのか。宮殿内で迷ってしまったのかと心配したよ」

暫《しばら》くの間、レオハルトの顔をじっと見つめていたユリアナだったが、はっとしたように口を開く。

「ご、ごめんなさい、お兄様」

「……ん？」

「勝手に、部屋を出たのは私です。だから、叱るなら、私を叱ってください」

叱られることへの恐怖はあったものの、原因を作ったのは自分だ。自分の行《おこな》いのせいで、誰かが罰《ばっ》せられたり投獄《とうごく》されたりするのは耐えられない。

レオハルトは彼女の前で膝《ひざ》をつき、安心させるように微笑《ほほえ》む。

「部屋を出るなとおまえに言ってあったわけじゃなかったから、おまえのことは叱れない」

「で、でも」

「そのドレスは、自分ひとりで着替えたの？」

「……はい」

「目が覚めたときに、誰もいなかった。そういうことだな」

「……そうです」

「朝食は？　なにか食べた？」

「い、いいえ……でも、さっき目が覚めたばかりなので」

「起きた時間がいつということではなく、部屋に誰もいなかったから、食事ができなかったのだろう？」

「食事は……で、できなくても、大丈夫だったので」

「どうして？　帰ろうと思ったからか？　でも馬車を出してもらおうにも、使用人の姿が見えなくて困っただろう？」

彼が怒っているのは使用人が部屋に控《ひか》えていなかったことに対してらしい。ユリアナは首を左右に振った。彼らがこれ以上レオハルトの怒りを買わないよう、言葉を選び、作り話を口にする。

「使用人がいなかったわけじゃありません。単に私が声をかけられなかっただけで」

「声をかけられなくても、客人が起きたのならば、使用人のほうから声をかけるのが普通だろう」

「いいえ、その……私が起きたことには気付いていなかったと思います」

「何故？　気付かないなんて尚更《なおさら》おかしい」

「お話をなさっていたので……だから」

言えば言うほど、なんだか悪循環に陥《おちい》っているような気がした。

かばいたいと思って口にする言葉を、ことごとくレオハルトに覆《くつがえ》されてしまっている。

「仕事をせずに話に夢中になっていて、おまえに気付かなかった。そういうことか」

「ち、ちが……」

「かばうな。仕事をしないような人間を、注意もせずに見過ごすことなど到底できない」

「お兄様っ」

いよいよ状況が悪くなって、ユリアナは悲痛な声を上げた。

「聞け、ユリアナ」

強い口調で言われ、ユリアナの肩がひくりと跳ねる。

「……雪の宮殿は、長く使われていない宮殿だ。しかし、使用の有無《うむ》はともかく、ここが王家所有の宮殿であるなら、使用人もエディアノン宮殿で働く者と同じ心構えでいなければ駄目なんだ」

レオハルトはしゃがみ込んだままのユリアナの身体を抱き上げると、元いた部屋へと移動する。

「王族の人間が誰も来ないから、与えられている仕事もせずに使用人が遊んでいるというのであれば、この雪の宮殿自体が、私には不要なものだと思えてしまう」

「ですが……ここは先々代にとって、思い出深い宮殿なのですよね？」

「けれど今は不要だから、誰も使わないのだろう？　宮殿の内部は、トルネアの調度品ばかりだ。この国の人間から見れば異質で、近寄りがたいものになってしまっていることも理由のひとつだろうな。……あぁ、こんな話がしたかったわけではなかったのだけれど、おまえが怯《おび》えてしまったようだからつい」

「……ごめんなさい、お兄様」

「おまえが謝る必要はない。怯えさせてしまったのであれば、謝るのは私のほうだ。怖がられるのは不本意だが、私は優しいだけの男になれない。それはわかってほしい」

「……お兄様は、ゆくゆくは国王陛下《へいか》になられる方ですものね」

「他人事《ひとごと》のようだな。ユリアナ」

彼はふっと艶《つや》めいた笑みを浮かべた。

そんな彼の表情を見て、ユリアナは、もしかしてレオハルトは本気で自分を側室にするつもりなのだろうかと思ってしまった。

（いや。私……おふたりの邪魔になりたくない）

昨日、自分の身体に触れた手が、別の女性の身体にも同じように触れるのかと考えると、胸がずきずきと痛む。ユリアナがそう感じるくらいなのだから、グレヴィアだってきっと同じだろう。こんな苦しさを、姉のように慕《した》う彼女に味わわせるわけにはいかない。

思いつめたように押し黙るユリアナに、レオハルトは声をかける。

「今日のお茶会は中止だと、グレヴィアには伝えてある」

「え？　あ、そうなんですか……」

ユリアナがしょんぼりした様子を見せると、レオハルトは苦々しい表情になった。

「……そんなに残念そうな顔をするな。おまえはグレヴィアと私と、いったいどっちが大事なんだろうね……」

ユリアナが先程目を覚ました部屋に入ると、レオハルトはソファの上に彼女を下ろし、そんなことを言い出した。

「私がお茶会に行けなかった間、おまえはなにか感じてくれたか？　寂《さび》しいとか私に会いたいだとか、少しでも考えてくれたか？」

ユリアナの前に跪《ひざまず》いた彼は、そう問いかけながら、エメラルドグリーンの瞳で彼女をじっと見つめた。

対するユリアナは、憂《うれ》いを帯《お》びた彼の瞳を見つめ続けることができなくて、レオハルトが着ている詰襟《つめえり》の肩章《けんしょう》から垂《た》らされている飾緒《しょくしょ》へ視線を逸《そ》らす。

「わ、私は……その、もしかしたら……もうこのまま、お会いすることもなくなるのかと、思っていました」

「それで？」

「あの……だから……お茶会もなくなって……お姉様とも、会えなくなるのかなって」

「グレヴィアの話はどうでもいいよ。私と会えなくなるかもしれないと感じて、それでおまえはどう思ったの」

レオハルトと会えなくなってしまえば、彼女が望む〝優しい世界〟は崩壊する。だから、深く考えないようにしていた。

そんなことは言えず、ユリアナが黙り込んでしまうと、レオハルトは途端《とたん》に不機嫌になる。

「別に、平気だとでも言うのか？」

「仕方がないとは思いました」

「仕方がないだって？」

急に声のトーンが変わった彼に驚いて、その顔に視線を向けると、レオハルトのエメラルドの目は不快そうに細められていた。

「だ、だって……お兄様は王族の方で……私が会いたいと思ったとしても、気安く会えるわけではないですから」

「言い訳か？」

「お、怒らないでください……」

「無理だ」

レオハルトは不機嫌なままユリアナの隣に座ると、彼女に厳しい視線を向ける。

「おまえにどうでもいいなどと言われてしまったら、怒らずにはいられない」

「どうでもいいだなんて言っていません」

「同じことだろう？　寂《さび》しいと思わず、仕方がないで済ませられる程度の感情しかないってことなのだから」

だとしたら、他にどんな感情を抱《いだ》けばいいのだろう？

血の繋《つな》がりはないけれど、彼はグレヴィアと同様に、ユリアナにとっては兄妹のような存在だ。彼だって、そう思っているのではないのか？

じっと彼を見つめていると、突如《とつじょ》レオハルトの瞳が濡《ぬ》れたように輝き、その色が濃くなる。僅《わず》かに伏せた睫毛《まつげ》がいっそう艶《なま》めかしくなった。

「……ユリアナ」

彼の長い指がユリアナの顎《あご》に触れる。

これからなにをされるのか雰囲気でわかったけれど、ユリアナは身動きできずにそのまま受け入れた。

柔らかくて弾力のあるレオハルトの唇が、彼女の唇に触れる。短い口付けのあとで、ちろりと唇を舐《な》められ、堪《こら》えきれずに声が漏《も》れた。

「だ、め……ん」

「おまえはいやとか駄目とかばかりだな」

気が付けば彼の腕が背中に回り、肩を抱かれる格好になっていた。まるで彼に囚《とら》われているかのような感覚に陥《おちい》り、鼓動《こどう》がとくとくと速くなっていく。

「愛している。昨日はおまえもそう言ってくれたはずだ。だから私はおまえを抱いたんだよ。今更嘘だなんて言わないよな？」

「き、昨日の私は、おかしかったんです」

「それはおかしくならないと愛の言葉を口にできないという意味か？　だったら、もう一度おかしくしてやろうか」

シュミーズドレスの裾《すそ》をするりと捲《まく》られて、ユリアナのほっそりとした足がさらされる。

「や……っ」

これはいけないことだと頭でははっきり理解しているのに、花芯《かしん》は期待にじくりと疼《うず》く。

「……抱かせて。おまえの身体の奥を感じたい」

「だ、駄目です……」

「どうして？　焦《じ》らしているの？　この私を」

抵抗らしい抵抗もできないまま、あっさりとドロワーズを下ろされて、ユリアナの秘部が露《あら》わになった。

レオハルトに見られていることを意識するだけで、その部分が濡《ぬ》れていくのが自分でもわかる。

「い、いや……」

「濡れてなければ、今日のところはやめてあげるよ」

彼は意地悪く瞳を輝かせながら言うと、指先をユリアナの秘裂に伸ばした。

その途端《とたん》、ぬちゅ、といやらしい水音がする。

ぬめるその部分に指を何度か這《は》わせて、レオハルトは小さく笑った。

「……足、開いて」

「いやです」

「閉じたままだって入れられるが、それでもいいのか」

彼はトラウザーズから、猛々《たけだけ》しく形を変えた塊《かたまり》を引きずり出しながらそう告《つ》げる。昨晩受け入れたとはいえ、初めて見るその部位に、ユリアナの怯《おび》えの気持ちが強くなった。

「そんなに大きいの、入らないです」

ユリアナが必死に首を振ると、レオハルトは驚いたような表情をする。

「昨日、入れている」

「昨日のは……違うもの」

自分でもなにを言っているのかわからなかった。けれど、昨日のおかしくなってしまっていた自分と同じことができるとは、到底思えない。ユリアナの言葉に、彼はふふっと面白そうに笑う。

「なにが違う？ 私に抱かれていないとでも？」

膝《ひざ》を折ってユリアナの足を大きく開かせると、レオハルトはその間に自分の身体を割り込ませた。

「あっ……い、や」

「本当にいやなのか？ こんなふうに蜜を溢《あふ》れさせているのに。私には受け入れたがっているようにしか見えないよ」

彼はユリアナの蜜源《みつげん》から溢れる露《つゆ》で己《おのれ》の欲望の先端を濡《ぬ》らすと、その部分で何度も秘裂を擦《こす》った。

「ん……ぁ」

ぬちゅ、ぬちゅ、と彼が腰を動かすたびに淫猥《いんわい》な水音が室内に響く。

身体と聴覚が甘い快感に支配され、ユリアナの腰が痺《しび》れる。昨日ほど差し迫った感覚ではなかったものの、それでも彼女の身体の奥は、彼の肉体を欲しがるように疼《うず》き始めていた。

「ほら、本当は欲しいんだろう？　入れてくださいって言いなさい」

何故、彼には自分の変化がわかってしまうのだろうか？

押し当てられる彼自身の大きさに恐怖心を抱《いだ》きながらも、内側は焦《じ》れて堪《たま》らない状態になってしまっている。そのことを知っているかのように微笑《ほほえ》む彼は、本当に意地が悪い。

「駄目……赤ちゃん、できちゃう……」

「どうしてそれが駄目なの？　ユリアナには私の子を産んでもらうつもりだよ。昨日もそのつもりで中に出している」

「わ、私じゃ、駄目なの……赤ちゃんできないかもしれないもの」

「……できないんだったら、何度したって構わないってことか？　おまえはさっき、子ができるから駄目だと言ったのだから」

「え？　あ」

確かにその通りだ。混乱しているせいで、頭がきちんと働かない。

今の自分と比べれば、あんな状態でも、昨日の自分のほうがまだ冷静だったのかもしれない。

ずず……と、内壁を割り開くようにして、レオハルトの逞《たくま》しい塊《かたまり》がユリアナの内部に入り込んできた。

「ひっ……ぁ、や……駄目って……言った、のに」

「……たっぷり、濡《ぬ》れてはいるけれど……痛いか？」

気遣わしげにのぞき込んでくるレオハルトと目が合うと、涙が溢《あふ》れてくる。内部の痛みはさほどではなかったが、胸の内がまるで抉《えぐ》られたように痛くて、耐えがたかった。

「……ふぅ……えっ……」

ぽろぽろと涙を零《こぼ》す彼女を見て、レオハルトは動きを止める。

「ユリアナ？」

「――私じゃ、駄目なんだもの」

グレヴィアのような美しさもなければ家柄だってよくない。リズティーヌのように、子のできやすい家系であればまだよかったけれど、それもない。

側室になったとき、グレヴィアに足りないものを補《おぎな》える要素がひとつもないのに、それでどうして彼を受け入れられるというのだろう？

「駄目じゃない……そんなふうに泣くな」

「くふっ、ぅ」

ソファの背もたれに身体を押し付けられ、レオハルトの欲望が奥まで入ってきた。最奥に当たる硬さに、ユリアナのつま先がひくりと伸びる。

「あ、ぁ……あ、ふ」

途端《とたん》に湧《わ》き上がる甘い感覚によって漏《も》れそうになる声を抑えようと、ユリアナは両手で唇を塞《ふさ》ぐ。しかし、そのまま緩《ゆる》やかに腰を使われて、息が乱れた。

「や……やぁん」

「……唇を隠すな。キスができない」

誘うように告《つ》げてくるレオハルトの艶《なま》めかしい声色《こわいろ》と色香《いろか》に、身体の芯《しん》が熱くなった。

「あっ……あ、ぁ……あぁっ」

口を押さえていた両手を掴《つか》まれ、手の自由を奪われる。けれど、身体の自由を奪われれば奪われるほどに、何故か興奮してしまう。

押さえ付けられて、下から突き上げられると、得《え》も言われぬ快感に高い声が出る。

「あ、あン……お兄様ぁ……」

「……ん、凄《すご》く可愛《かわい》いよ……ユリアナ、もっと啼《な》いて。いい声を聞かせて」

円を描《えが》くように腰を使って内部を掻《か》き混ぜられる。

「やぁっ……それ、あ……ぁ」

レオハルトが動くたびに、愉悦《ゆえつ》が腰から湧《わ》き上がった。

「気持ちいい？　もっとしてほしいか？　だったらねだってごらん」

「や、いや……」

欲しいと思う気持ちはあるが、ねだるなんて恥ずかしくてできない。

ユリアナが何度も首を左右に振ると、レオハルトが笑う。

「出し入れ……されるほうが好きか？　だったら、ほら……こういうのは、どうだろう」

そう言ってすぐ、ゆっくりと引いてはまた戻すという動作を、彼は何度も繰り返した。

緩慢《かんまん》なその動きは確かに心地いいけれど、次第にその快感だけでは足りなくなってしまう。

レオハルトに煽《あお》られているのだと気が付いても、性に未熟なユリアナは、大きくなった欲求をやりすごすことができなかった。

「あ……ん……もっ……と」

「もっと、なんだ？　どうしてほしい」

拘束《こうそく》されていた腕が解《と》かれると、ユリアナは縋《すが》るようにレオハルトの逞《たくま》しい身体にしがみついた。

「……もっと、なか……を」

言葉ではそれ以上言えず、ユリアナは羞恥《しゅうち》に頬《ほお》を染《そ》めながら、ぎこちなく腰を動かした。

その動きに、レオハルトのエメラルドの目が細められる。

「擦《こす》られたいのか？」

抜き差しを繰り返し、絶えず快感を与え続けながら聞いてくる彼に、ユリアナは何度も頷《うなず》いた。

駄目だとわかっているのに、もう我慢できない。ユリアナは完全に快楽の虜《とりこ》になってしまっていた。

「ん……可愛いね。愛しているよ……ユリアナ」

内壁の襞《ひだ》を擦るような動作を繰り返してから、彼は最奥を突き上げてくる。

次々と湧き上がる愉悦に理性が乱され、やがてユリアナは、レオハルトの男性の部分を知り尽くしたいとさえ思い始めた。

「……お兄様……っ、あ……私……ン」

「もっと欲しいなら、私を好きだと言いなさい」

「すき、好きです……っ」

無理矢理言わされているような形ではあるが、彼を好きだという気持ちに嘘はない。

レオハルトはなにもかもが完璧なまでに美しく、そして逞《たくま》しい。ユリアナの理想の男性像を実体化したような人物だった。けれど、それはグレヴィアに対しても同様に感じていることだ。彼女ほど美しく、優しい人物は他にはいない。彼女もまた、ユリアナの憧れだ。

幼《おさな》い頃に遊んだ王宮の花畑。そこで作った花冠《はなかんむり》は、実はふたつだけではなかった。レオハルトとグレヴィア、そして自分の分のみっつを作ってはみたものの、先にふたりに捧《ささ》げた花冠がまるで本物の王冠《おうかん》のように見えて、同じものを自分の頭に載せるのは気が咎《とが》めた。

だから、みっつ目の花冠は、失敗作だと笑って隠すことしかできなかった。

――自分は、このふたりに可愛《かわい》がってもらっているが、爵位も含め、同等の存在ではない。

幼心《おさなごころ》にそう直感してしまったものを、今日《こんにち》まで引きずっている。

（お兄様はきっと、お姉様のことも、こんなふうに抱いているんだわ）

だから、グレヴィアは彼のことを暴君《ぼうくん》と言うのだ。

荒々しくも猛々《たけだけ》しく、奪うように貫《つらぬ》いてくる彼を見ていると、そんな考えが浮かぶ。

昨日のことは、たまたま近くにいたため——きっとそうに違いない。彼がユリアナに子を産ませると言ったのも、義務感から出た発言であって、本当は彼だって側室など、わざわざ持ちたくないだろう。

「あぁ……ユリアナ」

快楽は、どうしてこうも罪作りなのだろう。冷静に考察すると同時に、ユリアナは己《おのれ》の欲深さに気付いた。

今までは、美しく輝くエメラルドグリーンの瞳に見つめられるだけで満足だったのに、これから先は、きっと同じではいられない。

（お兄様……お兄様。好き……）

レオハルトの腕の中で身体を揺さぶられながら、ユリアナは声に出さず、心の中で何度も彼への想いを叫んだ。

欲しいのは身体に与えられる快感だけではないから、この行為で快楽を覚えれば覚えるほど、余計に胸が痛む。今、ユリアナの腕の中にある彼の体温は、この行為が終わればするりと失われてしまう。それがわかるだけに、涙が溢《あふ》れた。

「……泣くな」

「ん……っ、あ」

さらにきつく抱擁《ほうよう》されたことで、圧迫され、息苦しさを感じる。けれど、レオハルトの力強さが今は愛《いと》おしく思えた。

「……お兄様……」

何度も突き上げられながら、ユリアナもレオハルトをしっかりと抱き締める。

やがて、欲望に全身を支配されていく感覚がどんどん強まり、深い場所に感じる男性の逞《たくま》しさに、ユリアナの柔らかな襞《ひだ》がうねる。

「……ん。ユリアナ……凄《すご》く、いい」

ふいに、レオハルトの身体がぶるっと震えた。彼が情欲に溺《おぼ》れたような艶《なま》めかしい声を上げると、ユリアナの内部はそれに煽《あお》られて収縮する。

「ん……ふ、ぁ……お兄様……ぁぁ……っ」

「好きだよ……おまえのことを……離さない」

「あっ、ああっ」

言われるたびに、びくびくと身体が跳ねる。

彼の熱い言葉と内壁を擦《こす》る硬さがユリアナを蕩《とろ》けさせ、その意識を乱す。最奥を突き上げられる動作の間隔《かんかく》が短くなると、頂点を知りたくなって、彼女も淫《みだ》らに腰を振り始めてしまう。

そんなユリアナの様子を見ていたレオハルトが、ふっと笑う。

「……いやらしいね……そんなに気持ちがいいか？」

「わ、私——」

「いいよ、もっと感じればいい。もっともっとよくなって、私に抱かれずにはいられない身体になってしまえばいい。けれど、どれほど情欲に溺れても、私以外に抱かれることは決して許さない」

強い声で彼が断言した。

胸に触れられ、ゆったりと揉《も》まれると、内側の感度が高まるようで、つま先がひくひくと引きつるように跳ねる。

「あ、あぁン……や……ぁん」

「……あぁ、ユリアナ……可愛《かわい》いよ……好きだ、愛している」

感極《かんきわ》まったようなレオハルトの物言いが、彼女をいっそうこの行為に溺れさせた。

「ん……っ、く……あぁ……あぁあ！」

やがてユリアナは背中を仰《の》け反《ぞ》らせ、最奥に彼の身体を感じながら達した。

そのまま絶頂の感覚に身体をぶるぶる震わせていると、レオハルトの唇が柔らかく額《ひたい》に載せられる。

「達したのか？　私の身体で」

ぐぐっとさらに腰を押し付けられ、彼女は小さな悲鳴を上げた。

「あっ……お兄様、駄目……動かな……いで」

「どうして？　もっと、気持ちよくなりたいだろう？　いいよ、沢山してあげるから」

先程まで最奥を突いていた部分がゆるゆると抜けていき、そしてまた同じようなゆったりした動きで戻ってくる。

突き上げられる動作もよかったが、こうやってゆっくり動かれるのも、彼の形が感じられて興奮してしまう。

「や……だ、駄目」

「駄目って表情をしていないよ。まるでもっとしてほしいって言っているみたいに蕩《とろ》けている。そんなおまえも愛らしいな」

自分の淫《みだ》らさが暴《あば》かれるようで、ユリアナの頬《ほお》が羞恥《しゅうち》で染《そ》まる。

恥ずかしいのに、気持ちよくて堪《たま》らない。彼の屹立《きつりつ》した部分で擦《こす》られる感触も、乳房を揉《も》まれる感触も、どれもよすぎて、もっともっと快感が欲しくなる。

ユリアナはそんな貪欲《どんよく》な自分を露《あら》わにするレオハルトから顔を背《そむ》けようとしたが、顎《あご》を掴《つか》まれ唇を奪われてしまった。

下半身を繋《つな》ぎ合わせたまま交わす口付けで、少しずつ自分を保《たも》てなくなっていく。

「お、お兄様……」

「もっと、舌……絡《から》めて」

言われるがままに、ぬるりとした舌を絡める。すると彼の息が僅《わず》かにあがった。レオハルトの興奮に気が付き、ユリアナもまた同様に気持ちを高揚《こうよう》させる。

「あ……ぁ、あ……ん」

「……ユリアナ、凄《すご》く気持ちがいいよ。おまえの中も、舌の感触も……溺《おぼ》れてしまうな」

「だ、駄目……なの」

「本当に、おまえは駄目だとかいやだとかばかり言うんだね」

ユリアナのシュミーズドレスの裾《すそ》をいっそうたくし上げ、レオハルトは視線を下げた。いったいなにを見ているのだろうと疑問に思い、つられるようにして彼の視線の先を見ると、ふたりが繋がっている部分に行きつく。

「や……お兄様、見ないで」

「また、いや？　ふ……おまえの中に入っている様子をこうして見るのは興奮するよ。あんな絵本なんて比べ物にならないくらいにね」

彼の言葉や淫靡《いんび》な表情に、背筋《せすじ》がぞくりとする。

エメラルドグリーンの瞳を妖《あや》しく輝かせるレオハルトを見るだけで、再《ふたた》び強い快楽に理性が流されそうになる。

「昨日よりも感じてしまっているのかな？　そんなおまえの表情も、いやらしくて凄《すご》くいいよ」

あまりの羞恥《しゅうち》に、ユリアナは堪《こら》えきれず身体を捩《よじ》る。すると思いの外《ほか》、簡単に彼の腕から抜けられた。しかし、勢いがついていた反動で、ソファの上に倒れてしまう。

「ユリアナのお尻は、少し小さいけれど、そそられる形をしているね」

そう言ってレオハルトは彼女の身体を反転させ、臀部《でんぶ》を撫《な》でてから、腰を掴《つか》み自《みずか》らに引き寄せる。

「――お、お兄様!?」

四《よ》つん這《ば》いの格好にさせられた直後に背後から熱を穿《うが》たれる。

「ひ……や、あああん」

「……あぁ、いい……狭《せま》くて温かくて、夢中にさせられる」

背後からのそれは正面で抱き合う以上に、身体を貪《むさぼ》られる感覚が強くて、甘い眩暈《めまい》に意識が遠のく。美しいレオハルトに後ろから犯《おか》されている状況は、どう表現すればいいのかわからないくらいユリアナを興奮させた。

淫猥《いんわい》な雰囲気を生み出す水音はいっそう大きくなり、溢《あふ》れる蜜がユリアナの太腿《ふともも》まで滴《したた》る。

彼の様子を目で見て確認はできないが、きっと先程のように、ふたりが繋《つな》がっている部分を見つめているのだろう。ユリアナはそんないやらしい光景を想像して、腰をがくがくと震わせた。

「や……ぁ、お兄様……あ、あぁっ」

彼女の内壁が収縮し彼の男性の部分を締めつけると、レオハルトが低く呻《うめ》いた。

「く……っ」

身体がどんどんいうことをきかなくなっていく。レオハルトを相手にこんなことをしては駄目だと頭では理解しているのに、身体は快感を欲しがって自ら腰を揺らしてしまう。

「ユリアナ、そんなにいいのか？」

後ろから抱きすくめられ、耳元で囁《ささや》かれる。彼の声も堪《たま》らなく甘美《かんび》で、なにか言われるたびに快感が深まった。

「お兄様……す、ごく……もう……私、おかしく……なっちゃう」

「嬉しいね、ユリアナ。天使のように愛らしいおまえが、こんなふうに乱れてくれるなんて」

ふっと意地悪く笑いながら、彼は背後からユリアナの細い腰を揺らし続けた。大袈裟《おおげさ》に抜き差しをされて、じゅくじゅくと泡立《あわだ》った水音が彼女の耳にも聞こえる。

「……お兄様の……入って……」

内壁を広げ、濡《ぬ》れた襞《ひだ》を刺激する屹立《きつりつ》の大きさに、甘い吐息《といき》が漏《も》れる。

「ああ、入っているよ……おまえの中に全部ね。ほら……もっと奥まで、入れてあげるよ」

より深い場所を知ろうとするように、ぐぐっと腰を押しつけられて、彼のものがさらに奥へと入り込んできた。

その刺激のあまりの強さに、ユリアナの銀灰色《シルバーグレー》の瞳から涙が零《こぼ》れる。

「あぁっ、奥……」

ユリアナの欲する気持ちは最高潮に達し、彼女は腰を押しつけて、自《みずか》ら何度も最奥を刺激する。

「――凄《すご》く、いやらしい。出そうになる」

上擦《うわず》ったレオハルトの声色《こわいろ》に、背筋が痺《しび》れた。そして、自分が乱れてしまっているように、彼にも乱れてほしいと思ってしまう。

そう考えて大胆に腰を振ると、彼が息を呑む気配を感じた。

「お兄様……わ、私の……」

淫《みだ》らな言葉を言いかけて寸前で堪《こら》える。自分はいったいなにを言おうとしていたのだろう？　けれど身体の熱に、冷静さなどとうに失っていた。

「な……に？　最後まで言いなさい。おまえの……なに？」

レオハルトの言葉に僅《わず》かな喘《あえ》ぎが混ざったことで興奮し、ユリアナはつい淫らな願いを口走ってしまう。

「私の、身体で……もっと……ん、感じて……ほしいです」

「……あぁ、凄くいいと思っているよ。もう、おまえ以外は抱きたくないと思うほど、夢中になっている」

「んっ……お兄様……っ」

ユリアナ以外を抱きたくないと言う彼の言葉を、嬉しいと感じてしまった。それは許されないことだと思いながらも、彼女の心は喜びに満ちていく。

「……嬉しい……お兄様……」

「おまえは私のものだ」

「お兄様っ……あああっ」

高く突き出していた彼女の腰が、ひくひくと震えた。全身を巡《めぐ》るように突き抜けていった快感に、唇が呑み込みきれなかった唾液《だえき》で濡《ぬ》れる。

「——出すよ」

次の瞬間放《はな》たれた彼の体液の感触に、ユリアナはぐったりと身体を弛緩《しかん》させ、そのまま意識を失った。

＊＊＊

ユリアナは、花冠《はなかんむり》の夢を見ていた。

場所はいつもの夢と同じ、王宮にある花畑なのに、グレヴィアがいない。

あたりを見渡してみても、花冠を手に持つ幼《おさな》いユリアナとレオハルトしかいなかった。

またそれとは別に、今日はなにかが違うと感じ、やがて気が付く。

レオハルトが青年だった。

これは今までと同様の、実際にあった光景を見ている夢ではない。

夢の中の幼いユリアナを遠くから眺めるうちに、彼女はレオハルトの頭の上にそっと青い花で作った花冠を載せ、彼に願った。

「ずっと、傍《そば》にいてください」

彼は、なにかを言おうと唇を動かしかけたが、幼いユリアナはその言葉を待つことなくレオハルトに口付ける。

第三者の視点で見る、幼い自分とレオハルトが口付ける場面に、何故か心が痛んだ。

あれは自分。そう考えても堪《たま》らない気持ちになる。

――レオハルトの柔らかい唇を誰にも渡したくない。

ふたりのキスシーンを黙って見ていることができなくて、ユリアナが駆《か》け寄ると、もう一人のユリアナが消えた。

「……お兄様、好きなの」

たとえグレヴィアにだって渡したくない。もう自分以外の誰も、抱いてほしくなかった。

あんな目で見る相手は、自分だけにしてほしいとユリアナは思う。

――彼ともっと繋《つな》がり合いたい。

許されないことなのに、ますますその気持ちは強くなっていく。

「傍にいたいの」

もつれ合うようにして、ユリアナは彼と共に花畑の中へ倒れ込んだ。レオハルトの銀色の髪に指を梳《す》き入れ、彼の髪の感触を愉《たの》しみ、唇に口付けた。

夢の中でなら、レオハルトを自由にしていいのだろうか？

これまで抑制し続けた反動か、そんな感情が溢《あふ》れる。

「ごめんなさい……お兄様」

はしたないと思いながらも、ユリアナはレオハルトのトラウザーズから塊《かたまり》を引き出し、その上に跨《また》がろうとした。けれど、ぎりぎりのところで思い悩むと、彼女の身体の下になっているレオハルトが微笑《ほほえ》んだ。

「いいよ、おまえの望むようにすればいい」

直後に下半身に鈍《にぶ》い痛みが走る。けれど痛みを感じたのは一瞬で、緩《ゆる》やかに腰を動かすと、あとはその場所から一気に甘さが広がった。

「――おまえを、もう絶対にレオーネ邸には帰さない」

呻《うめ》くような声に、ユリアナは薄く目を開けた。

「ん……え？」

夢から覚めた――はずだった。

それなのに、夢かと疑うような、あり得ない光景が目の前に広がっている。ユリアナが自分の身体の下敷きになっている人物の顔をよく見ると、それはレオハルトだった。

彼は漆黒《しっこく》の詰襟《つめえり》を脱ぎ、絹《きぬ》の寝衣に着替えている。そして自分もシュミーズドレスではなく、薄手のネグリジェを着ていた。

「お兄様？」

天蓋《てんがい》付きのベッドの上にふたりはいた。

状況がわからずにあたりを見回すと、ベッドのすぐ傍《そば》に脱ぎ捨てられたドロワーズがあった。

夢の中のつもりで彼に跨ったのだが、どうやら現実のことだったようだ。慌《あわ》てて下りようとしたが、レオハルトに腰を掴《つか》まれて止められる。

「一日経《た》っても、薬が切れていないようだな」

「薬……って？」

もぞりと身体を動かすと、下半身に甘い熱を感じて、思わず声が上がった。

「あ……あぁん」

彼の身体の上で、ユリアナは羞恥《しゅうち》に震える。

「どうもおまえは、他の者より性欲が強いみたいだな」

唇の端を僅《わず》かに上げて、彼は意地悪そうに微笑んだ。

「ご、ごめんなさい、お兄様」

ユリアナは再《ふたた》び彼の身体から下りようとしたけれど、急に下から突き上げられて、それ以上動けなくなった。

「あ……あっ」

「おまえが相手なら、私も毎日しても構わないよ。きっと、あっという間にユリアナは孕《はら》むんだろうね」

「孕むなんて……できな……」

「どうして？　私の子を産むのはおまえだけだよ」

「私よりも、お姉様のほうが」

「グレヴィアは妹のようなものだ」

「それは、私だって同じです」

「いいや、私はおまえを妹だなんて思ったことは一度もない」

「嘘……そんな、ひどいです」

兄のように慕《した》ってきた相手から聞かされるにはあまりにも残酷な言葉に、ユリアナは大きな瞳からぽろぽろと涙を零《こぼ》した。

「ひどいのはおまえのほうだよ。真夜中に私の身体の上に乗ってきて、それでもおまえを妹だと思えって？　難しいことを言うな」

彼女の腰に手を添えながら、レオハルトは上体を起こした。

「……そんなつもりはないんです」

「おまえは私を寝かすつもりがないんだろう？」

「私を独占したいのだろう？」

そう耳元で囁《ささや》かれて、ユリアナの身体がひくりと跳ねる。

「そんな……」

「違うの？　誘惑してきておいて、そんなつもりはないと言う気なのか？」

「誘惑なんて、してない……」

「している。ユリアナの香りだけでも私はまいってしまっているのに」

レオハルトはユリアナの顔の横に垂《た》れるストロベリーレッドの髪を掻《か》き上げ、露出《ろしゅつ》した耳朶《みみたぶ》を甘噛《あまが》みした。

「ん、ふぅ」

「耳、赤くなっているね……恥ずかしいの？　それとも、興奮してしまっている？」

彼はまた、そんな意地悪なことを言い出す。

ユリアナがさっと白い肌を染《そ》めると、レオハルトの表情が面白いものを見るときのそれに変わる。

「おまえの白い肌も、小さな肩も……柔らかい胸も、全てが私を誘惑するんだよ」

レオハルトはユリアナのネグリジェを捲《まく》り上げて、彼女の素肌を露《あら》わにした。

「お、お兄様……」

「……おまえの胸が膨《ふく》らみ始めた頃から、私はずっとこうして触りたいと思っていた」

ユリアナの形のよい胸を撫《な》でるように揉《も》みながら、レオハルトは唇を寄せつつ言う。

「……おまえの愛らしい唇も、早く奪ってしまいたいと、ずっと思っていたよ」

近付いてくる彼の唇から逃れるためにユリアナが俯《うつむ》くと、レオハルトは微笑《ほほえ》む。

「顔を上げなさい」

「……い、いやです」

「どうして？　自分からするのは好きだけど、されるのはいやなのか？」

彼はくくっとからかうように笑った。

「いいよ、じゃあおまえからしてくれるかな？」

そう言うと、レオハルトはそっと瞼《まぶた》を下ろした。

ユリアナの目の前に彼の艶《つや》やかな唇がある。他の誰にも口付けてほしくない——あれは夢の中の出来事だと思っていたが、自分は現実でも口にしてしまったのだろうか？

不安に思いながらも、ユリアナはレオハルトの柔らかい唇に口付けた。

「……ん、ユリアナ……愛しているよ」

彼の唇から漏《も》れる愛の言葉に、腰が甘く痺《しび》れてしまう。

「お兄様……私」

「愛している。ユリアナ、結婚しよう」

再《ふたた》び開かれたレオハルトのエメラルドグリーンの目に籠《こ》もった熱に、ユリアナの心臓がとくりと跳ねる。

自分だけを見てほしい。そんな貪欲《どんよく》な感情が頭をもたげてきて、息苦しくなった。

この時間がずっと続けばいいと願うほど、恋い焦《こ》がれる感情が芽生《めば》えていた。けれど同時に、グレヴィアに対してやましさも感じている。

使用人たちの間でも噂《うわさ》話になるくらいなら、グレヴィア自身もレオハルトと結婚するのは自分だと思っているだろう。美しくて逞《たくま》しいレオハルトを夫に望まない女性がいるとは、到底考えられない。

たとえレオハルトがグレヴィアを愛していなくても、彼女のことを考えると胸が痛む。

「……返事は？」

ユリアナの腕を掴《つか》んでいた手の力が強まり、レオハルトが焦《じ》れたような表情を浮かべる。

「か、考えさせて……ほしいです」

いやだと言えば、いよいよ帰ることができなくなるかもしれない。ユリアナは時間稼《かせ》ぎのためにそう答えた。

「何故、考える必要がある？」

レオハルトの言葉に、息を呑む。

「……私に拒否権がないのはわかっています……で、でも、私はお兄様を今までずっと本当の兄上のように慕《した》っておりました。だから、気持ちの整理をする時間が欲しいのです」

彼女がもっともらしいことを告《つ》げると、レオハルトは考えるような仕種《しぐさ》をする。

「そうか。だが、私のほうもあまり時間がない」

「え？」

「父の体調を考えるなら、結婚は一刻《いっこく》も早いほうがいい」

そういえばレオハルトがお茶会に来られなくなった頃、グレヴィアは国王陛下《へいか》の体調があまりよろしくないと言っていた。

「気持ちの整理をする時間は……確かに必要かもしれない。そこはおまえの気持ちを尊重しよう。けれど、結婚は承諾《しょうだく》しなさい――私は、おまえ以外は考えられない」

彼の言葉はユリアナの胸を熱くさせた。

レオハルトに望まれている……それが彼女の中に子種を放《はな》ったことへの責任感からくるものだとしても、嬉しいと思った。

ユリアナは小さく頷《うなず》く。

「一週間だけおまえをレオーネ邸に帰すが、そのあとは王宮に移り住んでもらう。いいね？」

「……はい」

触れるだけの口付けを何度か交わすうちに、やがてそれは濃厚《のうこう》なものに変化し、そのあとはお互いの身体を夜が明けるまで貪《むさぼ》り合った。

＊　＊　＊

――翌日。

レオハルトは昨夜の約束通り、ユリアナをレオーネ邸へ送り届けた。

気持ちの整理のための時間といえども、その日以来、屋敷の中は結婚の準備で騒がしくなった。

ウエディングドレスを作るために採寸《さいすん》したり、ティアラのデザインを見たりと、息つく暇もない。

できるだけ急ぎたいというレオハルトの気持ちはわかるが、このままでは結局なんの決心もできず、流されるように王宮に移り住むことになってしまうだろう。

(私が王太子妃……)

ユリアナが一週間後に王宮に上がることについて、彼女の両親にも、そのつもりでいるよう書かれたレオハルトの書簡《しょかん》が届いていた。

父も母も、喜ばしいことだと言いながら、どこか複雑そうな表情でいる。とくに母は娘の身を案じているらしく、ひどいときは一日中、屋敷の中に置いてある小さなラーグ神の石像の前で祈りを捧《ささ》げていた。

そのため、ユリアナが母とゆっくり話す機会はなかった。

そして王子の婚約者という身分になってしまった今、気安く出かけることもできず、アリエッタの教会にも行けずにいる。

またグレヴィアが屋敷を訪ねてきてくれても、やましさから会うことができなくて、ユリアナはますます孤独を深めていた。

こんなことで本当に王太子妃になれるのだろうか? そんな不安で眦《まなじり》を濡《ぬ》らす日々

が続く。そうしているうちに、あっという間に一週間が過ぎ、レオハルトがクエストを伴《ともな》ってレオーネ邸にやってきた。

寝食を忘れるほど祈り続け、顔色の悪いレオーネ子爵夫人と、泣き腫《は》らした目をしているユリアナを見て、レオハルトは思うところがあったのかもしれない。ユリアナの部屋で、彼女とふたりきりで話をしたいと望んだ。

「……夫人も、おまえも、ちゃんと眠れているのか？」

レオハルトはピンク色の愛らしい花柄のソファに腰かけ、話し始める。

「私は、それなりに……でも、お母様は昼夜問わず、ずっとラーグ神に祈りを捧げています。最近は、食事もあまり……」

ユリアナの説明を聞いて、レオハルトは静かに首を振った。

「クエストからある程度は聞いていたが、私が考えているより状況はよくないようだな。おまえも……気持ちの整理ができていないというのが本音だろう」

彼の言葉を聞いて、ユリアナは遠慮《えんりょ》がちに頷《うなず》いた。

「すまなかったな。私は、少し急ぎすぎたのかもしれない」

「え？」

ユリアナはこのままずるずる結婚へ向かうのだとばかり考えていたため、レオハルトのその言葉に驚いた。

「……私としては急なつもりはなかったのだが、おまえを含めて周りはそうではないらしい。だからもう少し、時間をかけるべきなのかと思っている」

「それは、つまり……」

結婚を白紙に戻すのかとユリアナは考えたが、それは違った。

「おまえがなにを望んでいるかはわからないが、おまえとの結婚をとりやめるつもりは毛頭《もうとう》ない。ただ、もう少し時間をかけようと思うだけだ」

ソファの肘《ひじ》置《お》きの上に頬杖《ほおづえ》をつくと、レオハルトは嘆息《たんそく》する。

「やれ、ドレスに使う絹《きぬ》の準備が間に合わないだの、レースがないだの、宝石が足りないだのと毎日騒がれては、公務に支障をきたしてしまうからな」

「時間をかけなければいけないのは……そういう準備の話……だったのですか」

「早ければ来月にも挙式をと思っていたのだが、来賓《らいひん》のスケジュールの都合もあるようだ」

ユリアナはストロベリーレッドの髪に飾った白いレースのリボンを揺らし、首を傾《かし》げる。

「よくはわかりませんが……一ヶ月、というのは難しいように思います」

「けれど、私は一刻《いっこく》も早く、おまえを妻にしたかった」

つまり、急ぎすぎて失敗したというだけのことだ。今までなんでもそつなくこなすと思っていた彼の意外な一面を知り、ユリアナはなんだかおかしくなってしまって、小さく笑みを浮かべた。

「やっと笑ったな」

つられるようにレオハルトも微笑《ほほえ》む。

「ずっと気にしていた。笑わなくなったおまえを」

ソファに座ったまま、レオハルトはユリアナに手を差し伸べた。立ったまま彼の話を聞いていた彼女は、ドレスの裾《すそ》を摘《つま》んでゆっくりと彼の傍《そば》へと歩み寄る。そして差し伸べられた掌《てのひら》に、そっと自分の手を重ねた。

「私にできる努力はしよう。おまえが笑顔でいられる世界のために」

「……お兄様……」

その言葉にひどく胸が熱くなった。ユリアナが願う世界――彼女が笑顔でいられる世界を作り上げることができるのは、目の前にいるレオハルトだけだ。

ユリアナの銀灰色《シルバーグレー》の瞳から、大粒の涙が溢《あふ》れた。

「泣かせるつもりではなかったのだが」

レオハルトは、ユリアナの手を引き寄せて抱き締める。

「結婚式が延《の》びてしまうことが悲しいのかな?」

意地悪く微笑《ほほえ》みながら、レオハルトは彼女の頭を撫《な》でた。

「そうではないって、わかっていらっしゃるくせに」

「なにも……心配するな。式の日取りが先に延びても、おまえはもう私の花嫁だ」

「は、い」

「……今度は、必ずおまえを守る」

「え?」

今度は、というのはどういう意味なのだろう? ユリアナがレオハルトを見上げると、そのまま口付けをされてしまったので、それ以上はなにも聞けなくなってしまった。

王宮にユリアナが移り住むまでの一週間という期限は、冷静になったレオハルトによって引き延ばされた。

それに伴《ともな》い結婚式までの準備期間も長くなったため、それまでの慌《あわ》ただしかった日常は少しずつ落ち着きを取り戻している。

ユリアナの母であるレオーネ子爵夫人も、レオハルトが譲歩《じょうほ》したことでいくらか心労が和《やわ》らいだ。

そうして、表面上はなにごともなく数週間が過ぎていく。

しかしユリアナの日常からは、アリエッタとのお喋《しゃべ》りの時間と、グレヴィアとのお茶の時間がなくなってしまっていた。

（お姉様を避《さ》けているのは、私のほうだけれど……）

以前、レオーネ邸に訪ねてきたグレヴィア。彼女に会わず帰したのは自分である。

＊　＊　＊

執務室の窓から外を眺めるレオハルトは、降り続く雨に溜息《ためいき》をついた。

このところ、父王の病状はだいぶいい。けれど高齢ということもあって、公務の大部分をレオハルトが引き受ける形になっている。そのせいで、父王の代わりに朝から晩まで謁見《えっけん》に来る者たちの対応に追われていた。

レオハルトが謁見するということで、最近は近隣諸国からの来訪者が急増している。

気の早い者たちが、次期国王のご機嫌うかがいに来ているのだろう。おかげで出かける余裕もなく、レオーネ邸を訪れてからはや数週間が経《た》つというのに、レオハルトはユリアナに会えずにいた。

彼女がエディアノン宮殿に移り住んでくれさえすれば、毎日でも会えるのに……と、言いたくなってしまうのは、我《わ》が儘《まま》なのだろうか。

そこまで考えて、再《ふたた》びレオハルトは嘆息《たんそく》した。

「溜息《ためいき》よりもペンを動かしたほうがいいと思いますよ、殿下」

その様子に、傍《そば》に控《ひか》えていたクエストが苦笑する。

「私が公務を放棄《ほうき》しているような言い方は、よしてくれないかな」

レオハルトは諦めたように窓から離れ、椅子《いす》に腰かけた。

「お気持ちはわからないでもないのですが、まだまだ目を通していただかなければいけない手紙や書類がありますので」

そう言いながら、クエストは山積みになっている紙の束《たば》を指す。それを見て、レオハルトは三度目の溜息をついた。

「最近、溜息が多いですね」

見透《みす》かしたようなクエストの言葉に、レオハルトは苦笑する。童顔で少年じみた外見をしているとはいえ、クエストはレオハルトよりも年上の二十七歳だ。それなりに人生経験を積んでいるはずで、レオハルトの青臭《あおくさ》い考えなどお見通しなのだろう。だから、わざわざ隠すことはしない。

「わかっているなら、おまえがすべきことはなんだ？」

「ユリアナ様をお連れすればよろしいんですか？」

大きな栗色《くりいろ》の瞳を輝かせながら、クエストが聞き返す。

黒い執事服を着ている彼は、背筋《せすじ》を伸ばして姿勢正しくレオハルトを見つめていた。

「ユリアナ様の日々の生活は、別の者からの報告でご存じかと思います」

「安定しているから乱すなとでも？　おまえの言い分は、わからないでもないが」

けれど傍《そば》にいなければ不安になってしまう――

レオハルトが十七歳になり、花嫁選びをしなければいけない時期がきたとき、彼がいやがったにもかかわらず、リズティーヌを含めた多くの貴族令嬢との顔合わせを余儀《よぎ》なくされた。その頃からすでにレオハルトの心は決まっていたが、なにぶん、まだユリアナは幼《おさな》すぎて、花嫁候補に挙《あ》げることすらできなかった。

そんなとき、都合がよかったのがグレヴィアの存在である。彼女を花嫁候補の第一位に置くことで他の貴族たちを黙らせた。

なにより、グレヴィア本人がその気にならないとわかっていたから、安心していられたのだ。

そもそも、グレヴィアには野心《やしん》がない。彼女は貴族の娘なのに、お菓子作りが大好きな変わり者だ。レオハルトは彼女を妹のように可愛《かわい》いと思っていたし、彼女もレオハルトを兄として見ていた。

彼女も彼の思惑《おもわく》がわかっていたから、下手《へた》な相手と早々に結婚させられるよりはいいと、花嫁候補に挙《あ》がってもなにも言わずにいたのだろう。

お互いに利害が一致していたのだ。けれど、グレヴィアのほうの状況が変わってしまった。

――ジェラルだ。

ユリアナに言い寄っているものだとすっかり勘違《かんちが》いしていたが、彼はグレヴィアの恋人だった。グレヴィアは恋人ができたから、状況を一転させるため、ユリアナがレオハルトと結ばれるように焚《た》きつけていたのだろう。

レオハルトが動かないことに業《ごう》を煮《に》やし、ユリアナに性的なことを教え込んで目覚めさせ、挙《あ》げ句《く》、ラティアナの蜜薬をショコラに混ぜ込み、ユリアナに食べさせた。

ラティアナとはつくづく相性が悪いと、レオハルトは思っていた。

その花を蜜源《みつげん》とする蜂蜜《はちみつ》は媚薬《びやく》にもなるが、花自身は強い毒性を持つ。

白くて可憐《かれん》な見た目とは違い、下手をすれば花粉《かふん》を吸い込んだだけで死に至る可能性のある毒花。そのため、徹底した管理のもと、王宮でのみ栽培が許されている。

通常、街中《まちなか》には咲いていないはずなのに、その逞《たくま》しい生命力のせいか、いつの間にか街の近くや森の中などに群生《ぐんせい》している場合がある。

通常見かけない白い花。人はその花に惑わされ、近付いてしまう。

かつてのユリアナのように……

五年前のその日、彼女が摘《つ》んでいたのは、まさにラティアナだった。

そのときのことを思い出しながらレオハルトは机の上に肘《ひじ》をつき、額《ひたい》を押さえる。後悔は何度もした。過《あやま》ちの連続で、ユリアナの信頼を損ねてしまった。そこラティアナの花畑に足を踏み入れなかったのは、自分の命が惜《お》しかったからではなく、確実に彼女を救出するためだ。しかし、最善だと信じてとった行動は彼女の不信を招いた。

ユリアナ自身は忘れてしまっている様子だが、それはラティアナの中毒による記憶障害のようなもので、きっと再《ふたた》び思い出す日が来るだろう。そして見捨てられたという苦い記憶に、レオハルトへの愛情は薄らいでいく。今のところユリアナにそんな素振りは見られないものの、自分の失態を後ろめたく感じるレオハルトはそう思い込んでいた。

――それに、彼女は自分を愛していないからこそ、瀕死《ひんし》の状況であんなことを願ったのだ。

腕の中にいたはずの小さな少女が、気がつけば腕の中からいなくなり、遠巻きに自分を見るようになった。そんな過去の記憶がレオハルトには苦かった。

『さいごに……ひとつ、だけ……お願い……を、してもいいですか』

過去のユリアナの言葉を思い出すと、レオハルトは頭痛を覚えて、思わずこめかみを押さえる。

『お兄様……。お姉様と、結婚……してください』

ユリアナの真意《しんい》はわからなかったが、死の淵《ふち》にいた彼女の願いがそれだなんて――

「……レオハルト様、薬を用意いたしましょうか？」

クエストが声をかけてきたため、レオハルトは頷《うなず》く。

「ああ、頼む」

過去のことに囚《とら》われすぎている。だけどその原因はユリアナであり、逃《のが》れることはできなかった。

＊　＊　＊

その日、ユリアナはレオハルトの許しを得て街の教会に来ていた。

本当はアリエッタのいる教会に行きたかったのだが、まだ心の整理がつかず、王宮に近すぎるあの場所には行けそうになかった。

レオハルトが結婚式を延期すると言ったことで、いくらか気分が軽くなったが、全ての悩みが解決したわけではない。

レオハルトがこの国唯一の王子である以上、彼と結婚するということは、ゆくゆくは王妃になることを意味する。だけど、王妃になる自信なんて微塵《みじん》もない。

それから、グレヴィアのことも――

黒いベールがついた帽子を被《かぶ》り、ユリアナは顔を隠して教会の中に入った。

アリエッタの教会よりも一回り以上大きな教会の礼拝堂には立派なバラ窓があり、そこから厳《おごそ》かな光りが室内に降り注《そそ》いでいる。

ユリアナはなるべく人目につかないよう、端《はし》の椅子《いす》に座って、ラーグ神に祈りを捧《ささ》げていた。人の出入りが多い礼拝堂には、さまざまな人が来ている。

また今日は〝祝福の日〟だからか、聖地行きの馬車に乗ろうとする人々でごった返していた。

ラーグ教の聖地は隣国アルゼンブルグにある。繁栄の神・ラーグ神に仕《つか》えたいと望む者は月に一度の祝福の日に、各地の教会から出発するアルゼンブルグ行きの馬車に乗り、聖地にて心身を清《きよ》め修道士や修道女を目指す。

ユリアナは、祭壇《さいだん》前に集まっている、修道服に身を包んだ男女をぼんやりと眺めていた。未来永劫《みらいえいごう》変わらないものはなにかと考えたとき、行き着く先は信仰しかないのではないか。彼女たちを見ているとそのような思いに囚《とら》われる。

「不本意だわ」

そんな声にユリアナが顔を上げると、だいぶ離れた席に扇《おうぎ》を手にしたリズティーヌがいた。黒い髪を高く結《ゆ》い上げた彼女は、優雅《ゆうが》に扇を扇《あお》いではいたが、遠目にもわかるくらい不機嫌だった。

その周りには、とりまきの令嬢が数名いる。

貴族も出入りする教会なので、彼女たちがいてもおかしくはない。しかし会いたくない人物を思いがけず見つけてしまい、ユリアナは動揺《どうよう》した。

「公爵令嬢の私をさしおいて、子爵家の娘が王太子妃だなんて」

はしたなく声を荒らげている様子からして、よほど腹に据《す》えかねているらしいことがユリアナにもわかる。

「……あんな子爵家の娘より、私のほうがお役に立つのに」

その言葉にとりまきたちがなんと返したのかまでは聞き取れなかったが、彼女たちは

皆、さかんに頷《うなず》いている。

「アルベティーニ公爵家とファルワナ公爵家を、侮辱《ぶじょく》するにもほどがあるわ」

(侮辱……)

ユリアナの耳にその言葉がこびりつく。

王族とはいえ、アルベティーニ公爵やファルワナ公爵を怒らせたら、はたして無事で済むのだろうか。

(……もしかして、私が王太子妃になることで、グランシャール家に災《わざわ》いが?)

そうでなくても、昔、国王陛下《へいか》が進言を聞かずに、側室を持たなかったことは、未《いま》だにあまりよく思われていない。結果的にレオハルトという世継《よつ》ぎが無事に産まれたから、周りの不信に蓋《ふた》ができているだけのことである。

もし、これ以上悪印象を持たれることになれば、レオハルトに災いが降りかかるのではないか?

彼を慕《した》っているからこそ、災いの種にはなりたくない。

ユリアナの小さな肩が震えた。

＊＊＊

机上《きじょう》にあるベルをリン、と鳴らし、レオハルトは執務室に従者を呼んだ。

「お呼びでしょうか」

入室してきたのは、クエストではない従者だった。

「今日のユリアナの様子を聞かせてくれ」

レオハルトは毎日、なにかしら理由をつけてはレオーネ邸へ人を向かわせていた。

とはいえ従者を呼んで尋ねてはみたものの、今日の彼女のスケジュールは把握《はあく》している。街の大きな教会に行ったはずだ。

今は夜も更《ふ》けて、雨も降っている。とうにレオーネ邸に戻っていて、夕食をとっているだろう。

「……それが、使いの者がレオーネ邸を訪れたとき、本日は体調を崩されたとのことで、お会いすることができなかったそうです」

「なに？　会えなかっただって？」

レオハルトはエメラルドの目を不快そうに細め、従者に厳しい視線を送る。

「は、はい」

姿勢を正した従者を横目に、レオハルトは口元に指を置き、暫《しばら》く考え事をする。

「ユリアナの体調はどういった具合なんだ？」

「体調を崩されたとしか、聞いてこなかったようで」

「……病状を聞いてこない上に、私の花嫁となる人が体調を崩しているという報告そのものも今頃とは……おまえたちは、私がなんのために様子を見に行かせていると思っているんだろうか」

冷たい視線にさらされて、従者が慌《あわ》てて頭を下げる。

「申し訳ありません、すぐに様子を見にいかせます」

「構わない、私が行こう」

レオハルトはいやな予感を覚え、馬車を用意するという従者を振り払い、濃紺《のうこん》のマントを羽織《はお》った。すぐに宮殿を飛び出し、先を急ぐようにして馬を走らせる。

ざわつく感覚が、いっそう彼を焦らせる。

雨は容赦《ようしゃ》なく彼に降り注《そそ》ぎ、視界を悪くした。

「クエスト！　今日はなんの日だ」

レオハルトを追いかけ、彼と同様に濃紺のマントを羽織って馬に乗るクエストに尋ねる。

主《あるじ》の声を聞き取ったクエストは、すぐさまレオハルトの馬と併走《へいそう》する。

「祝福の日です、レオハルト様」

「……っ」

思わず舌打ちをしてしまう。彼女を信じたいと思うのに、悪い想像ばかりが浮かぶ。

月に一度の祝福の日――。ラーグ神に生涯を捧《ささ》げると決めた者が修道士や修道女になるため、聖地アルゼンブルグへ向かう馬車へ乗り込む日だ。

（まさか……いや、しかし）

ユリアナは自分との結婚を喜んでいるようには見えなかったから、その可能性は大いにある。

最後は了承《りょうしょう》してくれたからこそ、エディアノン宮殿に移り住むことを急《せ》かさなかったが、自分は甘かったのか？

だが、信仰心が強い彼女が考えそうなことである。

レオハルトがレオーネ邸に向かわせていた馬を国境へ方向転換させると、クエストが驚きの声を上げた。

「レオハルト王子、いったいどちらへ？」

「アルゼンブルグ行きの馬車を追う。クエスト、先に馬を走らせ、止めよ」

「……かしこまりました」

「頼む」

レオハルトの願いを聞いたクエストは小さく頷《うなず》き、これまで以上の速さで馬を走らせていく。

クエストは乗馬の名手《めいしゅ》であり、彼の愛馬《あいば》はレオハルトの馬よりも足が速いのだ。

クエストを前方に見ながら、レオハルトは目を細める。

予感が外れていればいい。結婚を喜んではいなくても、子爵家の令嬢である彼女が修道女として生きる道を選ぶほど、自分を嫌っているとは思いたくなかった。

祈るような思いで、鞭《むち》を振るう。暫《しばら》く走って、ようやく国境近くの街、リムリンで馬車に追いついた。

先行していたクエストが馬車を止めている。

彼は見事に主の命令を守った。乗客の名簿を見ていたクエストに、レオハルトは馬に乗ったまま声をかける。

「ありがとう……クエスト」

「いいえ。とんでもないことです……ところでレオハルト様、ユリアナ様はこの馬車には乗っていらっしゃらないようです」

レオハルトも手渡された名簿に視線を落として確認するが、クエストの言う通り、そこにユリアナの名前はなかった。

そのことにひとまずはほっとしたが、胸がざわつく感じはおさまらない。

「レオハルト様、お疲れでしょうから、いったん宿でお休みください。雨がやみそうにありませんから、私は帰りの馬車を手配してまいります。馬は、あとで別の者に取りにこさせましょう」

「……あぁ……すまない。おまえにも無理をさせた」

「いいえ、私は大丈夫ですよ」

にっこりと微笑《ほほえ》むクエストに名簿を返したものの、やはりどうしても気になる。

暫《しばら》く悩んだ末に、レオハルトは馬上から御者《ぎょしゃ》に声をかけた。

「足を止めてしまってすまない。ひとつ聞きたいのだが、馬車に乗った者の中に、髪の色がストロベリーレッドの少女はいなかっただろうか」

「す、すみません……私の役目は馬車でターラディアとアルゼンブルグ間を走るだけなんで、修道女の管理までは……」

「見ていないのか？」

「……皆、黒いフードを被《かぶ》っているので、髪の色まではわからないのですが……」

そう言いながら、御者《ぎょしゃ》が馬車の中を一瞬だけ気にする様子を見せた。

「どうした？」

「お探しの方かはわかりませんが、歳の若い娘は乗っていたかと思います。おそらくは、十代かと」

「そうか。確認しても構わないだろうか？」

「で、殿下のお望みのままに」

御者は、ターラディアの王子にすっかり畏縮《いしゅく》してしまったように頭を下げた。

レオハルトは馬から降りて馬車の扉に手をかける。

そうして、僅《わず》かなためらいののちに扉を開け、内部を見渡した。数人の娘が驚きながら顔を上げてレオハルトを見る。しかし、ひとりだけフードを目深《まぶか》に被り直して俯《うつむ》いた人物がいたのを、彼は見逃《みのが》さなかった。

小さな失意のもと、レオハルトは静かに語りかける。

「ユリアナ、こちらに来なさい。私の花嫁になるおまえが、いったいどこに行こうとしている？」

話しかけた人物は、身体を小さく震わせた。

顔を上げている娘たちは、皆、二十代以上に見える。おそらく御者が教えてくれた人物は、今、俯いている娘だろう。

「おいで。来ないのなら……おまえを逃がしたレオーネ子爵家に罰《ばつ》を与えることになる」

「に、逃がしたのではありません、私が勝手に逃げ出しただけで、お父様やお母様に罪はありません」

顔を上げた少女のフードから、ぱらりとストロベリーレッドの髪が零《こぼ》れた。

「来い、と私は言っている」

ユリアナは観念したように立ち上がり、馬車から降りてきた。

泣き腫《は》らし、赤い目をしている彼女を見て、レオハルトはなんとも言えない気持ちになる。

ユリアナはフードを被っていたけれど、彼女が雨に濡《ぬ》れてしまわないよう、レオハルトは自分が着ていたマントを外してその頭に被せた。

愛《いと》しい少女は、また自分の腕の中から逃げたのか――と、彼は失意の溜息《ためいき》を漏《も》らす。

「足止めしてすまなかった」

御者を振り返りレオハルトが告《つ》げると、彼は深々と頭を下げ、再《ふたた》び馬車を走らせた。

「……レオハルト様、こちらへ」

クエストに案内されて、街で一番大きな宿屋の一室に、ユリアナと共に入る。

「すぐに着替えを準備させますので、その間に浴室をお使いください。それではひとまず下がりますが、なにかあればお呼びください」

「……あぁ」

木の扉がぱたんと閉められ、クエストの姿が消えた。

レオハルトは雨に濡《ぬ》れた詰襟《つめえり》を脱ぎながら、部屋の隅《すみ》にいるユリアナを見る。いつもは華やかな色のドレスを着ている彼女が喪服《もふく》のような黒いドレスを着ているのを見て、どうにもやりきれない気持ちになった。

ユリアナが愛《いと》しいからこそ、修道女になってまで自分から逃げようとした彼女が憎らしい。そんな苦い感情が、レオハルトを支配していく。

「貴族の令嬢に願うことではないかもしれないが、湯を浴びるのを手伝ってくれないか」

そう声をかけると、ユリアナの小さな肩がひくりと跳ねる。

「まぁ、これ以降の人生を神に捧《ささ》げ、奉仕活動に精を出そうとしていたくらいだから、私の身体を洗うことくらい、どうということもないだろう」

感情を隠すのは得意だったはずなのに、苛立《いらだ》ちのせいで険《けん》のある言い方しかできなかった。

いっそ傷つけてやりたいと思っても、彼女の銀灰色《シルバーグレー》の瞳が涙で滲《にじ》んでいるのを見て、その気持ちは失せてしまう。

「……雨に濡れて身体が冷《ひ》え切っている。私に風邪《かぜ》をひかせたいのか」

ぽつりと呟《つぶや》くと、彼女は弾《はじ》かれたように顔を上げる。

「申し訳ありません。お、お手伝いさせていただきます」

ようやく返事をした彼女を背に、レオハルトは浴室に入った。

バスタブにはすでに湯が張られている。

彼は黙ったままユリアナを振り返った。

「〝シスター・ユリアナ〟、あなたは服を着たままで浴室を使う人なのか」

シャツのボタンを外しながら、つい意地悪く言ってしまう。

今日は、彼女に対して優しくできそうにない。

そもそも自分が無理強《むりじ》いしたことはわかっていたが、ユリアナの拒絶がどうしても許せなかった。そんな心中が彼女にも伝わっているのか、ユリアナの銀灰色の瞳は、ますます涙に濡れる。

「――泣いて、それで許されると思っているのか」

「お兄様、ごめんなさい」

「修道女を妹に持った覚えはないね」

レオハルトの切り捨てるような言い方に、彼女の大きな瞳からぼろぼろと涙が溢《あふ》れた。

しかし、彼は大仰《おおぎょう》な溜息《ためいき》しか出ない。

「そのドレスを脱げ。命令されないとなにもできないのか」

濡《ぬ》れた衣服を全て脱ぎ、レオハルトはバスタブの中へ先に入った。

やはり、自分の感情を制御できない。普段であれば、もっと彼女の話を聞いてやれたのだろうが、ユリアナが逃げ出した事実を前にすると、どうしても寛容《かんよう》にはなれなかった。

(話を聞くだって？)

思わずふっと笑ってしまった。

自分との結婚をいやがって逃げ出した花嫁から、いったいどんな話を聞き出せば納得できる？　純潔《じゅんけつ》を穢《けが》された乙女が、ラーグ神の傍《そば》に行くことによって、清《きよ》らかさを取り戻したいと思ったのだとしたら？

ぐずついた様子で服を脱いでいるユリアナに、レオハルトは痺《しび》れを切らして立ち上がる。

「早く来なさい」

彼女を迎えにいき、抱き上げると、再《ふたた》びユリアナと共に湯に浸《つ》かる。

「ほら、綺麗《きれい》にしなさい。おまえがいやがった汚《けが》らわしい男の身体をね」

レオハルトの卑下《ひげ》するような言い方に、ユリアナは首を横に振る。

「わ、私は、お兄様のことを汚らわしいと思っていません」

「シスター・ユリアナ」

「申し訳……ありません。殿下……」

再び彼女の瞳から涙が溢れた。その涙の意味はわからなかったが、レオハルトはただ兄と呼ばれたくないだけだったので静かに告《つ》げる。

「レオハルトでいい、上下関係を明確にしたいわけではない」

「あの、でも……」

「汚らわしい男の名を呼ぶことなどできない――そういうことか」

レオハルトは素っ気なく言ってからソープを取り、彼女に手渡した。

「……もうどうでもいい。早く洗って」

ぐずぐずと泣いているユリアナを見下ろしながら告げると、彼女は手の中でソープを泡立《あわだ》て始めた。

ユリアナは泣いている顔も可愛《かわい》らしかった。しゃくりあげながら、それでも泣くのを堪《こら》えようとしている様《さま》に嗜虐心《しぎゃくしん》が煽《あお》られて、もっと泣かせたくなってしまう。憎らしく思う心とは違う部分で、どうやって彼女を泣かせようかと考えている自分に気付き、レオハルトは心の中で笑ってしまった。

身体を洗うための絹《きぬ》の布を渡さずに、ソープだけを渡した彼の意図を理解していたのか、ユリアナはレオハルトの腕を取ると、自分の掌《てのひら》を使って洗い始める。

ユリアナの肌の感触に、先程から覚えていた劣情《れつじょう》が強くなった。それを隠すつもりは毛頭《もうとう》なく、腕を洗っている彼女の手を取ると、猛々《たけだけ》しく立ち上がった男性器へ導《みちび》き、握らせた。

「……っ」

びくりと身体を震わせるユリアナに囁《ささや》く。

「ほら、おまえが一番いやがっている部分を、綺麗《きれい》にしなさい」

「いやがって、ないです」

「へぇ？　じゃあ、好きだとでも思っているの」

ユリアナは白い肌を耳朶《みみたぶ》まで赤く染《そ》めると、レオハルトから視線を外した。

「いやがってないと言うなら、ちゃんと見るんだ」

レオハルトは彼女の細い肩を掴《つか》んで引き寄せる。

「それに、汚い部分を綺麗にしておかないと、どんどんおまえ自身が汚れていくことになるんだよ」

　ユリアナの耳元で意地悪く囁くと、彼女の身体の震えが大きくなる。

　怖がられているのか、それともいやがられているのか、そのどちらかはわからなかった。しかし、そのどちらにせよ気にくわない。

「……ソープの泡《あわ》くらいでは綺麗になりそうにない。聖女の口で、綺麗にしていただこうかな」

「え？」

　なにを言われているかわからないといった表情のユリアナに、レオハルトはもっと直接的な言葉で告げる。

「おまえが今握《つ》っている場所を、口淫《こういん》しろと言っているんだよ」

「あ、あの」

　ユリアナの瞳が戸惑い、濡《ぬ》れていく様子を、彼はじっと見つめた。

「そんな汚《けが》らわしいものを口に入れるなんてできないとでも？」

「汚いだなんて、思ってないです」

「じゃあ、できるだろう」

　レオハルトは立ち上がり、シャワーの蛇口《じゃぐち》を捻《ひね》って湯を出すと、彼自身についている泡《あわ》を落とした。そうしてバスタブのへりに腰かけ、ユリアナを見下ろす。

いやだと抵抗しても口の中にねじ込むつもりでいたが、湯に浸《つ》かったままのユリアナはレオハルトの前に屈《かが》むと、思いの外《ほか》抵抗することなく男性器をちろちろと舐《な》め始めた。

清廉《せいれん》で無垢《むく》な彼女は、今どんなことを考えながら男のそれを舐めているのだろうか？

しかも逃げ出すほどいやな男のものだ。きっと耐えがたいほどの嫌悪《けんお》を覚えているに違いない。

そう思うと、させているのは自分であるのに、レオハルトまで辛くなる。

「舐めるだけではなく、口に入れろ」

「は、はい……」

一瞬ためらったのちに、ユリアナは口内に男性器を迎え入れた。

ぬるぬるとして温かい内部の感触に、思わず息が漏《も》れる。

「……ユリアナ」

愛《いと》しいと思っている分、レオハルトのほうが不利だった。愛しさに熱が上がり、たやすく快楽に溺《おぼ》れる。

どれほどの屈辱《くつじょく》を与えられようとも、彼女を前にすれば憎しみよりも愛情が勝《まさ》ってしまう。だからこそ、問わずにはいられなかった。

「どうして、私を捨てたんだ」

彼の言葉に、ユリアナが驚いたように顔を上げる。

「私がレオハルト様を、捨てた？」

「何故驚いている？　そういうことだろう」

「ち、ちが……そんなつもりでは」

「言い訳などしなくてもいいよ。どうせ私は謝罪の言葉を受け入れられないし、一生おまえを許すことはできない。嘘をついて逃げられて、傷つけられた心の痛みは絶対に消えないのだから」

静かに彼女を見下ろすレオハルトとは対照的に、ユリアナは小刻みに震えていた。

「ごめんなさい……私はレオハルト様を傷つけるつもりはなかったんです」

「おまえがどういうつもりでも、実際そうだと言っている」

「私は、誰も傷つけたくなかったから――」

そう言う間にも、彼女の銀灰色《シルバーグレー》の瞳が再《ふたた》び涙で滲《にじ》んでいく。

ふっと息を吐き、憤《いきどお》りを覚えている心を静めて、レオハルトはユリアナに問いかけた。

「誰が傷つくと思ったから、おまえは私から逃げたの？」

「それは……レオハルト様です」

ユリアナがなにを言いたいのか、レオハルトには本当に理解できなかった。

傷つけたくないから逃げた？　意味がわからない。

冷《ひ》えてきた身体を温めるために、彼は再《ふたた》び湯に身体を沈めた。

「説明をしてもらおうか」

「……子爵家の娘である私が王室に入れば、レオハルト様は大きなダメージを受けます」

断言するユリアナに、レオハルトは思わず首を傾《かし》げた。ユリアナにしては珍しく、あまりにもきっぱりとした言い方をするから、それがラーグ神のお告《つ》げだとでも言い出すのかと思った。

「どうしてそう思うの？」

「レオハルト様の花嫁候補であったふたつの公爵家に、泥《どろ》を塗ることになってしまうからです……アルベティーニ公爵はともかく……なにか、報復《ほうふく》があるのではないかと、心配なのです」

「そんな心配は不要だ」

「いいえ……」

ユリアナは、何度もふるふると首を振った。

「そういった話を、誰かから聞いたの？」

先程ユリアナが言った「アルベティーニ公爵はともかく」というのは、グレヴィアがそんなことをするはずがないという考えからだろう。

実際、グレヴィアには恋仲の男がいるのだから、彼女から恨《うら》まれるという線はない。

「……ファルワナ公爵家か？　リズティーヌがおまえになにか言ってきたのか」

「いいえ、直接は……なにも」

ユリアナの大きな瞳からは、ぽろぽろと涙が零《こぼ》れ落ちる。

「そうでないなら、何故、泣くんだ」

「レオハルト様の口から、あの方の名前を聞きたくないからです」

「どうして？」

ますます、理由がわからなかった。

また、ユリアナが誰かに対して拒否反応を示すところを見るのは初めてで、レオハルトは驚いていた。どちらかといえば内気《うちき》で人見知りなユリアナだったが、誰かを嫌うようなことは今までなかった。

「なにかされたのか？」

「なにかしたのは、レオハルト様です！」

思いがけず大きな声で叫ばれて、意表《いひょう》を突かれる。

ユリアナの濡《ぬ》れた瞳が、今度は睨《にら》むようにしてレオハルトを見ていた。

「私がおまえになにをしたというのだろう？」

色々と思い当たる節《ふし》が多すぎて、どれが彼女を怒らせているのかわからない。いや、どうして今、自分が怒られているのかもわからなかった。

「なにも、してくれませんでした」

彼女の言葉にどきりとする。

——なにもしなかった。

てっきり湖畔《こはん》での出来事を指しているのかと思い、レオハルトが言葉を失っていると、ユリアナが眦《まなじり》を拭《ぬぐ》いながら言葉を継《つ》ぐ。

「あの方には、薔薇《ばら》の花を差し上げたり、口付けたりしたのに……私にはなにも」

「なんだって？」

やはり、ユリアナがなにを言っているのか理解できなかった。

「レオハルト様は、南西の花壇《かだん》であの方のために自《みずか》ら赤い薔薇を手折《たお》り、彼女の黒髪に飾られました。そしてそのあと、口付けをされました」

「ユリアナ、なにを言っているのかわからない」

「私は見ていたんです。レオハルト様があの方の手の甲《こう》に口付けられた場面を」

尚《なお》も言い募《つの》るユリアナのかたくななな様子を見ながら、レオハルトは彼女が言わんとすることがなんであるのかを考えた。

「赤い……薔薇」

少し前に、ユリアナはレオハルトに赤い薔薇をねだったことがあった。ネックレスやイヤリングよりも薔薇の花が欲しいと言い出したとき、通りかかった場所は——確か南西の花壇だったと記憶している。暫《しばら》くの沈黙のあと、レオハルトはユリアナの言わんとすることをようやく理解した。

ユリアナが言っているのは、昔、花嫁候補たちと顔合わせをしたときのことだろう。レオハルトにとってその行為は義務にすぎず、特別な意味などなかった。だからこうしてユリアナに責められるまで、すっかり忘れてしまっていたのだ。

「リズティーヌが嫌いか？」

レオハルトの質問に対して、ユリアナは黙りこくっている。

「私が花をあげた相手だから？　それとも口付けた相手だからか」

先程までと打って変わり、ユリアナは貝のように口を閉ざしてしまった。

これは、彼女が嫉妬《しっと》をしているということなのだろうか。

「……で、ファルワナ公爵が、自分の娘を花嫁候補に挙《あ》げながら、私が子爵家の娘であるおまえと結婚をするから、報復《ほうふく》を企《たくら》んでいると?」

「可能性はあります」

「そんなふうに考える人間ならば、相手がおまえでなくても同じだよ」

「私は、相応《ふさわ》しくないから」

どう言えばいいのだろうか。諭《さと》せば諭すほど、ますますユリアナは意固地《いこじ》になっていく。

そのときふと、浴室の片隅《かたすみ》に飾られている薔薇《ばら》の花が目に入った。

レオハルトはその花を見ながら、ユリアナに問いかける。

「では、私がファルワナ公爵家の令嬢、リズティーヌと結婚すれば、おまえは満足なんだな?」

「いや!」

ユリアナの悲痛な叫びが浴室に響く。

「結婚されるなら、お姉様でないと、いやです」

「それはどうして? グレヴィアと、リズティーヌと、どう違うと言うのだ」

「あの方は、私から完全にレオハルト様を奪う人です。でも、お姉様なら、レオハルト様のいる世界から、私を追い出したりはなさらないでしょう」

それは、結局のところ——

レオハルトはバスタブの縁《ふち》に腕を置き、頬杖《ほおづえ》をついた。

「ねえ、ユリアナ。どうして、おまえはちゃんと言わないんだ？　おまえは私を欲しがっている。だったらはっきりと言えばいい、自分以外の人間を、見るな、触れるな、名を呼ぶなと」

「え？」

レオハルトの言葉に呆《ほう》けた顔を見せたユリアナだったが、次の瞬間、はっとして大きく首を左右に振った。

「ち、違います。そんなことは……」

「違わないだろ、おまえが欲しいと思っているのは私だ」

「違います！」

ユリアナは背中を向け、バスタブから出ていこうとする。レオハルトはすかさず彼女の腕を掴《つか》んで、再《ふたた》び彼女の身を湯の中に沈める。

「おまえは本当に、私から離れて生活することなどできるのか？」

レオハルトの問いかけに、ユリアナの身体がひくりと跳ねる。

その様子を見て、彼は核心に触れようとした。

「……私のいない世界をいやがるおまえが、私の腕の中から抜け出して、生きていけるのか」

「だって……私は、なにもできない……」

「なにかする必要はない。おまえはただ私の腕の中にいて、守られていればいい。ラーグ神に祈るくらいなら、私に願え」

レオハルトは俯《うつむ》くユリアナの顎《あご》を指で持ち上げ、濡《ぬ》れて輝く銀灰色《シルバーグレー》の瞳を見つめた。

「おまえの世界を守れるのは、私だけだ」

そうして彼女を抱き上げ、身体が濡れたままであるのも構わず寝室へ移動する。

天蓋《てんがい》付きのベッドにユリアナを押し倒し、彼女の膝《ひざ》を左右に開いた。

「ユリアナ……愛しているよ」

潤《うる》んだ銀灰色の瞳を見下ろしながら囁《ささや》く。

そして、彼女の返事を待たずに、レオハルトは自身の身体を彼女の内へ沈めた。

「あっ……あぁっ」

口付けをし、舌を絡《から》ませながら、ユリアナの身体を揺らす。

さらに奥まで入れようとすると、いやがるように彼女が腰を引いた。

甘い声を上げているのに、この期《ご》に及んでまだ抵抗をするのかと、レオハルトはユリアナの片足を持ち上げて肩に担《かつ》ぎ上げる。

「あ……っ、や……ぁ」

「ほら、ちゃんと奥まで……呑み込んで」

腰をぴったりと重ね合わせ、最奥を突くようにして動かした。

「あ……ぁん……あ……ぁ」

濡れた唇が、艶《なま》めかしくて色っぽい。

まだ幼《おさな》さやあどけなさが残る彼女の表情が変化し艶《つや》めいていく様《さま》は、レオハルトの征《せい》服欲《ふくよく》を駆《か》り立てた。

「あぁ、ユリアナ……」

本当に、彼女が相手ならば毎日抱いても足りないと思う。彼はそれほどユリアナとの行為に溺《おぼ》れていた。

「んんぅ」

またユリアナが腰を引いて逃《のが》れようとする。

「……な、んで、逃げようとする」

「だ……って、レオハルト様は……王子で」

「おまえは、その王子の妃《きさき》になる娘だろう？」

まさか、まだ逃げることができるとでも思っているのだろうか？

レオハルトは彼女をうつぶせにし、わざと体重をかけ、ユリアナの身動きがとれないようにして腰を揺らした。

「あああっ」

「ターラディア王国唯一の王子を独占している気分はどう？」

「あ……あぁっ」

いやいやと首を振るユリアナの奥深くを、レオハルトは何度も突き上げる。

「なにがいやなの……王子を汚《けが》らわしく思うのはおまえくらいだよ」

そうしてぐっと最奥に挿《さ》し込んで、レオハルトは身体の動きを止めた。

ユリアナは呼吸を乱しながら途切れ途切れに答える。

「ん……ぁ、汚らわしいなんて思っていません。レオハルト様は、私が触れてはいけないくらい、尊《とうと》い存在の方だと……」

「へぇ、そんなふうに思っているのか。本当に？」

「本当で……やぁあん」

耳朶《みみたぶ》に舌を這《は》わせると、ユリアナは高い声を上げた。

「おまえ……耳、弱いよね」

「あ……あぁ……や」

ぶるぶると彼女の全身が震え始める。

その震えが内部にも伝わってきて、咥《くわ》え込まれているものへの刺激が強まる。

「ん……ほら、ユリアナ……王子に舌で舐《な》め回されている感じはどう？」

「や……そ……んなこと、言わない……で」

「私を尊んでいるというなら、もっと悦《よろこ》ぶべきだよ。王子である私の寵愛《ちょうあい》を受けられるのは、今も昔もおまえだけなのだから」

その言葉を聞いた途端《とたん》、ユリアナの身体がひくりと跳ねた。

そうして顔を隠すようにリネンに押しつけてしまったから、彼女が今どんな表情でいるかはわからない。

けれど、繋《つな》がっている部分がこれまで以上に熱を持ち始め、きゅっとレオハルト自身を締めつけてくる。

「――なにを考えている？　まだ逃げようとするなら、いい加減、私にも考えがあるよ」

どんなふうに言っても逃げ出そうとするのであれば、いっそ物理的に逃げられなくするしかない。

レオハルトの心内に仄暗《ほのぐら》い感情が湧《わ》いた。執着《しゅうちゃく》の炎《ほのお》が燃え上がるほどに、優しい感情は薄れて、自分でもどうにもできない独占欲に思考が歪《ゆが》む。

彼は繋《つな》がった身体を一度離し、天蓋《てんがい》の幕を束《たば》ねている金糸《きんし》の紐《ひも》に手を伸ばす。そして手早くそれを解《と》いた。すると、ユリアナは後ろを振り返る。

「……レオハルト……様……な、なにを」

怯《おび》えたような表情をする彼女を無視して、レオハルトはユリアナの両手首を、その金糸の紐で縛《しば》り上げる。

「たとえおまえが私をいやがり、その身を綺麗《きれい》にしたがっても、私が生涯おまえを汚《けが》し続けてやるよ」

秘部を指で開き、己《おのれ》の熱を再《ふたた》び挿《さ》し込む。

彼女の内部の反応は、ユリアナ本人の気持ちとは裏腹に、まるで挿入《そうにゅう》を待ち望んでいたかのようだった。

淫《みだ》らに蜜が溢《あふ》れて最奥部に誘い込む動きは、翻弄《ほんろう》してやろうと思っているレオハルトを逆に溺《おぼ》れさせるほど熱く、彼は思わずぐっと奥歯を噛《か》み締める。

「ふっ……あ」

レオハルトはそれまで緩《ゆる》やかだった律動《りつどう》を激しいものに変え、突き上げた。

「ひっ……やぁ……」

大袈裟《おおげさ》に抜き差ししてから限界まで引き抜くと、男性器にユリアナの蜜がたっぷりとついて光っているのが見えて、ひどく興奮した。

「逃がさないよ、ユリアナ。おまえが私を欲しいと言えないなら、ずっと閉じ込めてやる」

「ん、ゃあ……あ」

鼻にかかった甘えるような声を聞き、さらなる劣情《れつじょう》に駆《か》られる。

愛《いと》しくて堪《たま》らない少女の内部を知り尽くすため、濡《ぬ》れた襞《ひだ》をくまなく擦《こす》る。内側の反応だけはレオハルトに従順で、彼が動くたび、悦《よろこ》びに蠢《うごめ》いた。

「や、いや……っ、そこ……」

ユリアナを押さえつけ、うつぶせにさせたまま背後からある場所を執拗《しつよう》に擦り上げていると、彼女がふいにいやがるような声を上げた。

しかし、ユリアナの悶《もだ》え方から痛みを感じているわけではないとわかったため、そのまま同じ動きを続ける。彼女の内部は、快楽を欲するかのようにレオハルトの塊《かたまり》を締めつけた。

「ん、んふぅ……」

やがて揺れ始める彼女の腰の動きに合わせて、彼も身体を揺らし続けた。

額《ひたい》にじっとりと汗が浮かぶ。

「……ユリアナ……いいよ。凄《すご》く……」

ふと、レオハルトとユリアナの視線がぶつかる。

彼女の大きな瞳は泣き濡《ぬ》れている。そして、なにかを訴《うった》えるようにじっとレオハルトを見上げていた。

「私……どこにも……行きたくない……の」

「行くなと言っている」

「……私は、レオハルト様の傍《そば》にいたいの」

「——愛しているよ。私は、おまえを」

激しく執着《しゅうちゃく》し、束縛《そくばく》せずにはいられないほど、レオハルトは彼女を愛している。

身体を重ね合わせたことでその気持ちはいっそう膨《ふく》らみ、我《わ》が儘《まま》な独占欲がレオハルトの心を支配していた。

「レオハルト……様……っ、ン」

ユリアナの濡れた赤い唇を見下ろしながら思った。

もう、どうにもならないのだと——

「……出すよ」

最奥部を突き上げ激しく揺さぶると、ユリアナが艶《なま》めかしい声を上げて達し、やや遅れて、レオハルトも己《おのれ》の情欲を吐き出した。

行為が終わったあと、ユリアナを拘束《こうそく》していた紐《ひも》を解《と》いて脱力した彼女を抱き締める。

柔らかな花の香りが彼女の肌から立ちのぼり、ふいに遠い昔の記憶がよみがえった。

「……ねぇユリアナ。昔、王宮の花畑で遊んでいるときに、花を編《あ》んで冠《かんむり》を作ってくれたことがあったよね。覚えている？」

ひくりとユリアナの身体が揺れる。彼女が何故そんな反応を示すのかわからなかったが、覚えているということは伝わってきたので、そのまま話を続けた。

「私とグレヴィアの頭に載せられた花冠《はなかんむり》が、おまえの頭上にだけなかったことが、私には不満だったよ」

「……え？」

驚いたように顔を上げた彼女の頬《ほお》を、レオハルトはそっと撫《な》でる。

「あのときはおまえが満足そうに笑っていたから言えなかったけれど、もう一度同じ事をされたときには言おうと思っていた」

それからも花畑で遊ぶことはあったが、あれ以来ユリアナは花冠を作らなかったため、ずっと言えなかったのだ。

「……私はおまえと同じでいられないのならば花冠はいらない。冠があることでおまえと違う存在になってしまうのなら、不要だ」

そう告《つ》げてから、思いの外《ほか》、言葉が重いものになってしまったと気が付く。

けれど王子であるというだけで、触れてはいけないくらいに尊《とうと》いからとユリアナに離れられてしまうのなら、本物の王冠《おうかん》すら不要だった。

また彼女は、駄目だとかなんだとか言い出すのだろうか？　レオハルトはそう考え、ちらりとユリアナを見る。

けれどユリアナは瞳いっぱいに涙を溜めて、まるで幼子《おさなご》のような表情で彼を見ていた。

「おまえを遠ざけてしまうものであるなら、花冠《はなかんむり》はいらないんだよ。ユリアナ」

「……お兄様」

ユリアナが縋《すが》るような瞳で見つめ続けるから、レオハルトは彼女を抱き締めた。

「おまえがもし、私のいるところまで上ってこられないと言うのであれば、私がおまえのいる場所まで下りていくよ」

ユリアナは、その言葉に激しく首を左右に振った。

「だったら、どうするんだ？　ユリアナ」

「私も……花冠を被《かぶ》ります」

「ん……そうか」

現実味のない脅《おど》しではあったが、半分以上は本気だった。

王位継承権を持つ者はレオハルト以外にもいる。たとえ周りからなんと言われても、レオハルトは彼女が傍《そば》にいなければ己《おのれ》を保《たも》てない。彼女が王太子妃になることを拒《こば》むなら、王位継承権など放棄《ほうき》するつもりだった。

レオハルトはユリアナを腕に抱きながら、自分はこんなに我《わ》が儘《まま》で短気な男だったのかと苦笑いしてしまった。

自分から彼女を奪おうとする者は、絶対に許さない。

静かな炎《ほのお》がゆらゆらと、レオハルトの心の中で揺れていた。

＊＊＊

千を超える部屋を有し、広大な敷地面積を誇《ほこ》るエディアノン宮殿。

その周りを囲むように木々や花々が植えられ、また人工の池や川が作られている。そして雪の宮殿を始めとした宮殿が敷地内にいくつも並ぶ様は、まさしく王室の栄華《えいが》を表していた。

そんな、グランシャール家の権力の象徴であるエディアノン宮殿の一室に、ユリアナはいる。

レオハルトに連れ戻された祝福の日以降、彼女はずっと彼の私室と隣接している部屋から一歩も出られない生活を送っていた。

それはほとんど軟禁《なんきん》状態であったが、ユリアナ自身は不自由を感じていなかった。

出歩くことはできないけれど、レオハルトに公務があるとき以外の時間は彼と過ごすので、ユリアナは満足している。

ときどき執務室の隣の部屋に待機することを許され、手際よく公務をこなすレオハルトの様子を扉のガラス越しに見れば、なんだか同じ世界にいるように思えて嬉しかった。

ユリアナを執務室の隣の部屋に連れてきてくれるのは、レオハルトの従者であるクエストの役割だ。彼はユリアナのことをよく気にかけてくれた。

(レオハルト様には、本物の王冠《おうかん》を被《かぶ》っていただかなければ)

今日も公務をこなす彼の様子をうかがいながら、ユリアナはそう思う。

あの日のレオハルトは、彼女が逃げるのであれば王位継承権を捨てるつもりでいるように見えた。

(……もう、離れたくない)

彼と自分の立場が同じではなくても、ユリアナはレオハルトの傍《そば》にいたいと思っている。

そのとき、執務室へ続く扉が開いて、レオハルトがこちらの部屋に入ってきた。

「執務なんて、見ていて飽きないのか？」

「飽きませんよ……レオハルト様」

ユリアナがレオハルトの傍まで歩み寄ると、彼は短く口付ける。お互いの体温がわかる短いキスだけで、レオハルトは身体を離してしまった。

ユリアナがエディアノン宮殿に来てからというもの、彼はキス以上のことをしてこなかった。寝室にも呼ばれない。

嫌われたとは思わなかったが、それがどういうことか、ユリアナにはわからずにいる。

もしかしたら婚礼の儀が済むまでは、抱いてくれないのだろうか。

ドレスの準備は急いでいる様子だったが、一国の王子の結婚式ともなれば、すぐというわけにもいかず、挙式の予定はまだ数ヶ月先である。それを思うと溜息《ためいき》が出てしまう。

「どうかしたか？」

背の高いレオハルトが屈《かが》んでユリアナの顔をのぞき込んでくる。エメラルドグリーンの瞳が艶《なま》めかしく輝いて、ユリアナはその色っぽさに胸をときめかせた。

「い、いいえ……なにも」

彼女が答えると、彼がふっと笑う。

「……思ったよりも準備に時間がかかり、すまないと思っている。婚礼の儀が終わるまでは宮殿から出ずにいてもらおうと考えていたが、再《ふたた》び逃げられてしまっても困るな」

「もう、逃げたりはしません」

「そうか？」

レオハルトは魅惑的《みわくてき》な笑みを浮かべる。

「では、これから散歩にでも出かけようか」

「レオハルト様がお疲れでないなら……」

「構わないよ。行こう」

レオハルトのお側付きの侍女《じじょ》数名とクエストを従えて、ふたりは宮殿の庭園へ出た。

久しぶりに外の空気に触れたユリアナは、その心地よさと太陽の眩《まぶ》しさに目を細める。

「幼《おさな》い頃三人で遊んでいた花畑にでも行ってみる？」

「はい、行きたいです」

少し歩いたところには薔薇《ばら》で作られたアーチがあり、そこをくぐると昔遊んだ花畑が見えてくる。

その花畑には、様々な色の野の花が咲き乱れていた。

「あの頃と少しも変わっていませんね――」

ふいに人の気配を感じてそちらに視線をやると、スクエア型に胸元が開いたドレスに身を包んだグレヴィアが、侍女を従えて立っていた。

淡《あわ》い上品なブルーのドレス姿の彼女は、ユリアナに向かって微笑《ほほえ》みかける。

「お姉様！」

彼女へのやましさはすっかり忘れ、ユリアナはグレヴィアに駆《か》け寄った。グレヴィアは満面の笑みをたたえたまま、ユリアナを迎える。

「ユリアナ、お元気だった？　レオハルトにひどいことをされていない？」

からかうような口調でグレヴィアが言うと、遅れて歩み寄ってきたレオハルトは、心外だとばかりに眉根《まゆね》を寄せる。

「人聞きの悪いことを言うな。おまえがなにか言うとユリアナが鵜呑《うの》みにする」

「だって……レオハルトがここまで短気で人の話を聞かない方だとは、思っていなかったんですもの」

手に持っていた扇《おうぎ》で顔を扇《あお》ぎながら、グレヴィアは呆《あき》れた様子で言う。

「自分がしたことを棚《たな》に上げてなにを言うか」

レオハルトが言い返すと、ふたりに挟《はさ》まれる格好になったユリアナは困ってしまう。

「だって、私はレオハルトとなんて、絶対に結婚したくなかったんですもの」

「それはこちらとしても同感だ」

「それはそうと、いいかげん、ジェラルを軟禁《なんきん》状態から解放してくださらないかしら」

「あの不埒《ふらち》な男を解放するのは、私とユリアナの婚礼が済んでからだ」

「まぁ。正気とは思えないわ……いったいいつまで拘束《こうそく》なさるおつもりなの」

グレヴィアが扇《おうぎ》で口元を隠しながら、レオハルトに恨《うら》みがましい視線を向ける。

「正気とは思えないだと？　私の花嫁に口付け、辱《はずかし》めた罪への罰《ばつ》がこの程度で済んでいるのだから、軽いものだ」

「……口付け……ねぇ」

不満げに呟《つぶや》く彼女に、レオハルトは意地の悪そうな笑みを浮かべる。

「ご不満か？　それなら、おまえもユリアナに薬を盛った罪で外出禁止にしてやろうか」

「あら、権力を振りかざすだなんて、殿下の品格を疑いますわ」

「おまえの品位もな」

ばちばちと火花を散らすようなやりとりが続き、ユリアナはおろおろするしかなくなる。

そんな彼女の様子に気付いて、レオハルトが笑った。

「案ずるな。おまえがいないところでは、昔からこうだ」

「ごめんなさいね、ユリアナ。こーんな狭量《きょうりょう》な男性をあなたに押しつけることになってしまって」

グレヴィアは片手でユリアナの手を握り、もう片手の指を眦《まなじり》に当てて泣き真似《まね》をする。

確かに、今の彼らを見ていると、どう考えても恋人同士であるとは思えなかった。

「……お姉様は、本当にレオハルト様をお好きではないのですか？」

「嫌いではないけど、結婚はごめんだわ」

「本当に？」

ユリアナが心配そうな表情でグレヴィアを見つめているのに気付き、レオハルトは堪《たま》らず口を挟《はさ》んだ。

「グレヴィアが好きな男はジェラルだ。ユリアナ」

「……あら、お気付きでしたの？　レオハルト」

グレヴィアは青い目を細めて彼を見る。

わからないほうがおかしい、とレオハルトは溜息《ためいき》をついた。

「恋仲なのだろう」

「え……そうだったんですか？　お姉様」

ユリアナは信じられないといった様子で、何度も瞬《まばた》きをした。

という。

頷《うなず》く彼女の説明によれば、ジェラルとの交際は彼女が十七歳のときから始まっていた
「ええ、そうなの」

「お姉様が恋愛小説を読み耽《ふけ》ったり、王宮の絵本を見るようになったりした頃ですね」

「……お願いユリアナ。その話はレオハルトの前ではしないで」

白い肌をほんのり染《そ》めてグレヴィアが言った。

その反応に、お茶会のとき、女の子だけの秘密だと彼女が言っていたことを思い出す。

「ご、ごめんなさい」

焦った様子のユリアナに、レオハルトは静かに告《つ》げる。

「……まぁ、そんなものは私にはどうでもいい話だけれど。そういうことだから、おまえが気に病《や》むようなことは最初からなにもないんだよ、ユリアナ」

「そうだったんですね……」

「そもそも、レオハルトがもっと早くユリアナを娶《めと》るとおっしゃってくだされば、こんなことにはならなかったんですわ。私も長い間、公爵家の娘であるというだけの理由で、あなたのお妃《きさき》候補だと言われて本当に不自由でした」

大仰《おおぎょう》に息を吐いたグレヴィアに、レオハルトはエメラルドグリーンの目を皮肉っぽく

細める。

「嫉妬《しっと》だかなんだか知らないが、ユリアナに私とおまえの関係を確かめるあの男の品位はどうかと思うがな」

「愛するが故《ゆえ》の狭量《きょうりょう》さです。レオハルトにはわかっていただけると思うのですが？」

尚《なお》も言い合いを続けるふたりに困惑しつつも、ユリアナは意を決してレオハルトに声をかけた。

「あの……レオハルト様、私は、その……辱《はずかし》めを受けたとは思っておりませんので、ジェラル様の外出禁止令を解《と》いていただけないでしょうか」

「何故？　あのような不埒《ふらち》な男を、おまえは許すのか」

「だって、愛している人に会えないのは……辛いことだと思うのです。私だったら、とても耐えられません」

ユリアナが俯《うつむ》くと、レオハルトは困ったように眉根《まゆね》を寄せた。

「泣くな」

「だ、だって」

止めることのできなかった涙が溢《あふ》れて、彼女の白い頬《ほお》を伝っていく。

聖地アルゼンブルグには結局行かなかったけれど、馬車の中で、彼とはこれでもう会えなくなるのだと考えたときの心細さを思い出すと、胸が張り裂けそうになる。

ユリアナの涙を見て、レオハルトは小さく舌打ちをした。

「わかった。私自身はあの男を許せないが、おまえがそう言うのであれば外出禁止を解《と》こう」

「ありがとうございます……レオハルト様」

彼はふっと息を漏《も》らしてから、ユリアナの頬を撫《な》でた。

そんな彼らの様子を見ていたグレヴィアは微笑《ほほえ》む。

「ユリアナには本当に弱いのね、レオハルトは」

そうして意味ありげに扇《おうぎ》で口元を隠しながら目を細めるグレヴィアを、レオハルトが睨《にら》む。

「睨まないでいただけるかしら。少しは私にも感謝してほしいものですわ」

そう言ってから、グレヴィアが近くに控《ひか》えていた侍女《じじょ》に目配《めくば》せをすると、その侍女は手に持っていた白い花冠《はなかんむり》をグレヴィアに渡した。

「今も、昔も、レオハルトの隣で冠《かんむり》を戴《いただ》くべき人物はあなただけよ、ユリアナ。私ではないわ」

「……お姉様」

グレヴィアは花冠をユリアナの頭に載せた。

「レオハルトも受け取っていただけるかしら？」

「至極《しごく》光栄ですよ、グレヴィア」

意地悪く微笑んでから、彼は彼女の前に屈《かが》んだ。

つやつやと輝く彼の銀髪《ぎんぱつ》の上に、グレヴィアは恭《うやうや》しく花冠を載せる。

その光景を見たユリアリは、まるで一枚の美しい絵のようだと思った。そして今、彼の頭に載せられたものと同じ花冠が自分の頭上にもあるのだ。ユリアナは、感動で胸が熱くなった。

「おふたりともお幸せにね」

「ありがとうございます。お姉様も……その、ジェラル様と、どうかお幸せに」

ユリアナの言葉を聞いて、グレヴィアは嬉しそうに微笑んだ。

今まで記憶している中で最も綺麗《きれい》な笑みを浮かべるグレヴィアを見て、ユリアナは彼女の愛情が誰に向いているのかを、改めて知った。

自分は王妃に相応《ふさわ》しい人間ではないかもしれない。それでも、レオハルトの傍《そば》にいたい気持ちは変わらず、ユリアナは彼の手をそっと握った。

「ちょっと早い結婚式みたいね。なんだか可愛《かわい》らしいわ」

グレヴィアが贈ってくれたお揃《そろ》いの花冠《はなかんむり》は、ユリアナにとって、どんな高価なティアラよりも尊《とうと》く、素晴らしいものだった。

グレヴィアとジェラルが婚約したという話を聞かされたのは、それからほどなくしてのことである――

＊　＊　＊

「レオハルト様、外出の許可をいただきたいのですが」

エディアノン宮殿にユリアナが移り住んでから、暫《しばら》く経《た》った頃のこと。

彼女は執務室を訪れ、レオハルトにそう願い出た。

思いがけずあらたまった口調になってしまったせいか、レオハルトは訝《いぶか》しげに彼女を見つめる。

「外出するのは構わないが、どこに行きたいのだろう？」

「あ、あの……シスター・アリエッタの教会に行きたいのです」

ユリアナの返事を聞いて、レオハルトは安堵《あんど》したように微笑《ほほえ》む。

「あぁ……なんだ、教会か。閉じ込めてしまったようなものだから、息苦しくなってレオーネ邸に帰りたいとでも言い出すのかと思ったよ」

「帰りたいとは思っていません」

「そうか。それはよかった。いいよ、行っておいで」

「ありがとうございます。お仕事中にすみませんでした。それでは行ってきますね」

淡《あわ》いピンク色のドレスの裾《すそ》をひるがえしたユリアナを、レオハルトが呼び止める。

「ひとりで教会に行くのか？」

執務室にある机の前から動かぬまま、レオハルトが問いかけた。

なにか思うところがある様子の彼を見て、ひとりで出かけるつもりでいたユリアナは、不思議そうに首を傾《かし》げる。

「いけませんか？」

「……そうだね。心配だから、従者は連れていってほしい」

「じゃあ、マリーを連れていきますね」

「マリー？　ユリアナ付きの侍女《じじょ》か……」

「駄目ですか？　シスター・アリエッタのところに行くのに、あまり物々しい警備を付けて行きたくないんです。アリエッタとは……今まで通りの関係でいたいので」

自分がどんな立場になっても、アリエッタにはこれまでと同じように接してほしかった。ユリアナは王太子の婚約者という立場になってしまったが、それ以外は、今までとなにも変わっていないのだから。

「本当は私の従者であるクエストをおまえに付けたいが、あいにく今日は街に出ているからな……」

レオハルトが一番信用しているのがクエストなのだろう。他の誰を付けるべきかと考えを巡《めぐ》らせているレオハルトを見て、ユリアナは首を横に振った。

「大丈夫ですよ、レオハルト様。シスター・アリエッタの教会は王宮から馬車ですぐの場所ですから」

やはり数名の王宮騎士を付けようという話になってしまいそうな予感がしたため、ユリアナは慌《あわ》てて告《つ》げる。

「……そうだな。私が心配しすぎているのかもしれない」

あまり押し付けてもいけないと考えたのか、レオハルトはそう言った。

「できれば身軽でいたいものですから……」

ユリアナの言葉を聞いて、レオハルトは苦笑いをする。

「その言い方だと、よほど護衛を付けるのがいやみたいだな」

「いけませんか……？」

残念そうな表情をした彼女に、仕方ないといった様子でレオハルトが答える。

「あまり息苦しい思いをさせてもいけないね。許可はするけど、もし長時間になるようならマリー以外の人間を付けさせてもらう」

「ありがとうございます、レオハルト様」

ユリアナが無邪気《むじゃき》に微笑《ほほえ》むと、レオハルトは仕方がないと言わんばかりに溜息《ためいき》をついた。


「こんにちは、シスター・アリエッタ」

小さな教会の中。祭壇《さいだん》前でラーグ神に祈りを捧《ささ》げていたシスター・アリエッタの後ろ姿に、侍女《じじょ》のマリーを連れたユリアナが声をかける。

「まぁ、お久しぶりね、ユリアナ」

黒いベールを揺らしながら振り返ったアリエッタを見て、ユリアナが苦笑した。

「ごめんなさい……色々あって」

そんなユリアナの言葉に、アリエッタは微笑む。

「話には聞いています。レオハルト王子とのご婚約おめでとうございます。友人として、とても嬉しいわ」

「ありがとう、アリエッタ」

アリエッタは、ユリアナにすぐ近くの木製の椅子《いす》を勧《すす》めた。

ユリアナは勧められるまま腰を下ろす。彼女の隣に、アリエッタも背筋《せすじ》を伸ばしたまま静かに座った。

アリエッタの相変わらず優雅《ゆうが》な身のこなしを見て、ユリアナは以前から聞いてみたかったことを、思い切って聞くことにした。

「シスター・アリエッタは、どうして修道女になる道をお選びになったの？」

彼女の問いかけに、アリエッタは不思議そうに首を傾《かし》げる。

「どうなさったの？　突然そんなことを聞くなんて」

「……ごめんなさい、言いたくないならいいの」

ユリアナは慌《あわ》てて首を振った。そんな彼女の様子を見て、アリエッタは安心させるように微笑む。

「構いませんわ。ユリアナは私の大切な人だから、特別にお話しします」

アリエッタは、まるで幼子《おさなご》に童話を読み聞かせるような口調で話し始めた。

――昔々、とある国の王子様に、彼女は恋をした。

その恋は永遠に続くものだと疑いもしなかったけれど、ある日突然、終わりがやってきてしまう。

隣国の王女が王子に恋をし、求婚したのだ。

その隣国は近隣では一番大きくて力のある大国だったが故《ゆえ》に、王子は王女に押し切られる形で結婚したのだった。

「恋に破れて辛くなったから、国から逃げ出したかったのよ。ただそれだけ……幻滅《げんめつ》なさった？」

「いいえ、そんなことはないです。王子がご結婚……ということは、その王女がアリエッタのいた国に嫁《とつ》いできたのですか？」

ユリアナの問いに、アリエッタは微笑《ほほえ》む。

「その王女は、彼女の国の王位継承権第一位の方でしたので、王子が隣国へ行くことになりました。王子は王位継承権第三位でしたから、不都合もあまりないということで」

「そうだったんですか。ごめんなさい、シスター・アリエッタ。辛いお話を聞いてしまって」

「いいんです。私も……誰かに聞いてほしかったのかもしれません。……ところで結婚式の準備は順調ですの？」

「順調だと思います。ただ、レオハルト様は公務が立て込んでいてお忙しそうで……それに、同盟国からお客様がいらしているんです」

「あら、このお忙しい時期にお客様だなんて、大変ね」

「レオハルト様の婚約を聞いて、遠国から王配殿下直々《じきじき》にお祝いの品をお持ちくださったそうなんです」

「……王配殿下？」

「はい、トルネア王国の……お名前は確か」

首を傾《かし》げて名前を思い出そうとしているユリアナに、アリエッタが微笑みをたたえたまま問いかける。

「ミルゲル様？」

「あ、はい、ミルゲル王配殿下です。よくご存じですね」

「……どのくらい滞在なさるのかしら」

「はっきりとした期間はうかがっていませんが、暫《しば》くご滞在されるそうです。なんでも、雪の宮殿がお気に召したそうで」

ユリアナの返事を聞くと、アリエッタは小さく息を吐いた。

そんな彼女の様子に、ユリアナはいったいどうしたのだろうかと思ったが、次の瞬間、アリエッタはまた笑いながら言う。

「婚礼間近の仲睦《なかむつ》まじいおふたりの時間を奪うだなんて、トルネアの王配殿下は気の利《き》かないお方なんですね」

「そ、そんな、時間を奪うだなんて……貴賓《きひん》をもてなすのも、大事な公務だと思います」

「蜂蜜酒《ミード》をお土産に持たせて、早々にお帰りいただいたほうがいいのではないかしら。トルネア王国にも早くお世継《よつ》ぎが必要でしょうし」

蜂蜜酒と聞いて顔を赤らめるユリアナを見て、アリエッタは小さな笑い声を上げた。

蜂蜜酒はふわりとシナモンの香りがする、琥珀《こはく》色のお酒だ。

口当たりがよい飲み物だが、使用されているのはラティアナである。

ラティアナの花を蜜源《みつげん》とする蜂蜜《はちみつ》は、催淫剤《さいいんざい》としての効果が顕著《けんちょ》に現れる蜜薬である。

それをレオハルトから説明をされたときの羞恥心《しゅうちしん》がよみがえり、ユリアナの頬《ほお》は熱くなってしまう。

ターラディア王国では、王族の婚姻後一ヶ月間は、毎晩蜂蜜酒を飲むしきたりがあった。

子作りの行為であると開き直れないほど、あの行為はユリアナの身体を蕩《とろ》けさせる。

（お世継ぎのためだから、毎晩でも……しなければいけないのよね）

羞恥をごまかすように考えてはみたが、どんないいわけをしたところで、ユリアナがレオハルトを求める気持ちに変わりはなかった。

「ねえ、ユリアナ……もしかして、王配殿下は雪の宮殿に滞在なさっているの？」

ふいに真顔になったアリエッタに、ユリアナは違和感を覚えた。

「……そうですが、どうかされましたか？」

「いいえ、少し、近いと思っただけ」

「この教会からですか？」

「ええ」

「もしかして……シスター・アリエッタは、トルネア王国が……お嫌いなの？」

ユリアナがアリエッタとの会話の中で感じたことを聞くと、アリエッタが笑った。

「トルネアに限らず、異国の方を畏怖《いふ》する人間は少なくはありませんよ」

＊　＊　＊

「ふぅん……シスター・アリエッタがそんなことを言っていたのか」

その日の夜、レオハルトの部屋で、ユリアナは今日あった出来事を彼に報告した。

「だから、王室のみなさまも、あまり雪の宮殿を使用されなかったのでしょうか。異国のもの……だから？　むしろ、あれが存在すること自体がよくなかったりするのでしょうか」

そんなふうに言って考え込むユリアナに、レオハルトは慰《なぐさ》めるように声をかけた。

「どうだろうか。畏怖《いふ》しているというよりは、独特であるから使わないのかもしれないし……まぁ、私もトルネアの血を引く人間だから、そう思う者もいるのか、くらいにしか感じないけど」

「本当のことをおっしゃってください。以前、レオハルト様はあの宮殿を不要だとおっしゃっていました……けれど、残そうと考え直してくださったのは、私が我儘《わがまま》を言ったからですよね？」

結果的にねだるような形になってしまったが、ユリアナは婚約後、レオハルトに雪の宮殿を残してほしいという話をしていた。

先々代の王妃が大事にしていた宮殿だから、というのもひとつの理由だったが、ユリアナ自身、あの宮殿の珍しい造りを気に入っていたのだ。

彼女の言葉に、レオハルトが笑う。

「私はそんなに考えの深い人間ではないよ？　他の人間が異質に感じてどうこうというより、維持するためにお金がかかると思っただけで。けれど今回のように、トルネアの王配殿下が雪の宮殿がまだ存在していることをとても喜ばれた事実を考えれば、あれを不要なものだと決めつけるべきではないかな、とは感じたね」

ユリアナはその現場にはいなかったものの、お祝いの品を持ってきたミルゲル王配殿下は、雪の宮殿を見て深い感銘《かんめい》を受けていたと、レオハルトより聞かされていた。

「……そうだといいのですが」

「邪魔だと思う？」

「いいえ、私は雪の宮殿は……」

「そうではなくて、ミルゲル王配殿下のことだよ」

「え？」

ユリアナが驚いて彼を見ると、ソファに腰かけているレオハルトは、組んだ足の上に頬杖《ほおづえ》をつき、艶《つや》めいた瞳でユリアナを見つめていた。

「確かに、婚礼間近の恋人の間に居座っているようなものだし」

「で、でもっ、トルネア王国は遠いですし……そうそう来ていただく機会はないですから」

「それで、おまえはどう思っているの」

「私は……邪魔だなんて思っていません。だって、以前よりレオハルト様と過ごす時間は確実に増えましたから、気持ちは満たされています」

「ふぅん。気持ちは満たされている……ねぇ。やはりシスター・アリエッタが言うように、お土産に蜂蜜酒《ミード》をお渡しして、王配殿下には早々にご帰国いただくか……トルネア王国はご結婚から三年経《た》つが、子がまだだしな」

「三年？　あぁ……そうなんですね」

レオハルトの言葉になにか引っかかりを覚えて、ユリアナはふと黙り込む。

三年――？

ほんの少しの間考えてみたものの、何故三年という年数が気になったのかわからない。

「どうかしたのか？」

「え？　あ、あの……いいえ」

ユリアナが戸惑いがちに首を横に振ると、レオハルトは室内に設置された、黄金製《おうごんせい》の大きな時計にちらりと目をやる。

「……そろそろ眠る時間だね」

「は……はい」

「おやすみユリアナ。よい夢を」

「おやすみなさい……レオハルト様」

ユリアナは複雑な思いを抱《いだ》きつつ、黄金の細工《さいく》がなされた豪奢《ごうしゃ》なソファから立ち上がり、彼女の部屋として用意されている隣室へ移動した。

このように別々に就寝する日がずっと続いていて、ユリアナは不安だった。

何故、レオハルトは自分を抱いてくれないのか。日々激務をこなしているせいで疲れているのかもしれない……と、ユリアナは自分を納得させた。

＊＊＊

翌日、レオハルトはミルゲルの相手をするために朝から外出してしまった。レオハルトは出発直前、昨日は狩《か》りに出たので、今日は街を案内するつもりだとユリアナに話していた。

ミルゲルが、トルネア王国の現女王であり彼の妻でもあるラフィーネに、お土産になるようなものを探したいと希望したため、レオハルトと共に出かけることになったらしい。

通常であれば、貴賓自《きひんみずか》ら街へ出向いたりはせず、王家御用達《ごようたし》の商人に、城に珍しい品々を持って来させ、その中から選ぶ。しかし、ミルゲルがついでに街の様子も見学したいと言ったそうだ。

一方、ユリアナは外出のため馬車に揺られていた。

ひとりで城の中にいても退屈だろうからと、グレヴィアが彼女を屋敷に招いてくれたのだ。

やがてアルベティーニ邸に馬車が到着すると、グレヴィアが玄関でユリアナを出迎えてくれた。そのままふたりはグレヴィアの部屋へ向かう。

薔薇《ばら》模様の壁紙が張られた彼女の部屋は、豪奢《ごうしゃ》でありながら、どこか可愛《かわい》らしい雰囲気もあり、ユリアナは好きだった。

共にお茶を飲みながら、雪の宮殿や、異国の方を畏怖《いふ》する人間は少なくないと言ったシスター・アリエッタの話をすると、グレヴィアはほがらかに笑う。

「気にしすぎよ。確かにトルネアの方がお見えになることはめったにないけど、隣国の人たちとの行き来はあるのだし。それに王室主催の舞踏会《ぶとうかい》にも、他国からのお客様が大勢いらっしゃるじゃない」

「……そういえば、そうですね」

「シスター・アリエッタが閉鎖的《へいさてき》な国で育っただけかもね」

「シスターがどこからいらしたのか、お姉様はご存じですか？」

ユリアナの問いかけに、グレヴィアは首を横に振った。

「ラーグ神に仕《つか》えることを望む者が一度聖地に入ると、心身を鍛錬《たんれん》するだけじゃなくて、それまで過ごしてきた俗世《ぞくせ》と自分の繋《つな》がりを完全に断絶しなくちゃいけないの。だから、教会の方々がどこの出身なのかはわからないわ」

「そうですか……」

ユリアナは、アリエッタの過去を深く知りたいわけではない。それなのに、どうにも心の中でなにかが引っかかっている。

「あまり他人のことを気にしすぎるのはいけないわ。あなたは結婚前の大事な身なのだから、レオハルトのことだけを考えるくらいで丁度良いと思うの。とにかくあの人は狭《きょう》量《りょう》なんだもの」

グレヴィアの言葉を聞いて、ユリアナは思わず笑ってしまった。

「根に持ってらっしゃるのですか？　その……ジェラル様のこと」

「ジェラルのことだけではないけど、あの人は昔からそうよ」

グレヴィアは答えながら手に持っていた扇《おうぎ》を開き、顔のあたりを扇《あお》ぎ始めた。

「ユリアナに対してだけよ。お優しい王子様なのは。お顔はあんなに美しいのに、結構腹黒いところがあるから……」

「そ、そうだったんですか？」

「だから、私はレオハルトのお妃《きさき》候補だなんて、本当にいやだったわ」

ぱたぱたと何度か扇《あお》いでから、ぱちんと扇《おうぎ》をたたみ、グレヴィアは溜息《ためいき》を漏《も》らした。

「レオハルトもレオハルトよ。私と結婚する気なんて微塵《みじん》もないくせに拒否しなかったのは、機会をうかがっていたからだもの。あの人はそういうところが狡《ずる》いのよ」

「機会？」

「あなたと結婚する機会よ。レオハルトが花嫁候補のことで急《せ》かされていたとき、ユリアナはまだ幼《おさな》かったし、レオハルトを男として見ていなかったでしょう？　もし私を花嫁候補から外してしまったら、リズティーヌ以外にも、彼との結婚を強く望む他の候補が立てられるわけじゃない。私がレオハルトを好きじゃないことを、彼に利用されたというか……」

「なんだか少し、複雑ですね……」

利用するとかしないだとか。本当に複雑だと思った。

「男女の関係は、単純そうで複雑なのよ。あ、面白い小説を入手したの。読む？」

そう言ったグレヴィアがメイドに持ってこさせたのは、例のきわどい描写がある恋愛小説ではなく、ミステリー小説だった。

「今度の本は、恋愛小説じゃないんですね」

「私、本当はミステリーのほうが好きなのよ」

ふふっと悪戯《いたずら》っぽく笑うグレヴィアに、ユリアナは首を傾《かし》げた。

「え？　そうだったんですか。私はてっきり……」

淫《みだ》らな本ばかり読んでいるものだと思っていた、と言いそうになって、慌《あわ》てて口元を押さえる。するとグレヴィアが声を上げておかしそうに笑った。

「もちろん、強く興味を持っていた時期もあったけど。あなたにあれほど薦《すす》めていたのは、恋に目覚めるのが遅いユリアナの背中を押したかっただけ。だって、レオハルトも全然しかけないんですもの」

「お姉様がくださった胸元の開いたドレスも、もしかして……」

「似合っていたわよ？　とても」

扇で口元を隠しながら、グレヴィアが明るく笑う。

「ひどいです」

口ではそう抗議したが、ユリアナもつられて笑い出す。

「私、お姉様に本当に申し訳ないことをしてしまったって思っていたんですよ」

「あら、それは悪いことをしたわね。じゃあ、ユリアナだけが、私たちは三角関係だと思っていたのかしら」

「それは思いますよ」

三角関係という言葉に、ユリアナはふとアリエッタの過去を思い出した。

いくら失恋が辛かったとはいえ、もう他の誰も想わないというぐらい強い意志がなければ、俗世《ぞくせ》を捨てて修道女になろうなどとは考えないはず。そんな激しい感情が、彼女の中にあったのだろうか。

「恋愛って、難しいですね」

ユリアナがぽつりと呟《つぶや》くと、グレヴィアが大袈裟《おおげさ》に首を振る。

「ユリアナの場合は少しも難しくはないわ。ただただ、レオハルトのことだけを考えていればいいの。それだけよ。ふたりに上手くいってもらわないと、私が困るわ」

そう言う彼女の様子が本当におかしくて、ユリアナは噴《ふ》き出してしまった。

「ええっと……そんなに、レオハルト様がいやなのでしょうか」

「無理よ。恋愛対象としてはね」

きっぱりと言い切られて、ユリアナはとうとう大きな声で笑ってしまった。

「私は、レオハルト様は素敵な方だと思うんですけど」

「ユリアナの前でだけよ、素敵な人なのは……だからこそ、ちょっと怖いわね」

「え？」

ふいに真顔になったグレヴィアに、ユリアナは不思議そうに首を傾《かし》げる。

「……すぐに、罰《ばつ》を与えようとなさるから？」

「それは単なる脅《おど》しだと思うけど。怖いのは、次期国王という立場であっても、いざとなったらなりふり構わずユリアナを選ぶだろうと思わせる一途《いちず》さかしらねえ。あ、融通《ゆうずう》のきかなさ？」

グレヴィアは揶揄《やゆ》するように言うが、それが大変なことだというのは、ユリアナにもわかる。

「私は……ずっと、レオハルト様のお傍《そば》にいます」

「そうしてあげてね」

一国の王子ともなれば、レオハルトが育ってきた環境は、決して開放的なものとは言えないだろう。きっと、常に足枷《あしかせ》がはめられたように感じる状態ではないか。ユリアナの帰り際に、グレヴィアがそう話してくれた。

また、彼は幼《おさな》くして母を亡くしているから、愛情に飢《う》えているのかもしれないとも言っていた。

彼はいつも毅然《きぜん》としていて、そんな様子は見えなかったため、今日グレヴィアに言われるまで、ユリアナはそのことに気付かなかった。

『冠《かんむり》があることでおまえと違う存在になってしまうのなら、不要だ』

以前彼が言った言葉を思い出すと、そんなことを言わせてしまった申し訳なさに胸が痛む。

ユリアナは、彼に自分のため王位継承権を捨ててほしいとは思っていない。自分が立派な王妃になれる自信は少しもないけれど、レオハルトの傍《そば》に居続けて支えたかった。

自分たちが幼《おさな》い頃、無邪気《むじゃき》に花畑で遊んでいたあの日々のように、いつまでもターラディア王国が平和であってほしい。ユリアナは願うことしかできないが、レオハルトなら平和を維持することができるはずだ。だから、彼に王になってもらいたかった。

彼も、ラーグ神に祈るくらいなら、自分に願えと言っていた。

そう考えてはっとする。

こういう期待が、レオハルトにとって足枷《あしかせ》になっているのではないか？　彼ならできるなどと思うことは、それだけで重荷になるのだろうか。

アルベティーニ邸からエディアノン宮殿へ戻る馬車の中で、ユリアナはひたすら物思いに耽《ふけ》った。

レオハルトは受け入れてくれたけれど、これまで安穏《あんのん》と過ごしてきた自分が、様々な重圧の中で生きてきた彼に一時《いっとき》の感情で雪の宮殿を残すことをねだるなんて、出すぎた真似《まね》だったのではないかと――

＊＊＊

ユリアナがエディアノン宮殿へ帰って暫《しばら》くしたあと――

「なにを飲んでいるの？　ハーブティー？」

与えられた自室で、ユリアナがお茶を飲みながらぼんやりしていると、突然声をかけられた。

はっとして顔を上げると、目の前にレオハルトがいる。いつ外出先から戻ってきたのだろう？　ずっと考え事をしていたせいで、まったく気付かなかった。

「あ、あのっ、ごめんなさい、お戻りになられたことに、気付かなくて……」

慌《あわ》ててソファから立ち上がろうとするユリアナの肩を押さえて、レオハルトも彼女の隣に座る。

「どうした、ぼんやりして。アルベティーニ公爵の屋敷でなにかあったのか？」

「なにもないです。お姉様とは、とても楽しくお話をしてきました」

「そう？　それならいいけど」

「……でも……私、考えたんです」

帰ってくる馬車の中でずっと考えていたことを、ユリアナはレオハルトに告《つ》げる。

「やっぱり、雪の宮殿は……不要なのかなって」

「また雪の宮殿の話なのか。おまえはどれだけあの宮殿が好きなんだろうね」

「い、いいえ！　そういうわけでは……ただ、やっぱり、私の思いつきでレオハルト様に残してほしいと願うのは、違うって思ったんです」

「そうかな」

「維持に必要な国費は、もともとは国民から納められる税金だと考えると……やっぱり、無駄なものはなくしていかないといけないと思います」

拳《こぶし》を握り締めて熱弁するユリアナに、レオハルトは目を細めて笑った。

「ユリアナがそう思うなら、壊すのは簡単だけど。本当にそれでいいの？」

「え、えっと……たぶん」

「自信がなさそうだね」

「……正直、壊すとなると寂《さび》しく思います。でも、国民のことを考えると、どうしたらいいのかよくわからないのが本音です」

思わず漏《も》れた言葉に、レオハルトが肩を揺らす。

「そうだろうね。私もそうだけど、誰も決断できずにいるから現状維持の状態が続いているんだと思うよ……だから、もう暫《しばら》くはこのままでいい。おまえが悩んだり心を痛めたりする必要はないよ」

彼の諭《さと》すような物言いに、ユリアナは小さく頷《うなず》いた。

「ユリアナ。おまえは優しすぎるところがあるから、悩みを溜め込んで、私の知らないところで泣くのではないかと、心配で堪《たま》らない」

レオハルトはそう言いながらふいに手を伸ばし、ユリアナの頬《ほお》を優しく撫《な》でる。

その言葉と手付きの優しさを、ユリアナは心の底から嬉しく感じた。しかしそれと同時に、自分はそんなレオハルトになにが返せるのだろう、と思ってしまう。

なにもしなくていい、望んでいないと彼は言ってくれたけれど、もし自分にもできることがあるなら、それをしたいと思う。

「不満だろうか？」

俯《うつむ》いたユリアナの顔をのぞき込み、レオハルトが問うと、彼女は慌《あわ》てて首を左右に振る。

「不満ではないです。でも……やっぱり、私は見ているものが小さいんだなって感じました」

「私とおまえで、同じものを見る必要はないと思うよ。私の視点とユリアナの視点が違うのは悪いことではない。むしろ、違うものが見えるからこそ、互いに教え合うこともできるんじゃないのかな」

そう言って、レオハルトは綺麗《きれい》な微笑《ほほえ》みを浮かべる。

愛《いと》しい彼に、そんな優しい言葉をかけられ、ユリアナの心臓はとくんと跳ねた。

「そうだと……いいんですが」

ユリアナがにこりと笑い返したところで、彼が告《つ》げる。

「では、おかえりのキスをもらおうか」

「……は、い」

そっと重ね合わせるだけのキスをしてすぐ、ユリアナは恥ずかしくなって俯《うつむ》いた。

「なにを恥ずかしがっているのかわからないな」

「だって、慣れていないものですから」

「では、早く慣れるために、もっとしてもらおうか？」

「レ、レオハルト……様」

「愛しているよ、ユリアナ。おまえは本当に可愛《かわい》いね」

彼の囁《ささや》き声に、くらりと眩暈《めまい》がした。

ユリアナにとって、レオハルトの存在は蜂蜜酒《ミード》以上に自分を酔《よ》わせるもののように思える。

なにしろ、彼の声や言葉を聞いただけで、身体の芯《しん》が溶かされるような感覚を覚えるのだから。手を伸ばし、彼の身体に触れたくなるくらいの中毒性は、あの日ショコラに仕込まれた、ラティアナの蜜薬以上だった。

（……ラティアナ……？）

そこで、ふとなにかを思い出しかける。

白い花の記憶。湖畔《こはん》に群生《ぐんせい》している真っ白い花。

自分はその花を摘《つ》んで、それから――

「思い出さなくていい」

ふいに頭の上からレオハルトの声が降ってきて、ユリアナははっとした。

「……どうして、なにか思い出しているとわかるのですか？」

レオハルトはいつもと変わらぬ魅惑的《みわくてき》な笑顔をユリアナに向ける。

「難しい顔をして考え込んでいたからね、そうなのかと思って」

「レオハルト様に心の中を見透《みす》かされているのかと思って、どきどきしました……」

「本当のところは、見えているのかもしれないよ」

レオハルトはそう言って、ユリアナの感情を読み取ろうとするようにエメラルドグリーンの目を細める。

「だ、駄目ですよ」

本気にしたユリアナがふるふると首を左右に振ると、彼女のストロベリーレッドの巻き髪もそれに合わせて揺れる。

「冗談だよ。おまえの気持ちがわかるくらいなら、こんなに苦労はしていない」

そんな言葉と共に強く抱き締められたことで、彼の顔が見えなくなってしまう。けれど彼に望まれていると痛いほどわかって、嬉しかった。

＊＊＊

翌日。

外出を許されたユリアナは、アリエッタの教会に向かった。

彼女の住まう教会は、王宮から近い場所にある。物々しい警備が必要ないため、訪れやすい。アリエッタが大好きで、身軽に動きたいユリアナにとっては好条件だった。

その日ユリアナを迎えたアリエッタは、礼拝堂の奥の間に彼女を呼び、温かい紅茶とクッキーを勧《すす》めてくれた。

今は日常から消えてしまったお茶会のようで、ユリアナは喜んだ。

ふたりがお茶を飲んでいると、他の教会の神父だろうか、初めて見る男が突然訪ねてきた。

「……今日もいらっしゃってよかったです。少しだけお話をしてもよろしいでしょうか……実は、未来の王太子妃となられるユリアナ様に、お聞きいただきたい件がありまして」

アリエッタに用があるのかと思いきや、年若い神父はユリアナに向かって深々と頭を下げた。

なんの話だろう。未来の王太子妃に、と前置きしたことからして、レオハルトに頼み事でもあるのかもしれないが、仮になにか頼まれたとして、ユリアナには決定権がない。

とはいえ、わざわざ自分に会うために彼がここまで来たことを思うと、無下《むげ》にもできない。

「あの……お話はお聞きますが、私がなにか決めることはできませんので、聞いたままをレオハルト様にお伝えするだけでもよろしいでしょうか？」

「は、はい、もちろんでございます」

「……私は席を外したほうがよろしいですか？」

アリエッタが気を利《き》かせて言う。しかし神父は首を横に振った。

「いいえ、シスターにも関係のない話というわけではありませんので」

「どういうことですか？」

ユリアナが先を促《うなが》すと、神父はゆっくりと話し始めた。

「ミルゲル王配殿下のことです……異国の方だからと差別する気はありませんが、少し困っていまして……」

「……異国の方だから、恐ろしく感じるということですか？　ミルゲル王配殿下を」

以前、アリエッタが言っていたのと似たことを言い始めたので、ユリアナは先回りして尋ねる。神父は慌《あわ》てて首を横に振った。

「王配殿下がご滞在されることは喜ばしいと思います……が、意味もなく教会を訪ね回られるのには正直、困っておりまして……」

「教会を訪ね回られるというのは、王配殿下がですか？」

「は、はい」

聞けば、王配殿下はターラディアに来てからというもの、トルネアから連れてきた家臣を伴《ともな》い、毎日のように国中の教会を訪問しているとのことだった。

「王配殿下は、どういった理由で教会を訪ねているのですか」

その理由が思い浮かばず、そう尋ねてみたが、神父も首を傾《かし》げるばかりだった。

「……わかりません。突然いらっしゃって、祈りを捧《ささ》げるわけでもなく、ただ礼拝堂を見てお帰りになるだけなのです。特になにもされないのが憶測を呼んで……噂《うわさ》になっております」

「その噂とは、どのようなものですか？」

「その……先々代の王妃とのご結婚を、トルネア王国は未《いま》だによく思っていないのではないかという、噂でございます」

「え？　どうして？　先々代の結婚は、トルネア王国から言い出したことではないの？　同盟を結びターラディアの援助を受けるために」

「……表向きはそうなのですが」

言いにくそうにしている神父に、ユリアナは言葉の続きを促す。

「おっしゃってください」

「実のところ、国のため……というよりは、先々代の王がトルネアの姫を愛してしまったが故《ゆえ》に、国力の低下した彼《か》の国に無理強《むりじ》いをなさったという話でございます。両国の友好のためというのは、あと付けの理由だと聞いています」

確かに、雪の宮殿ひとつをとってみても、よほど王妃への愛情が深くなければ、あんな立派な宮殿は建てないだろう。とはいえ、無理強《むりじ》いという言葉は穏やかではなかった。

「だからと言って、王配殿下が教会を回られる理由は私どもにもわからないのですが、わからないからこそ、困っているのです。信仰する神が違いますし、ラーグ神への祈りが目的ではないのは明確だけに」

「……何故、教会を見て回られるのか……」

そう呟《つぶや》くユリアナの思考を遮《さえぎ》るように、アリエッタがきっぱりと告《つ》げた。

「ここはやはり、早くご帰国いただくようお願いするしかないですわ。国民を不安にさせてはなりませんもの」

アリエッタがこんなにはっきりとした言い方をするのは、あまりないことだった。それほどアリエッタは、異国の人間を恐れているのだろうか。

「わかりました、そのように……レオハルト様にお話をしてみます。実際にどうするかにつきましては、ここではっきりとしたお約束はできませんが」

「お願いいたします」

神父が再《ふたた》び頭を下げるのを見て、アリエッタがか細い声で言う。

「……この教会には私ひとりです……そのような事態であるなら不安ですし、今日はもう神父様の教会に行ってもよろしいかしら……ユリアナ」

いつもは毅然《きぜん》とした様子のアリエッタが不安そうな面持《おもも》ちをしているので、ユリアナは頷《うなず》く他なかった。

「わかりました……」

「では、すぐにでも移動しましょう」

そうして教会の扉の鍵を締めることになり、早々にユリアナは宮殿に帰ることとなった。

「……ごめんなさいね、ユリアナ……こんなことになってしまって」

馬車に乗り込むユリアナを見送りながら、アリエッタは物憂《ものう》げにそう告げる。そんな彼女に、ユリアナは首を横に振る。

「シスター・アリエッタのせいではないわ」

「……」

アリエッタはそれ以上なにも言わずに、ただ頭を下げるだけだった。

やがて馬車が動き出し、ユリアナは小窓からアリエッタの様子をうかがった。彼女は姿が見えなくなるまで、ずっと俯《うつむ》いていた。

なにがそんなに彼女を落ち込ませているのか、ユリアナにはわからない。

教会を暫《しばら》く閉じることは、それほど罪深いのだろうか？

ユリアナは教会のルールを詳《くわ》しく知らないから判断がつかないが、先程の神父はアリエッタが自分の教会から離れることを理解しているようだった。

アリエッタは責任感が強いから？

ユリアナは、その言葉だけでは片付けられないような違和感を覚えた。

宮殿へと戻る馬車に揺られながら、神父から聞いた話についても考える。

初めに神父に告げたように、どうすべきかの判断はユリアナにはできない。だからこそ、レオハルトにどう伝えればいいのか悩んでしまう。

王配殿下がどんな目的で教会を訪ね回っているのかわからないため、尚更《なおさら》だった。

（なにか探されているのかしら？）

なにも知らないまま、無責任なことを言うわけにはいかない。少しだけでもいいから、王配殿下と話ができないものかとユリアナは思う。

神父から聞いた話をそのまま伝えたら、レオハルトは王配殿下をあっさりとトルネアに帰してしまうような気がした。

それはそれで、間違った対応ではないだろう。しかし、ミルゲルにも事情があることを考えると、そうしたくはなかった。

ユリアナがどうしたものかと思い悩んでいた、そのとき――

突然、走行中の馬車ががくんと大きく揺れて傾《かたむ》いた。

「……っ」

幸いユリアナは馬車の椅子《いす》から転げ落ちることなく、腕を少し壁にぶつけただけで済んだ。すぐさま御者《ぎょしゃ》の隣に座っていた侍女《じじょ》が、青ざめた顔をしながら馬車の扉を開ける。

「ユリアナ様、大丈夫ですか、お、お怪我《けが》はございませんか！」

「私は大丈夫よ。それより、どうかしたの？」

ユリアナも動揺《どうよう》していたものの、平静を装い、侍女になにが起こったのかを聞く。

「急に脱輪《だつりん》してしまったようでして……」

「……そうなのね」

詳《くわ》しいことを聞きたかったが、侍女の動揺が大きく、それ以上の詳細を聞けそうにもなかった。

「代わりの馬車を手配してまいります」

それだけ告げると、侍女は慌《あわ》てた様子で扉を閉めてどこかへ行ってしまう。

することのないユリアナは、ふうっと息を吐いた。

乗っていた馬車が脱輪したのは、生まれて初めてだ。こんなとき、レオハルトならどうするのだろうかと、ひたすら考えた。

傾《かたむ》いた馬車の中に留まるべきなのか、それとも外に出て代わりの馬車がやってくるのを待つべきなのか。どう振る舞うことが正解なのかユリアナにはわからなかった。

（どうしよう……？）

身動きができないまま暫《しばら》く馬車の中で悩んでいると、ふいにその扉がノックされる。

「ユリアナ様、ミルゲル王配殿下の従者より、宮殿までお送りするとの申し出がございますが……いかがされますか」

「は、はい」

侍女《じじょ》が外してしまっているため、話しかけているのは御者《ぎょしゃ》だった。

ユリアナが傾いた馬車から外へ出ると、そこにはトルネア王国の従者がいて、近くには王配殿下の馬車が停まっていた。

「……ご親切なお申し出、ありがとうございます。でも……私の従者が今、代わりの馬車を探しに行っているところなので」

ユリアナがトルネアの従者と話していると、馬車の扉が開き、王配殿下が顔をのぞかせた。

「それでは、せめて代わりの馬車が来るまで、こちらの馬車の中で待たれたらいかがでしょう。ユリアナ様」

ミルゲル王配殿下と直接会うのは初めてだ。ユリアナはゆっくりと頭を下げ、初対面の挨拶《あいさつ》をする。

金色の長い髪をひとつに束《たば》ねたミルゲルは、目尻の下がった水色の目を持つ、優しそうな青年だった。

レオハルトとは違う種類の美形である。

「王太子妃となる方が立ち往生《おうじょう》されていると知りながら、見過ごすことはできません」

「ありがとうございます、それでは……あの、従者が戻るまで待たせていただきます」

こうして、ユリアナは思いがけずミルゲルと対面することになってしまった。

彼の乗る馬車の内装は、龍《りゅう》を神の使いとして尊《とうと》ぶトルネア王国らしく、壁に龍の彫刻《ちょうこく》がなされている。同じような調度品を雪の宮殿で見ているとはいえ、ユリアナはなじみのない内装に落ち着かない。そんな彼女を見て、ミルゲルは笑った。

「ユリアナ様には、仰々《ぎょうぎょう》しい龍はなじみのないものでしょうね」

「あ、い、いえ……そんなことは」

「恐ろしくはないですか？　私は……最初は恐ろしかったですよ」

彼はくっと笑いながら言う。

「恐ろしいとは思いませんが……龍は、トルネア王国では神様の御使いなのですよね？

それなら、親しみのあるものではないのですか？」

「そのようですね」

自分の国の話だというのに、まるで他人事《ひとごと》のようなミルゲルの物言いに違和感を覚えて、ユリアナは思わず首を傾《かし》げてしまった。

彼はトルネア王国の王配殿下で、トルネア王国に属する者のはずである。

そんな彼女の疑問を表情から察《さっ》したのか、ミルゲルがあっさりと告《つ》げた。

「ご存じありませんでしたか？　私はもともとトルネア王国の隣国、カザス王国の第三王子なんですよ」

「え？　そうだったんですか」

「はい」

彼はにこやかに微笑《ほほえ》む。

その人なつこそうな表情に、ユリアナはつい考えていたことを尋ねてしまった。

「王配殿下は、この国の教会を回っていらっしゃるんですよね？　なにか理由はあるのでしょうか？」

「――え？」

ミルゲルは驚いたように目を見開く。ユリアナは首を傾げた。

「教会の神父様よりそのようにうかがっています。あまり……いいように思われてはいないようで、それをレオハルト王子に伝えてほしいと……」

ユリアナの話に真剣な顔で耳を傾《かたむ》けていたミルゲルは、苦笑いする。

「……そうですか。それは、申し訳なかった」

「なにか、事情がおありなんですよね？」

彼女の言葉を聞いて、ミルゲルは微笑む。

「ユリアナ様はお優しい方ですね。そうそう……雪の宮殿も、あなたの助言で残すことになったとうかがっております」

「え？　そ、それは……誰から聞いた話ですか」

戸惑うユリアナに、ミルゲルは水色の目を細めた。

「もちろん、レオハルト王子ですよ。私どもと違って仲が良いようで、大変うらやましい」

ミルゲルの言い方を真《ま》に受けて、つい、トルネアの女王夫妻は仲が良くないのかと勘《かん》ぐってしまいそうになる。

けれど、さすがに夫婦仲を詮索《せんさく》するのは憚《はばか》られて、ユリアナは話題を変えようとした。

「王配殿下は、その……レオハルト様と随分《ずいぶん》親しくなられたご様子ですね」

雪の宮殿の話をするくらいだから、それなりの関係を築《きず》いているのだろう。ほぼ毎日行動を共にしていることからもわかる。

「そうですね……まぁ、こんなふうに長々と滞在して、おふたりの邪魔をしてしまっているのに邪険《じゃけん》に扱われないのは、寛大《かんだい》だなと感じますね……さすが、第一王子ともなれば違うのだなと思います」

「それは……どういう……」

「いずれ国王になる人物という意味ですよ。うらやましいことです。私も、王位継承権第一位ではありませんでしたが、元は同じ王子だったというのに」

ユリアナはどう返事をすればいいのかわからなかった。

彼の口ぶりからするに、ミルゲルはカザス王国の国王になりたかったのだろうか？

まるで、本当はトルネア王国の王配殿下にはなりたくなかったとでも言わんばかりである。

「……あの……どうして教会を回られているのですか」

はぐらかされた話について再び《ふたた》聞くと、ミルゲルは少し悲しげな表情で微笑《ほほえ》む。

「私の故国、カザス王国は、ラーグ神を信仰しているのですよ」

「そうだったのですか？　では、祈りを捧《ささ》げるために？」

「いいえ、神などに祈ったところでなにも叶《かな》わないことを知っているので、結婚後は祈るのをやめました」

「叶わない？」

先程の意味深な発言に続き、彼がなにかを匂わせてくるため、ユリアナはさらに深読みしてしまう。

やっぱりミルゲルは、トルネア王国の女王と結婚したくなかったのではないか？

とそのとき、ミルゲルは水色の瞳をユリアナに向け、問いかけてきた。

「あなたは毎日祈りを捧げるほど熱心な信仰心をお持ちだと聞いております。いったいなにを祈られているのですか？」

「私は……平和な世界がずっと続くこと、皆が健《すこ》やかに過ごせることを祈っています」

「ご自身のことはなにも？」

「……平和な世界が続いていくというのは、自分の幸せにも繋《つな》がると思いますが……」

祈っている内容に偽《いつわ》りなどないけれど、その世界とは、すなわちレオハルトのいる世界のことでもあったから、思わず口ごもる。

「なるほど。実に王太子妃に相応《ふさわ》しい清廉《せいれん》なお考えをお持ちなのですね。しかし、私はそうは思えない。それどころか、いっそ……」

「え？」

「あ、いいえ……従者の戻りが遅いですね」

ふと窓の外を見たミルゲルに、ユリアナは頭を下げて困ったように説明をした。

「お時間をとらせて申し訳ありません。他の馬車を手配するのに手間取っているのだと思います。普段は宮殿の中で私の身の回りの世話をしてくれている侍女《じじょ》なので、こんなことには不慣れですから……」

「未来の王太子妃が出かけられるにしては、随分《ずいぶん》と警護が手薄なのですね。危険はないのですか」

「教会に行くだけだったので、あまり物々しくするのも……」

「……教会？　このあたりにもあるんですか。それにしても、わざわざユリアナ様が出かけられるまでもないのでは？　礼拝の場なら宮殿にもおありでしょう。お住まいは、エディアノン宮殿に移されているのですよね？」

「そうなのですが、そこに会いたい人がいますので」

「ほう、なるほど」

ユリアナの言葉を聞いたミルゲルが皮肉を含んだような笑みを浮かべたため、誤解のないよう、慌《あわ》てて付け加える。

「ずっと仲良くしてくださっているシスターが、そこにいらっしゃるのです」

「シスター？　へぇ。あぁでも、先程のお話ですと、そこの教会には神父もいるんですよね」

「それは今日だけの話で、いつもはシスター・アリエッタひとりだけです」

「アリエッタだって？」

突然表情を変えたミルゲルに、ユリアナは首を傾《かし》げながらも同意の返事をする。

「……はい」

「そのシスターの出身は、カザス王国か？」

急にミルゲルに肩を掴《つか》まれ、先程までとは違う強い口調で尋ねられる。ユリアナは、彼の豹変《ひょうへん》ぶりにいったいどうしたことかと驚愕《きょうがく》した。

「シスターのご出身は存じ上げません」

「ならば、シスターに会わせてくれないか」

「え？　あ……それは……無理です」

「何故？」

「シスターがお会いするのを望まないと思うからです。シスター・アリエッタは以前、他国の方を恐ろしく思うと話していました。それを知っていながら、無理強《むりじ》いはできません」

「そうか」

ぽつりと呟《つぶや》いた彼を見て、納得してくれたものと思ったが、期待はすぐに裏切られた。

「では、丁度良い。言うことを聞いてくださらないのなら、あなたに人質《ひとじち》になってもらうまでだ」

人質という穏やかではない言葉にユリアナが目を見張っていると、ミルゲルは御者台《ぎょしゃ》へ通じる小窓を開け、出発するよう命《めい》じた。

行き先は国境を越えたアルゼンブルグ――

動き出した馬車に、ユリアナはさらに動揺した。

「どういうことですか」

「私の要求は、先程述べたとおりですよ。ユリアナ様」

「シスター・アリエッタ……？」

「ええ」

ついさっきまで柔和《にゅうわ》な表情をしていたミルゲルの顔つきが、今は得体の知れないものに変わっていた。

「……こんなことをしてまで、彼女にお会いになりたい理由はなんですか？」

「理由……ね。第一にシスター・アリエッタが私の探している人物かどうかを確かめたい」

「もし、シスターが探している人物だったらどうするおつもりですか」

「……どうしたものでしょうね……それはまだ、考えていません」

足を組み、窓の外を眺めるミルゲルの表情からは、なにを考えているのかまったくわからなかった。

けれど、ふいに先日のアリエッタの話を思い出し、ユリアナは身体を震わせる。

──隣国の王女が、王子に恋をし、求婚した。その隣国は、近隣では一番大きくて力のある大国だったが故《ゆえ》に、王子は王女に押し切られる形で結婚したのだった。

隣国というのはトルネア王国のことで、また王子の出身がカザス王国だとしたら？

まさか、シスター・アリエッタの想っていた人とは目の前のミルゲルなのだろうか？

ミルゲルがトルネア王国の女王と結婚したのは三年前。

そしてアリエッタがこの国に来たのも、同じくらいの時期だった。

「こんなことをなさっても、アリエッタはあなたには会いたがらないと思います。彼女はあなたのお名前を聞いて落ち込んでいました」

ユリアナの言葉にミルゲルは笑う。

「アリエッタがどう思うかなんて関係あるのか？　王太子妃になる人間とただのシスターと、殿下がどちらを重んじると考えているの」

「え？」

「レオハルト殿下のご決断は早いと思うよ」

レオハルトの名前を聞いて、ユリアナはますます震えた。

──怖いのは、次期国王という立場であっても、いざとなったらなりふり構わずユリアナを選ぶだろうと思わせる一途《いちず》さかしらねぇ。

つい昨日、グレヴィアがそう言っていたのに、ぼんやりと聞き流してしまった。そんな自分の愚《おろ》かさに、ユリアナは今頃になって気付く。

「ターラディア王国と、トルネア王国は同盟国です」

「だから？　あなたも国益《こくえき》のために感情を殺せと言うのか。清廉《せいれん》なる未来の王太子妃ユリアナ」

「わ、私は」

彼の言葉に反論することができない。

国益のためというなら、ユリアナは、自身が王太子妃に相応《ふさわ》しい人物ではないと思っている。

レオハルトがどれだけ自分を求めてくれているのかわかってはいても、不安は未《いま》だ消えずにいる。

「私はあなたと逆のことを願っているよ。世界なんて滅びればいい――それを叶《かな》えてくれるのは、レオハルト王子かもしれない。もしあなたを失えば、彼はきっとトルネアもカザスも攻める。他の国々も巻き込んだ戦争になるでしょうね」

「そんなの駄目です！」

「そう……トルネアもカザスも……なくなってしまえばいい。……あなたがいなくなれば、私の願いは叶うのだろうか」

ミルゲルは腰に下げていた短剣を鞘《さや》から引き抜いた。

「お、王配殿下」

「動かないでくださいね。本意でなくてもうっかり……ということもあります」

ミルゲルはそうしてその短剣で、ユリアナのストロベリーレッドの巻き毛を僅《わず》かに切った。

「私の髪を、どうするおつもりですか？」

「人質《ひとじち》が確かにこちらにいるという証拠が必要でしょう？　交換条件を書いた手紙と共に、レオハルト王子のもとへ送り届けてもらうのですよ」

再《ふた》び剣先を向けられたことで、人質という言葉が真実味を帯《お》びてくる。

「少しだけ、窮屈《きゅうくつ》な思いをしていただきますよ」

ミルゲルは、ユリアナの腕を後ろ手にして縄《なわ》で縛《しば》り上げた。

先程の短剣はもう鞘《さや》に収められていたが、ミルゲルが容易に剣を抜いたことで、恐怖が膨《ふく》らんでいく。

しかしそれ以上に、自分が囚《とら》われてしまったせいで、シスター・アリエッタとレオハルトが傷つくかもしれないことのほうが恐ろしかった。ユリアナは今更ながら、きちんと護衛をつけなかったことを悔《く》やむ。

——自分は馬鹿《ばか》だ。

自分がレオハルトの妃《きさき》として相応《ふさわ》しくないと感じていた理由は、家柄が低いという単純なものだけではなかったのに……

なにより圧倒的に劣《おと》っていたのは、王太子妃として自覚を持っているかどうかという部分だった。

『ひとりで教会に行くのか？』

ふいに、エディアノン宮殿に移り住んでからユリアナが初めて教会に外出したときの、レオハルトの不安そうな表情を思い出す。

未来の王太子妃とシスター。

そんなふうに立場を分けてしまいたくなくて、レオハルトに身軽な状態での外出を願った。

シスター・アリエッタはグレヴィア同様、ユリアナにとって姉のような存在であり、なんでも相談できる数少ない友人だったから。

――清廉《せいれん》なる未来の王太子妃。

ミルゲルがどんなつもりでそう言ったのかはわからなかったが、彼の言葉は間違っている。

ユリアナは結局、自分の持っている小さな世界に固執《こしつ》しただけだ。

レオハルトの妻になると決めたあの瞬間から、自分の世界なんて全て手放さなければいけなかったのに、甘えを捨てきれず、こんな事態を招いてしまった。

ユリアナは自覚すべきだった。たとえレオハルトが許してくれても、もっと自分自身に厳しくあるべきだった。自分ひとりのことで、国の未来が大きく変わってしまうかもしれないと考えると、目にじわりと涙が滲《にじ》む。

（ごめんなさい、レオハルト様……）

彼が辛い宿命を背負《せお》いながら守らなければならないものと、自分が守りたいと願ったものの重さの違いは、量《はか》らずともわかったはずなのに。

「失礼。縄がきつすぎますかね？」

ユリアナの涙に気が付いたのか、彼女の正面に悠然《ゆうぜん》とした様子で座っているミルゲルが尋ねてくる。そんな彼に、ユリアナはぽつりと問いかけた。

「……あなたは、怖くないのですか」

「なにに対して？　結婚間近の花嫁を略奪《りゃくだつ》されたレオハルト王子の報復《ほうふく》？」

「ご自分の行動一つで、世界が変わってしまうことがです」

「あぁ、そんなことか」

ミルゲルは水色の目を細めて、微《かす》かに笑った。

「では、あなたは怖くないのか？　世界を変えないために自分を犠牲《ぎせい》にし続けることが……」

「守るべきものがあるなら、それはやむを得ないと思います」

小さな世界を壊す勇気がなかったために、大きな世界が壊れてしまう危険を感じている今、彼女にはそう答えるしかなかった。しかし、ミルゲルは悲しげな表情でユリアナを見下ろす。

「……あなたは、レオハルト王子を愛しているか？」

「……愛しています」

「ならば、もしレオハルト王子が、この国のために同盟国へ嫁《とつ》げと命《めい》じても、〝守るべきものがあるならやむを得ない〟と従うのか？」

「え？　私が……他国に嫁ぐ？」

今まで考えてもみなかったことを言われて、ユリアナはひどく動揺した。

ミルゲルの言葉の真意が掴《つか》めぬまま、しかし、その言葉は彼女の心に深々と突き刺さり、疑念を生む。

まさか、秘密裏《ひみつり》にそんな話が出ているのだろうか？

「そう……駒《こま》のように扱われる。あなたはそれでも、それが国のためになるなら許せるのか？　と聞いている」

ユリアナにとって突然の言葉ではあったが、もしかしたらミルゲルの滞在期間が長引いているのは、このことが一因なのだろうか？

ユリアナの心が薄暗い感情に支配されていく中で、ふっと先程の神父の言葉を思い出した。

『国のため……というよりは、先々代の王がトルネアの姫を愛してしまったが故《ゆえ》に、国力の低下した彼《か》の国に無理強《むりじ》いをなさったという話でございます。両国の友好のためというのは、あと付けの理由だと聞いています』

かつて姫を差し出すことになったトルネア王国が、その報復としてターラディア王国に王子の花嫁を差し出させることで、友好関係を保《たも》とうという話になっているとしたら――

そう考えると、悲しいけれど全て納得ができてしまった。

ユリアナにグレヴィアを上回る部分などなに一つないのに、それでもレオハルトがユリアナを選ぶ理由――

ユリアナは、それを愛情だと勘違いしていた。

(やっぱり、馬鹿《ばか》だわ……私)

全部、仕組まれたことだったのだ。

そもそも、馬車が脱輪《だつりん》したことも企《たくら》みのうちだったのだろう。

その上、そんな現場にミルゲルの馬車が偶然通りかかるだなんて都合の良い話、元より計画していなければ起こりようがない。

それなのに、自分が囚《とら》われたことでレオハルトが行動を起こし、世界が変わってしまうかもしれないなどと危惧《きぐ》するなんて、厚かましいにもほどがある。

彼にとって、ユリアナの価値はあるかどうかもわからないほど、小さなものなのだから。生《い》け贄《にえ》のように他国へ嫁《とつ》がされる、それだけのためにレオハルトの婚約者になったとも知らず、自分はなんて愚《おろ》かなのだろうと、ユリアナは思わず笑ってしまった。

「……なにがおかしい？」

「私に駒《こま》としての価値があるなら……喜んで駒になります」

ゆっくりとそう告《つ》げた彼女に、ミルゲルは溜息《ためいき》を漏《も》らす。

「到底理解できないな」

「そうですか？」

「私は、己《おのれ》を殺してまで誰かのために生きたいとは思えない。私は私のために生きたい。己《おの》がための人生ではないのか、ユリアナ様」

「……私は、ただ」

「もういい。なにも喋《しゃべ》るな」

ミルゲルに言葉を遮《さえぎ》られてしまい、ユリアナはただ俯《うつむ》くしかなかった。

幼《おさな》い頃から、ずっと傍《そば》にいたレオハルト。

彼を慕《した》う気持ちが芽生《めば》えるのは、ごく自然な流れだった。

彼はたおやかな花のような美しい容貌《ようぼう》であるのに、獅子《しし》の如《ごと》き強さもあわせ持つ理想的な男性だ。大抵の娘は、レオハルトの存在を知れば、他の男など欲しくないと思うだろう。

現に、ユリアナは彼以外の男性に恋をすることなく成長してきた。

おそらく、それはこの先もずっと変わらず続く。けれど、ユリアナでは彼が願う幸せを与えられないのだとすれば、違う方法を模索《もさく》するしかない。

己《おのれ》が犠牲《ぎせい》になることで、彼が幸せになるなら――きっと自分も幸せだ。

そこまで考えて、ユリアナは俯《うつむ》いた。

(おっしゃってくだされば、よかったのに)

愛しているふりなどせず、ただ「他国に嫁《とつ》がせるため、偽装結婚をしてほしい」と願えば、ユリアナは迷ったかもしれないが、きっと了承《りょうしょう》しただろう。

たとえ政略結婚で嫁ぐことになっても、それが国やレオハルトのためになるのであれば、喜んで受け入れられる――

だけど、彼に愛を囁《ささや》かれたあとでは、どうすれば心の痛みから逃《のが》れられるのかわからなかった。

(……嫌われてはいないと思っていたけれど、やっぱり怒っていらっしゃるんだわ。だから、昔のことを思い出すなって、レオハルト様は……)

日が沈み、あたりが暗くなっても、馬車は休むことなく森の中を走り続けた。

ふと窓の外を眺めると、湖《みずうみ》が見えた。

湖の近くには貴族の別荘が沢山建ち並び、その中には王族の別荘もある。ユリアナも何度かレオハルトに招かれて、グレヴィアと共に遊びに来たことがある思い出深い場所だ。

当時は湖畔《こはん》で、ハムやチーズをたっぷりはさんだサンドイッチや甘い葡萄《ぶどう》を食べたり、可愛《かわい》い花を摘《つ》んだりして、ピクニック気分を満喫《まんきつ》した。

けれど何故かレオハルトは、ある日を境《さかい》にそれまでとは打って変わって会ってくれなくなった。

理由はわからないが彼の不興を買ってしまったのだと思い、どうすればまた自分と会ってくれるようになるだろうかと、グレヴィアに相談したこともあった。

それは、ユリアナが十四歳の頃の話だ。

やがて彼女が十五歳になった年に、王宮庭園内の小宮殿で三人だけのお茶会が始まった。

グレヴィアが仲裁《ちゅうさい》のために提案したのか、それともレオハルトからそういった申し出があったのか、そのどちらかまではわからなかったが、お茶会をするようになってからは、レオハルトがユリアナを避《さ》けることはなくなり、安堵《あんど》した記憶がある。

（もしかしたら、あのときのことを未《いま》だに怒っていらっしゃるから、私を他国にやろう

としているのかしら)

しかし、どうしてレオハルトが彼女を避《さ》けることになったのか、その理由は思い出せない。

サンドイッチをお腹いっぱい食べてしまったからだろうか? その様子が下品だったから?

それとも、貴族の娘らしからず、足を滑《すべ》らせ、湖《みずうみ》に転がり落ちた姿がみっともなかったからだろうか?

そういえば、湖に落ちた日までは、回数は多くなかったものの、ふたりきりで出かけることもあった。そしてユリアナが湖に足を滑らせたそのとき、グレヴィアはいなかった――

ユリアナが遠い日の記憶を思い出しかけたとき、馬車が止まった。

ミルゲルが小窓越しに、御者《ぎょしゃ》となにか話をしている。

「……まぁ、いい。場所はどこでも同じだろう」

「どうかされたのですか?」

「馬に休息が必要なようだ。もう少しで国境だが……仕方ない」

馬車はもう一度ゆっくり動き、道から逸《そ》れて湖畔《こはん》まで走ってから、再《ふたた》び止まった。

御者が馬に水を飲ませている様子を、ミルゲルは静かに見つめている。

ユリアナも同じように窓から外の景色を眺めた。

月明かりに照らされる湖面《こめん》は、静かに波打っている。

「迂闊《うかつ》に使っていい駒《こま》ではなかったようだな。まぁ……わかってはいたが」

そのとき、ミルゲルがぼそりと呟《つぶや》くのを耳にしたユリアナは、彼のほうを見た。

「馬が地面を蹴《け》る音がする」

耳を澄《す》ますと、複数の馬が駆《か》ける音が聞こえてきた。そしてその直後に、馬に乗った騎士たちが馬車を囲む陣形をとる。

あっという間の出来事だった。

「ターラディアの馬は恐ろしく足が速いんだな。国境を越えるところまではいけると思っていたのに」

「……王宮騎士団が、追ってきたのですか」

てっきりこのまま国境を越えて、しかるべき国へと連れ去られるものだと思っていただけに、ユリアナは驚いた。

「代わりの馬車の手配にはとんでもなく手間取るのに、城への連絡は早いんだな、あなたの従者は。それに、追ってきたのは騎士団だけではないようだ」

「え？」

彼が短剣を抜くのと、馬車の扉が開かれたのは、ほぼ同時だった。

「剣を下ろせ！　ミルゲル」

「あなたのほうこそ。殿下」

馬車の扉を大きく開け放《はな》ち姿を見せたのは、他ならぬレオハルトだった。

けれど、ミルゲルの剣先がゆっくりとユリアナに向けられたことで、レオハルトの顔色が変わる。

「……どういうつもりだ。私の花嫁を連れ去るなどという愚行《ぐこう》を働くとは」

「どうやら、ユリアナ様を連れ去ってすぐに追ってこられたご様子で。それではいけませんね……私の目的を果たせない。ユリアナ様の身柄《みがら》は、シスター・アリエッタと引き替えだと使いを出したのですが」

「シスター・アリエッタだって？」

レオハルトが驚いたような表情をしている。それが演技なのか、ユリアナには判別がつかなかった。

「剣を捨ててください。私もユリアナ様を傷つけることは本意ではないのでね」

ユリアナはミルゲルを見上げた。視界の端《はし》で、レオハルトが顔を歪《ゆが》めて地面に剣を置

いている。

目的はシスター・アリエッタ……確かに、彼は最初にそう言っていた。

けれど、ミルゲルが言っていた、他国にユリアナを嫁《とつ》がせるという話も、これまで聞いた色々な情報を組み合わせれば、ユリアナにとっては妙《みょう》に現実味のある話だった。

レオハルトは自分を他国に追いやったりなどしないと信じたい気持ちはあるけれど、絶対にないとも言い切れない。そのせいで、彼女は自分のために剣を捨てたレオハルトを直視することができなかった。

「ユリアナ様にお願いしたんですが、断られてしまいましてね。レオハルト殿下、あなたなら私の願いを聞き入れてくれると信じています」

ひやりとした刃《やいば》が、ユリアナの柔肌《やわはだ》に触れた。

「大事なあなたの花嫁の命と、シスターと、比べられるものでもないでしょう?」

ミルゲルの言葉に、ユリアナは彼をきっと睨《にら》む。

「……シスター・アリエッタは私の大事な友人です。同盟国の人間を人質《ひとじち》にしてまで会いたいという、意味のわからない要求を呑むことなんて……できません」

「ユリアナ様。あなたは黙っていてくださいませんか。今はレオハルト殿下と交渉している」

「ユリアナ、黙っていて。これは命令だ」

凛《りん》としたレオハルトの声が、静かな森の中で響く。

遠くでバササッ……と、鳥の羽ばたきが聞こえたような気がした。

「やはり、交渉相手はレオハルト殿下のほうがやりやすいようだ」

剣先をユリアナの喉元《のど》へ移動させてから、ミルゲルはレオハルトを見る。

「お答えを聞くまでもないとは思いますが、どうされるおつもりですか。殿下」

「目的を聞こうか。シスターをどうするつもりだ」

ミルゲルはレオハルトの返事に嘆息《たんそく》した。

「この状況下において、それは必要な情報ですかね。どちらにせよ、あなたが出す答えは同じでしょう？」

「さぁ、それはどうだろう。私の花嫁が要求を呑めないと言っている以上、それを覆《くつがえ》すには理由が必要だ。だから、今この現状において、私の答えはノーだ。ユリアナと同様に、あなたの要求は呑めない」

「私の行動が単なる脅《おど》しとお思いか？」

「いいや、そうは思っていない」

「……脅しではないとわかっているのに、こちらの要求に応《おう》じないというのは、ユリアナ様の命がどうなっても構わないということですかね」

ミルゲルが微笑《ほほえ》んだのに答えるように、レオハルトは冷淡《れいたん》な微笑を唇に浮かべた。

「ユリアナを傷つければ、必ず報復《ほうふく》する」

「ほう」

いやな笑い方をするミルゲルを見据《みす》えて、レオハルトは、ユリアナが今まで見たことがないような凄絶《せいぜつ》な表情で微笑んでいる。

月明かりに照らされた彼のその顔は美しかったが、同時に恐ろしくもあった。

「あぁ、そうだ、今の話を聞いて思いついたのだが……シスター・アリエッタの身柄《みがら》はあなたには渡さない。しかし、ある国の王が個人的に仕《つか》えてくれるシスターを探しているらしいので、彼女にはそちらに移動してもらうというのはどうだろう」

淡々《たんたん》と語り出したレオハルトにユリアナは驚く。一方のミルゲルの顔色は、話を聞いている間に悪くなっていた。

「そうか。それで？」

「彼女もより望まれる国に行ったほうがよいだろう。後宮制度がある国だ、手厚い待遇《たいぐう》でしょうね」

後宮制度と告《つ》げたレオハルトに、ミルゲルは薄く笑う。

「神に仕えるシスターを後宮にだと？　馬鹿《ばか》げた話だ」

「馬鹿げていると思うのはあなたの価値観であり、別の考えを持つ者もいるだろうな」

「……シスターは、あなたの妃《きさき》の友人なのだろう？　それを他国にやるなどと――」

ミルゲルは表情こそ微笑んだままだったが、声が微《かす》かに震えている。

どうやら、彼はアリエッタを後宮入りさせたくないようだ。となると、やはりユリアナが推測する通りなのだろうか。

(彼は、アリエッタの……恋人だった人？)

「彼女はユリアナの友人かもしれないが、私の友人ではない」

「な、なにを」

「――あなたはご自分の要求をお忘れか？　アリエッタを連れてこなければ私の花嫁を亡き者にすると言った。あなたの剣がユリアナを傷つけるのであれば、妃の友人などというシスターの立場はなくなる。シスター自身も、もしそんなことになれば私がなにも言わずとも、自《みず》ら国を出るでしょうね」

普段は宝石のように美しいレオハルトのエメラルドグリーンの瞳が、酷薄《こくはく》な色へと変化していく。

それを見つめるユリアナの心は揺らいでいた。

彼は本当は、どう思っているのだろう――

以前、人の心が読めるなら苦労はしないとレオハルトは言ったが、今、ユリアナも同じような気持ちでいた。

「その王は、邪淫《じゃいん》な国王であると付け足しておこうか」

凄艶《せいえん》な美貌《びぼう》の持ち主が冷淡《れいたん》な言葉を口にして微笑《ほほえ》む様子は、雄々《おお》しい騎士が剣を振るうよりもミルゲルを震え上がらせる。

「それでもあなたは私の花嫁を傷つけるつもりか？　それで人質《ひとじち》にしているつもりなのか。交渉をするにしては下手《へた》をうちすぎている」

「わ、私は――ただ」

「剣を床に置け、ミルゲル」

息を呑みながらも、すぐに従おうとしないミルゲルを冷《ひ》ややかに見つめていたレオハルトは、再《ふたた》び口を開く。

「それとも、今すぐアリエッタを他国に送られたいか。そう命《めい》じるのはたやすいことだ」

ミルゲルはユリアナに突きつけたままだった短剣を下ろすと、唇を噛《か》み締め、それを馬車の床に静かに置いた。

王宮騎士団の一人が剣を回収する。その様子をなす術《すべ》もなく眺めているミルゲルを尻目に、レオハルトはユリアナを馬車から連れ出した。

後ろ手に縛《しば》られていた縄《なわ》はすぐさま解《と》かれたが、ユリアナは自分の置かれている立場がわからず、俯《うつむ》いたままでいる。

「怖かっただろう、すまなかった」

「……レオハルト様はなにも悪くありません」

「ユリアナ」

手を伸ばしてくる彼を避《さ》けるように、ユリアナはあとずさった。

レオハルトがミルゲルから自分を救ってくれたことは理解していたのに、どうしても先程ミルゲルから聞かされた話がひっかかっていた。素直に感謝の意を表すことができない自身を嫌悪《けんお》するように、ユリアナは俯く。

レオハルトはユリアナの様子に寂《さび》しげに笑って、彼女の一部分だけ短くなっている髪の毛に目をとめる。

「……切ったのは、あいつ？」

「髪の毛くらい……なんともありません」

「そうか」

「だ、だから……アリエッタにはなにもしないでください」

「わかっているよ」

再《ふた》び腕を伸ばしてくるレオハルトを、ユリアナは今度は避《さ》けなかった。そうして、いたわるように頬《ほお》を撫《な》でられて、涙が溢《あふ》れてしまう。

「もう大丈夫だよ。ユリアナ……さぁ、宮殿に帰ろう」

彼のその言葉に、ユリアナは首を横に振った。

「どうして？」

いっとき消えていた彼への不信が、彼女の心に再び湧《わ》き上がっていた。

レオハルトは、いつか自分を見限る。こうして湖《みずうみ》の波の音を聞いていると、何故か余計にそう思ってしまう。

「わ、私……疲れてしまって……」

「……そうか……だったら別荘に泊まっていくか」

「……で、も、レオハルト様は、私を別荘に連れていくのはおいやなのでしょう……？」

「どうして？」

「理由はわかりません」

そう言って、ユリアナはもう一度ふるふると首を振る。

「いやなら最初から別荘に泊まろうだなんて言い出さない。それに、ミルゲルの身柄《みがら》を拘束《こうそく》しておくことを考えると、宿に泊まるわけにもいかないからな」

そう言って微笑《ほほえ》むと、レオハルトはユリアナを自分の馬に同乗させた。

「おまえと馬に乗るのは久しぶりだね。怖いか？」

「……す、少し」

「では、ゆっくり走らせよう」

「はい……」

レオハルトは、王宮騎士団とクエストを伴《ともな》い、馬を走らせ始めた。

そうして湖畔《こはん》をゆっくり走っていると、月明かりに輝く白い花がユリアナの目に留まった。

可憐《かれん》な白い花がゆらゆらと風に揺れている様は、まるで誘うように妖艶《ようえん》に見える。

ユリアナが花を見ていることに気が付き、レオハルトは苦笑いした。

「……この間刈《か》り取ったばかりなのに、もう咲いているのか。ねぇユリアナ、あの花がなんだったか覚えているか」

「覚えていないです」

「ラティアナだよ」

「……ラティアナ……あの白い花が」

「昔はもっと群生《ぐんせい》していたから全て刈《か》り取らせたんだけど、本当にたいした生命力だな」

「刈り取って……どうして？　ラティアナは蜜薬が採れるから、貴重ではないのですか？」

「どうしてとは……おまえがそれを聞くんだな」

レオハルトは薄く笑った。

含みのある笑い方に、ユリアナは困惑してしまう。そんなユリアナに、レオハルトは苦笑する。

「本当に、思い出せないんだな」

「……細かいことは思い出せませんが、レオハルト様に冷たくされたことだけは覚えています」

つい思ったままを告《つ》げると、彼は笑った。

「冷たく……ねぇ。そう思っていたんだ」

「だ、だって」

レオハルトの物言いだと、やはり彼が思い悩むことになった理由は、ユリアナが作ったようだった。

「では思い出させてあげるよ。屋敷に着いたらね」

彼はそんなふうに言うが、それはどちらかといえば辛い思い出なのだろう。だから記憶を固く縛《しば》る紐《ひも》を解《と》きたくなかった。

＊＊＊

王家の別荘はさほど大きくない石造りの建物で、ごく親しい人物しか招かれることがない。

幼少の頃のユリアナは、レオハルトの幼《おさな》なじみということで特別に出入りを許されていた。

それを懐《なつ》かしいと思えばいいのか、悲しいと嘆《なげ》けばいいのか、今のユリアナにはわからない。

別荘に着くと、レオハルトは昔彼が使っていた部屋にユリアナを連れていった。

彼の部屋は最後に訪れた四年前と、そう変わっていなくて、この部屋だけ時間が止まっているようにすら感じられた。

「今夜はこの部屋に泊まるよ。私は汗を流してくるから、おまえは寝室で先に休んでいなさい。疲れただろう？」

「あ……はい、わかりました」

レオハルトが浴室へ向かってすぐ、ユリアナは彼に言われた通り、寝室に入った。

彼女が寝室に入ると、そこに控《ひか》えていた使用人の手により、豪奢《ごうしゃ》なドレスからシンプルなデザインの白い寝衣に着替えさせられた。

（やっぱり、思い出せない……）

天蓋《てんがい》付きのベッドに腰を下ろして考えても、ラティアナの花のことはまったく思い出せなかった。

幼《おさな》い頃はピクニック以外にも、親しい者だけで催《もよお》される別荘でのパーティに招かれて、何度か泊まりに来たことがあった。

そのたび、ユリアナは大人たちには内緒でレオハルトのベッドに潜《もぐ》り込み、彼と一緒に寝たものだ。

（……だって、傍《そば》にいたかった）

彼女の目が世界を初めて認識したときには、レオハルトはもうその世界に存在していて、目映《まばゆ》いばかりの光を放《はな》っていた。

彼がいない世界を知らなかったから彼がいることは当たり前で、彼の傍に行くことも、当時のユリアナにとっては自然な行動だった。

そして、そんな穏やかで砂糖菓子のように甘い世界がずっと続いていくと、そのときは信じて疑わなかった。

途切れるきっかけは何度もあったのに。

天蓋を見上げていると、遠い過去のなにかを思い出せそうだった。

ゆらりと真っ白い天蓋の幕が揺れる。

「休んでいろと言ったのに」

「あ……申し訳ありません……」

レオハルトは手に持っていた黄金《おうごん》のゴブレットを、ベッドの横にある小さなテーブルに置く。そして、ベッドの端《はし》に腰かけているユリアナの隣に座った。

「ラティアナの花のこと、なにか思い出した？」

「……花？　あ……あ……その、思い出せないです」

そういえば、屋敷に到着する直前、ラティアナの話をしていた。

「そう。ではラティアナがどういう花かは？」

「花の蜜が……催淫作用《さいいんさよう》を持っているんですよね？」

「違うよ」

「え？　でも蜂蜜酒《ミード》はそうなんですよね？」

初めて彼に抱かれたときに、何度もラティアナの蜂蜜酒《ミード》を飲まされた。飲んですぐ身体の内側からおかしな感じになってしまったのをユリアナははっきりと覚えている。

「蜂蜜《はちみつ》と花の蜜は違うよ」

「蜂蜜はミツバチが集めた花の蜜ですよね？」

「その解釈は少し違う。蜂蜜は花の蜜が変化したものであって花の蜜とは成分が異なる。それにラティアナは猛毒《もうどく》の花だから、花の蜜を直接摂取しては危険なんだよ」

「ラティアナが猛毒？　あんな可憐《かれん》な花からは想像がつきません……」

「花粉でさえ毒なのに、昔のおまえはそれを知らず、ラティアナの花束《はなたば》を作って遊んだんだ——思い出せないか」

——ラティアナの花束を作った。綺麗《きれい》で珍しい花だと思ったから、レオハルトにも見せたいと思ったのだ。ユリアナはそこまでぼんやりと思い出したが、やはりそれ以上は記憶が曖昧《あいまい》だった。

「毒による記憶障害なのかな？　でも、それで私が冷たいと思われてしまうと、やりきれない気持ちになるね。私とふたりきりで湖畔《こはん》で遊んだ記憶はあるの？」

「あります。ピクニックをしていました」

「……そのあとのことは？」

「い、いいえ……なにも」

声を震わせるユリアナに、レオハルトは首を傾《かし》げた。その動作に合わせて、彼のさらりとした艶《つや》やかな銀髪《ぎんぱつ》が揺れる。

「なにに怯《おび》えているの？　おまえのことを責めるつもりはないよ。湖畔に毒花《どくばな》が群生《ぐんせい》しているのに気が付かなかったのは私の落ち度だ……うた寝して、おまえを退屈させてしまったのは失態だったと、今でも思っている」

「……うた寝……」

その時、ふっと新たな記憶がよみがえる。

食事のあと、寝転んで空に浮かぶ雲の形を語り合っている最中、レオハルトが眠ってしまったときのこと……

『お兄様を寝かせてさしあげなきゃ』

十三歳にもなれば、王子である彼が、公務で忙しい合間を縫《ぬ》って自分と遊んでくれていることを理解するだけの分別はあった。

今日のピクニックにグレヴィアはいなかったけれど、久しぶりにレオハルトと会えて、ユリアナはそれだけで満足だった。

その頃は、ふたりが会える日の間隔《かんかく》が大きくなっていた。以前は会いたくなれば会いに行けばいいと思っていたけれど、今はそうはいかない。

彼はユリアナを妹のように可愛《かわい》がってくれている。けれど本当の妹ではないのだから、そんな関係は危《あや》ういものでしかない。

今はこうして会えても、いずれレオハルトが誰かと結婚してしまえば、会えなくなってしまう。

そう考えるとユリアナは寒さを感じ、身体をぶるっと震わせた。湖面《こめん》を吹き抜けるそよ風は暖かく心地よいのに、いったいどうしてしまったのだろう？

ユリアナは、改めて隣で眠っているレオハルトを見た。

（いけない、お兄様が風邪《かぜ》をひいてしまうわ）

彼女は自分の肩にかけていたケープを、彼の身体にそっとかける。

ずっと彼の傍《そば》に居続けることは難しい。けれど、どうにかして彼の結婚後も会える方法はないのだろうか？

（……あ、グレヴィアお姉様なら……）

ユリアナはグレヴィアが彼の花嫁の第一候補とされているという話を思い出した。

そうだ。グレヴィアがレオハルトの花嫁になれば、レオハルトに会えなくなる事態は避《さ》けられる。ユリアナは微笑《ほほえ》みながらなんという名案なんだろうと心の中で自分を褒《ほ》めた。

レオハルトとグレヴィアは仲が良いので、きっと実現するに違いない。そう思うと、なんだか嬉しくなってしまった。

彼と自分の世界は途切れない。きっと、ずっと――

遠くでは鳥のさえずりが聞こえ、青い羽根の蝶々《ちょうちょう》がひらひらと飛んでいた。

（青い蝶？）

珍しさに、ユリアナは立ち上がりその蝶々を追った。

蝶々を追いかけた先で見つけたのは、湖畔《こはん》に群生《ぐんせい》していたラティアナの花だった。

ユリアナは生まれて初めて見た真っ白で可憐《かれん》なラティアナに、一瞬にして心を奪われる。

そしてあまりにも美しいその花を、レオハルトにも見せてあげたいと考え、ラティアナの花束《はなたば》を作ることにした。

けれど、その場にしゃがみ込み一本、また一本と摘《つ》み取るごとに少しずつ体調が悪くなっていく。ふらふらしながら立ち上がるが、強い眩暈《めまい》を感じて、足元がおぼつかない。

（……あ、どうしよう……なんだか、動けない？）

両手いっぱいに抱《かか》えたラティアナの花を落としそうになって、慌《あわ》てて腕を回し直すと、余計に具合が悪くなった。

甘い花の香りが胸いっぱいに広がる。そして花粉を吸い込んだせいで咳《せ》き込んでしまう。

「ユリアナ！」

眠っていたはずのレオハルトが、彼にしては珍しい大声で自分を呼ぶ。

「花をその場に捨てて、すぐにこっちに来なさい」

白い花が群生《ぐんせい》している水辺からやや離れた場所で、レオハルトが叫んでいた。

何故彼が傍《そば》まで来てくれないのかはわからなかったけれど、ユリアナはふらつきながら歩く。

「ユリアナ、花は捨てて」

ユリアナは自分が手に持つ花が毒の花とは知らなかったから、せっかく摘《つ》んだ花を捨てろと告《つ》げるレオハルトを冷たいと感じてしまった。

(どうして……私はただ、お兄様に見てほしかっただけなのに)

せっかく作ったラティアナの花束をしぶしぶ足元に落とし、レオハルトの傍へ歩み寄ろうとしたが、思うように歩けず、ユリアナは足を滑《すべ》らせて湖《みずうみ》に転落してしまった。

「ユリアナ！」

陸にいても身体がまともに動かない状態だったのに、湖の中に落ちてしまえば、ドレスの重みもあり、彼女は湖底《こてい》に招かれるように沈んでいく。

そのときユリアナは、自分は死ぬんだな、と感じていた。

しかし、死の恐怖より、この世界が終わったあと、またレオハルトの〝妹〟として生まれ変われるのだろうか？　という疑問が大きく膨《ふく》らんだ。

いやだ、怖い。レオハルトのいない世界には行きたくない。

そう思い、もがいた腕を掴《つか》み上げてくれたのは――

次に意識が戻ったときには、ユリアナの身体は天蓋《てんがい》付きのベッドの上に横たえられていて、自分になにが起こったのか、彼女自身も覚えていない状況だった。

歪《ゆが》んだ視界の中に映り込んだ人物がレオハルトで、ユリアナは安堵《あんど》した。

「……ユリアナ、気分はどう？」

「ず、つう……がします」

「熱が高いからね」

「………私、やっぱり、風邪《かぜ》を……ひいて……」

「違うよ。ラティアナのせいだ」

そう言い捨てるレオハルトは、苦々しい表情をしている。

「ラティ、アナ？」

「おまえが摘《つ》み取っていた白い花の名前だ」

「……あぁ、あの……綺麗《きれい》、な……お花ですね……」

また意識が遠のきそうになる。その感覚がなんだか怖くて、ユリアナはむずかるように頭を左右に動かした。

「どうした？　辛いのか」

「こ、わい……の、ひとりに……なっちゃう」

「私が傍《そば》にいるから大丈夫だよ。眠りなさい。眠って体力を回復しなければ……」

レオハルトの声が震えているように聞こえて、ユリアナはいったいどうしたのか疑問に思った。しかし、それを尋ねたりする気力はなかった。

感覚が鈍《にぶ》くなった右手を、誰かが握っている。視線をなんとか動かすと、手を握っていたのはレオハルトだった。

「……お兄様、私……は、お友達です、か？」

「え？」

そう問いかける間にも、ユリアナは呼吸が苦しくなってくる。

また意識がなくなってしまいそうで、怖くて再《ふたた》び頭を左右に動かす。

「ユリアナ、寝なさい」

「こ、わいの」

「大丈夫……傍にいるから、安心して」

「さいごに……ひとつ、だけ……お願い……を、してもいいですか」

最後という言葉にレオハルトが過剰《かじょう》な反応を示し、大きな声を出した。

「最後だなんて言うな」

その反応に、望みを聞いてもらえないのだと受け取ったユリアナは、泣き出しそうな顔をした。

そんな彼女を見て、レオハルトははっとする。

「あ……ぁ、ごめんね。なに？　ユリアナ。飲み物でも欲しいの？」

「お兄様……。お姉様と、結婚……してください」

「――え？」

「……も、我《わ》が儘《まま》……言わない、から」

ユリアナの眦《まなじり》から、涙が溢《あふ》れて頬《ほお》を伝う。

そのとき、レオハルトがどう返事をしたか聞けないまま、ユリアナの意識は遠のいて、その後、一週間ほど眠ったままの状況が続いた。

ラティアナの毒が身体から抜け、次に目が覚めたのはレオーネ邸の自室のベッドの上だった。母親からは「湖《みずうみ》に落ちて、そのショックで意識を失っていた」とだけ聞かされた。

すっかり忘れていた記憶が、全てよみがえる。

レオハルトが思い悩んでいるように見えたのは、自分が願った内容のせいだった？

彼は、自分の願いを叶《かな》えるため、あえて離れることを考えたのだろう。

ユリアナがレオハルトを見上げた、そのとき。

パリーーン！

下の階からガラスが割れる大きな音が聞こえて、ユリアナははっとした。

続いて悲鳴が聞こえる。

「え、あ……なに？」

動揺しているだけのユリアナとは違い、レオハルトは素早く鞘《さや》に入った剣を手にして、もう片手でユリアナを抱き寄せた。

「レオハルト様、なにが起こったんですか」

「……静かに」

その低く抑えた声からレオハルトの緊張が伝わってきて、ユリアナも全身をこわばらせる。

そしてすぐにもう一度、今度はすぐ近くからガラスが割れる音がした。直後、室内に入り込んできた、こぶし大の大きさの球から、勢いよく白煙《はくえん》が噴《ふ》き出す。

「――っ！」

ユリアナが驚きと恐怖に震える中、レオハルトはテーブルに敷かれていた木綿《もめん》のクロスを掴《つか》むと、それでユリアナの鼻と口を塞《ふさ》いだ。

「んっ」

その後、彼はすぐに彼女を抱え上げて、扉の外へと脱出する。

「レオハルト様！　ご無事ですかっ」

部屋の外では丁度、クエストが長剣を手に階段を駆《か》け上がってきていた。

「今は、どういう状況だ？」

「わかりません。ですが、一階にもなにかが投げ込まれて、煙《けむり》が上がっています。すぐにお逃げください！　正面玄関は煙が充満しています。裏手から、急いでください」

「……わかった」

レオハルトはユリアナを抱《かか》えたまま、階段を駆け下りる。

炎《ほのお》は見えなかったが、屋敷の中は白煙《はくえん》が充満していて、視界が悪くなっていた。クエストの姿もはっきりとは確認できず、レオハルトしか見えない。

「こっちです！」

別荘の内部はさほど広くはないとは言っても、こんなふうに煙で視界が悪くなってしまうと、思うように身動きが取れなくなってしまう。

ユリアナは自分の鼻と口を覆《おお》っていた木綿《もめん》のクロスを剥《は》がした。

「レオハルト様、下ろしてください」

自分を抱いていることでレオハルトの動きが鈍《にぶ》っているのは一目瞭然《いちもくりょうぜん》だ。だからユリアナは彼に願う。

「下ろして！」

「……喋《しゃべ》るな。あと、なるべく息もするな。毒かもしれない」

「だったら余計に……」

「黙れ」

木綿のクロスを、レオハルトが再《ふたた》び彼女の口元に押しつける。

「レオハルト様！　見えていますか？　こっちです。そのまま、まっすぐ歩いてきてください」

いよいよ視界が悪くなっていく状況下で、クエストの声だけが頼りだった——が。

どこかで、大きな爆発音がした。

その音の発生源がわからず、ユリアナはただ恐怖に震える。

そして爆発音のあと、暫《しばら》く耳鳴りがして、クエストの声が聞こえなくなってしまった。

それはレオハルトも同じらしく、眉根《まゆね》を寄せてエメラルドの目を僅《わず》かに細め、彼は壁際にもたれかかる。

(怖い……このまま、死んでしまうの?)

全身の震えが止まらない。

世界が途切れてしまう恐怖に襲《おそ》われて、ユリアナはレオハルトが着ているシャツを握り締めた。

(怖い、怖い。レオハルト様との世界が終わってしまう……)

それと同時に、ラティアナの花の毒に冒《おか》されたときの恐怖もよみがえる。

そのとき、眦《まなじり》に溜まった涙をレオハルトの指が拭《ぬぐ》ってくれたのに気付き、ユリアナは顔を上げた。

「案ずるな。おまえのことは、私が守る」

働かなくなったと思っていた聴力がいつの間にか回復していて、ユリアナはレオハルトの言葉を聞き取ることができた。

ユリアナは彼の言葉を聞き、大きく首を左右に振る。

「違うの、守ってほしいのは私自身じゃない。レオハルト様がいる世界なの」

「――わかったから、静かにしていなさい」

レオハルトはそう言って微笑《ほほえ》むと、すぐにクエストの声を聞きとろうと耳を澄《す》ます。

「……っ、レオハルト様!!」

暫《しばら》くしてクエストの声が聞こえたことで、ほっとした。

「クエスト！　無事か!?」

「はい。今、そちらに行きます。呼びかけてください」

「こっちだ！」

白煙《はくえん》が少しだけ薄らいできている。けれど煙《けむり》の正体がわからないので、不安は払拭《ふっしょく》されない。

レオハルトがクエストを呼び続けると、やがて煙の中から彼の姿が見えた。

「レオハルト様、これを」

クエストがレオハルトに渡したのは麻《あさ》の縄《なわ》だった。どうやらそれは出口にまで続いているらしい。視界の悪い室内を歩くのに、これを頼りにして脱出するということだろう。

縄を頼りに少し進むと、先に脱出経路を確保した王宮騎士団の騎士が、クエストと同じように縄を握って戻ってくる。

「殿下、ご無事ですか！」

「――大丈夫だ、行け」

レオハルトの後方をクエストが守る格好になって進むこと数分、彼らは無事に屋敷から脱出することができたのだった。

外に出てすぐ、三人は安全が確認された場所へ誘導された。

「毒の類《たぐい》ではないようですね」

相当量の煙を吸い込んだクエストは、息苦しそうに何度か咳《せき》をしてからしゃがみ込み、そんな分析をした。

「……ミルゲルは、どうした」

レオハルトも、ユリアナを抱いたまま腰を下ろす。

「混乱に乗《じょう》じて逃げられてしまいました。馬が数頭いなくなっていますが、協力者がいたのでしょうか」

クエストの話を聞いていたレオハルトは、ふっと溜息《ためいき》をついた。

「ユリアナを誘拐《ゆうかい》した手口のずさんさからして、そこまで計画していたとは思えないな」

「では、別に首謀者がいるのでしょうか……」

クエストはそう言うと、考え込むように顎《あご》に手を置く。

「馬車については目星がつくがな。リズティーヌのとりまきを宮殿に呼び出せ」

「はい、かしこまりました」

不穏な雰囲気にユリアナが動揺していると、レオハルトは彼女の口元に押し付けていた木綿《もめん》のクロスを外す。

「もういいよ。あと、喋《しゃべ》っても構わない」

「……は、い」

喋ってよいと言われても、身体が震え、眦《まなじり》に涙が露《つゆ》のように溜まるだけで声は出せなかった。

「もう大丈夫だ」

彼女の涙を、レオハルトの指が拭《ぬぐ》う。

その指の温度だけでも、彼がいるのだという実感が湧《わ》いて、余計に涙が溢《あふ》れ出してしまった。

暫《しばら》くそんなふたりを見守っていたクエストだが、やがて口を開いた。

「……宮殿に戻る、ということでよろしいでしょうか？　原因がはっきりしない以上、王宮にいるのが一番安全だと思います」

「わかった。それでいい」

「では、馬車の用意をしてきます。話の続きは宮殿で、ということで」

クエストはすっと立ち上がって、騎士たちのもとに向かった。

これは、自分が宮殿に戻ることを渋《しぶ》ってしまったせいで起きてしまったことなのだろうか？

罪悪感を覚えながらも、ユリアナは遠慮《えんりょ》がちにレオハルトに問いかける。

「……レオハルト様。皆さんは、ご無事だったのでしょうか」

「ああ。ミルゲルを除けば、全員いる」

「よかった……です」

気を失うように彼の腕の中で眠って次に目が覚めたとき、ユリアナはエディアノン宮殿のレオハルトの寝室にあるベッドの上にいた。

「気分はどうだ」

隣では、レオハルトが心配そうにユリアナの顔をのぞき込んでいる。

「……たぶん、普通です」

「そうか」

レオハルトの大きな掌《てのひら》が、ユリアナの頭を撫《な》でた。

「色々、ごめんなさい……ご迷惑をおかけしました」

「おまえが気にすることじゃない」

優しい言葉と、掌の温かさに泣きたくなる。

どうすればよかったかなんてわからない。

今回は人的な被害はなかったけれど、ただ平和な国だとばかり思っていたから――。

自分の行動や考えは安易《あんい》すぎて、レオハルトや周りの人間を危険な目に遭《あ》わせてしまう。

「大したことではないよ。馬車のことは――相手はちょっとした脅《おど》しのつもりだったのだろう。ただ、少しことが大袈裟《おおげさ》になっただけで」

「……脅しって？」

ユリアナがレオハルトを見上げると、彼は柔らかく微笑《ほほえ》んだ。

「おまえも言っていただろう？　報復《ほうふく》があるから……と」

ユリアナは自分がいつそんな言葉を使ったかを思い出そうと考えていると、ふいに目の前に赤い薔薇《ばら》が差し出された。

「……薔薇？」

「だいぶ遅くなってしまったが、欲しがっていただろう。足りなければ好きなだけ摘《つ》んでくるよ」

「いいえ、一本だけで……」

ユリアナは首を横に振りながら、レオハルトの手から赤い薔薇を受け取る。

この薔薇は南西の花壇《かだん》のものだろうか？　そう考えてすぐ、ユリアナは弾《はじ》かれたようにレオハルトを見上げた。

「報復って、まさか、ファルワナ公爵家が？」

「公爵家というよりは、リズティーヌ個人だろうな。ミルゲルはおまえとシスター・アリエッタが友人だとは知らなかったのだから、そんなことをする理由は、彼にはない」

「でも、あの方だって、王族の馬車に細工《さいく》なんてできるんですか？」

「リズティーヌのとりまきの一人が自白した。さらに調べて厳しく追及するつもりではいるけれど、おまえが気にするのはここまでだ」

レオハルトの言葉に強い違和感を覚えたものの、それ以上の質問を許してくれそうにない物言いに、ユリアナは渋々頷《しぶしぶうなず》いた。

「……レオハルト様は、どこもお怪我《けが》をなさってないですか？」

「ああ、やっと私の心配をしてくれるんだね」

エメラルドの目を輝かせながら、彼は微笑《ほほえ》んだ。

「ごめんなさい、そういうつもりでは」

彼をあと回しにするつもりはなかったが、結果的にそうなってしまった。

「ユリアナは……私を信用してくれていないから、私のことを第一に考えてくれないのだろうか」

レオハルトは苦笑いしながらユリアナの隣に寝そべり、彼女の頬《ほお》を撫《な》でた。

「……レオハルト様にお聞きしたいことがあります」

「なんだろう」

「トルネアに花嫁を差し出せとは言われていないのですか？」

「ミルゲルがそんなでまかせを言ったの？」

「もしそう言われても、自分の国のために犠牲《ぎせい》になれるのか？　とおおせでした。だから、私……」

ユリアナにそんな言葉を聞かされたレオハルトは、憤慨《ふんがい》した様子で彼女の上にのしかかった。

「そうか、やはり信用されてないわけだな。この私が、おまえを手放すはずがないのに」

ユリアナの頬《ほお》に伝う涙を指先で拭《ぬぐ》ってから、レオハルトは彼女の額《ひたい》に口付ける。

信じたい。けれど人の心の内は読めないから、疑いが生《しょう》じてしまう。

「じゃあ、本当に、私は、他の国に嫁《とつ》がなくてもいいんですね？」

「誰にも渡さないよ」

濡《ぬ》れたように艶《つや》めく彼の声が鼓膜《こまく》を甘く震わせて、全身の力が抜けていく。

「安心していい、おまえはどんなことがあっても私のものだ」

敏感な花芯《かしん》に、レオハルトの指先が下着越しに触れてくる。

全身が大袈裟《おおげさ》なほどその感覚に反応を示して、ユリアナはつい甘えた声を上げてしまう。

「え？　あ……や……っ」

「誘っているのかな、いい反応をする」

「違うんです……」

羞恥《しゅうち》のあまり、レオハルトにのしかかられている身体を僅《わず》かにずらす。すると彼は口元に笑みを浮かべて宣告する。

「逃がさないと言っている」

ユリアナの身体を押さえ付けたまま、レオハルトの手は再び彼女の花芯を布越しに撫で上げる。

愛撫《あいぶ》を与えられているのはその部分だけなのに、全身に毒が回ったように、快楽が湧《わ》き上がってきて、ユリアナの意識は乱れた。

久しぶりに感じる感覚に、鼓動《こどう》がどんどん速まっていく。

「あ……っ、あン」

やがて下着の中に入り込んできたレオハルトの指先が、興奮で膨《ふく》らんでいる花芯《かしん》を弄《もてあそ》ぶように撫《な》で回してきた。

直接触れられる悦《よろこ》びでユリアナの全身が震えてしまう。そういった様子がわかってしまうのか、レオハルトは彼女を見下ろして微笑する。

「欲しくなってきた？」

快楽と羞恥《しゅうち》で、呼吸困難になってしまいそうだった。頭が朦朧《もうろう》としていて、なにも考えられそうにない。

やがてぬかるんだ場所にレオハルトの指が入り込むと、ユリアナの意識すら彼の手中に収められたようなものだった。

ぬちゅぬちゅと水音を立たせて、レオハルトは口元を歪《ゆが》める。

「おまえが欲しがるまで待つつもりだったのだけれど、ユリアナは耐えるのが上手《うま》すぎるね」

「欲しがる？」

その言葉を聞いて、ユリアナは彼が何故、触れてこなくなったのか、その理由を理解した。

「……ひどいです、私は……レオハルト様がしたくないのかと思って。だから、変な勘《かん》違《ちが》いもしてしまったんですよ」

「おまえは思い込みや勘違いが多すぎるな」

魅惑的《みわくてき》な笑みを浮かべたレオハルトは、ユリアナの身体から寝衣を残して下着だけを剥《は》ぎ取った。

その行為に羞恥を覚えてしまうが、この先の快楽を思うと、期待で全身が熱くなっていく。

「……いいから、もっと私を信じろ」

自《みず》らも衣服を脱ぎ捨てたレオハルトに股を割られ、彼の屹立《きつりつ》をゆっくりと奥まで挿《そう》入《にゅう》されると、その圧倒的な存在感に吐息《といき》が乱れた。

レオハルトに征服されているという感覚が、ユリアナの心と身体を急速に高ぶらせていく。

「あ……っ、あぁ」

「おまえは誰のものだ？」

「レオハルト……様……です」

最奥まで突き上げられた途端《とたん》、甘い快感に目がくらむ。

すすり泣くような、媚《こ》びるような声が次から次へと上がり、ユリアナは羞恥《しゅうち》に唇を噛《か》み、顔を背《そむ》けた。

「……誰が、自分の花嫁を他国に嫁《とつ》がせるような真似《まね》をするって？」

「だ……って、それ……は」

「ユリアナ、目を開けろ」

ふいに顎《あご》を持ち上げられ、彼のほうを向かされる。

ゆるゆると目を開けると、レオハルトのエメラルドの双眸《そうぼう》が彼女を見つめていた。

「愛している」

「……っ、ン」

その言葉にひくりと顕著《けんちょ》な反応を示したのは、彼と繋《つな》がっている内部だった。

レオハルトはユリアナの反応に満足したように微笑《ほほえ》むと、再《ふたた》び囁《ささや》く。

「疑うな。なにがあっても、おまえを手放したりしない」

はっきりと言い切る口調に、それが真実だと確信し、ユリアナの銀灰色《シルバーグレー》の瞳から、また涙が零《こぼ》れ落ちていく。離れられないと自覚しているからこそ、尚更《なおさら》感情が揺さぶられた。

「だからおまえも、なにがあっても諦めようとするな」

「はい」

「――私が愛《いと》おしくて堪《たま》らないのだろう？」

意地悪く輝いた瞳があまりにも蠱惑的《こわくてき》で、彼を求めずにはいられない。

「……愛しいです。愛しています……私には、レオハルト様しかいない……」

粘着質《ねんちゃくしつ》な水音が、薄暗い寝室に響く。

十分に濡《ぬ》れそぼったユリアナの内部は、硬く張り詰めたレオハルトを最奥まで招き入れようと蠢《うごめ》いた。彼の動きを誘う液体が彼女の臀部《でんぶ》を伝い、シーツに淫《みだ》らな染《し》みを作る。

「あ……は……あ……」

「いい？　ユリアナ」

ユリアナが感じて堪らない場所を、何度も突き上げながら尋ねてくるレオハルトに、彼女は頷《うなず》いた。

「い……い……です」

「もっと、溺《おぼ》れて」

レオハルトの双眸《そうぼう》は熱を孕《はら》み輝きを増しているのに、その一方で、どこか冷静にユリアナを観察しているようにも見えた。

「ひゃ……あっ」

身体を繋《つな》げたまま唐突《とうとつ》に花芯《かしん》を指でまさぐられ、ユリアナは急激に増した快感に翻弄《ほんろう》される。

「駄目……、そんなに……しないで……っ」

つま先まで、痺《しび》れを伴《ともな》った甘い快感に冒《おか》されていく。

けれどレオハルトは、そんなユリアナの懇願《こんがん》を聞く気はないようだった。

彼は濡《ぬ》れた襞《ひだ》のひとつひとつを屹立《きつりつ》した部分で掻《か》き乱し、ゆっくりと動いてなじませては、激しく最奥を突き上げる一連の動作を繰り返す。

「や……ぁ、あ……っ」

寝衣がはだけ、律動《りつどう》に揺れるユリアナの胸を彼の指が乱暴に揉《も》みしだく。

下半身ほど強烈ではないものの、乳首や乳房を愛撫《あいぶ》されて快感が湧《わ》き上がり、上擦《うわず》った声が漏《も》れてしまった。

「あ……あぁン」

「……全部、私のものだよ……ユリアナ」

レオハルトは行為の乱暴さや、獣性《じゅうせい》をむき出しにした双眸《そうぼう》と相反する、艶《つや》めいた柔らかい声で囁《ささや》く。

そんな彼の声に、ユリアナはよりいっそう深い快楽の中へ引きずり込まれていく。

「あ……ぁあ……も、だめ……」

身体がぶるぶると震える。

腹の中から溢《あふ》れそうになる快感に、ユリアナは気が付けばレオハルトの動きに合わせて淫《みだ》らに腰を揺らしていた。

「ユリアナ……」

「あぁ……レオハルト様……っ、愛しています」

「愛しているよ」

最奥を突き上げられながら囁かれる愛の言葉に、ユリアナの身体が高まっていく。

「な……なかが……凄《すご》く……」

「……いいよ、達しても」

「っン」

彼の身体が沈み込み、最も深い場所で交ざり合う。

「あっ……あ……あぁあ……っやぁ」

真っ白いリネンの上でユリアナは身悶《みもだ》える。感覚の全てを解放する瞬間は、もうすぐそこまできていた。

「あ……ぁ、ああああっ」

ユリアナが背中を仰《の》け反《ぞ》らせた瞬間、体内にレオハルトが熱い飛沫《しぶき》を吐き出す。その動きを感じ、ユリアナは身体を震わせ続けた。

守りたい世界を――レオハルトを腕の中に抱き締めて、ユリアナは甘い息を漏《も》らす。

（信じる……私は、レオハルト様のことを……）

＊＊＊

罪に対して罰《ばつ》が必要だというのは、その相手が同盟国の王配殿下であれ同じだった。

とはいえ、逃げてしまった相手を国外まで捕《つか》まえにいくわけにはいかず、ミルゲル王配殿下のターラディア王国への入国を未来永劫《みらいえいごう》禁じるという通達《つうたつ》をし、レオハルトとユリアナの結婚式へは、ラフィーネ女王のみを招待することになった。

ミルゲルがもともとはトルネア王国の民《たみ》ではないという事情もあり、トルネア王国に対してそれ以上の制裁《せいさい》は行《おこな》わないことにした。

ファルワナ公爵家のリズティーヌに関しては、今回に限り不問とし、次になにか悪事を行った場合は、それがたとえとりまきが行ったものだとしても、領地の没収に処《しょ》す、という通達を出した。

とりまきの貴族の名簿はクエストが作成し、執務室に保管されることとなった。

「本当に、これでよかったのですか？」

黒い執事服姿のクエストは書棚《しょだな》に鍵をかけると、レオハルトを振り返る。

あんなことがあったというのに、同盟国の王配殿下への処罰はともかく、リズティーヌに対する処分がいささか軽いように思う、とクエストが続けると、レオハルトは微笑《ほほえ》む。

「不満か？」

「相手が公爵家の娘とはいえ、あれだけの騒ぎを起こしておきながら不問というのはいかがなものかと」

それまで立ったままでいたレオハルトは、ゴブラン織《お》りのソファに腰かけて悠然《ゆうぜん》と足を組む。

「これでいいとは、私も思ってはいない」

「まさか、ファルワナ公爵からなにか圧力でもかけられたのですか？」

クエストは憤慨《ふんがい》しながらレオハルトの傍《そば》に歩み寄った。

「ファルワナ公爵は、力のある方だからな」

「だからと言って、今回の件はあまりにもひどいと思います。ユリアナ様の馬車に細工《さいく》をしたことにしても、別荘の件にしても、たまたま大事に至らなかったというだけで、下手《へた》をすれば国を揺るがしかねない出来事です」

「そうは言っても、実行犯はリズティーヌではない」

「命令したのは彼女です。自分は知らないなどと言っていますが、とりまきたちに暗《あん》にそうしろと言っていたに違いない」

レオハルトはクエストの言葉に同意するように頷《うなず》いてみせたが、その直後に彼の口から出てきた言葉は、その動作とは相反するものだった。

「だが、憶測《おくそく》に過ぎない」

「だから屈《くっ》したのですか」

不満を隠さずにクエストが言うのを、レオハルトは笑って制する。

「これも憶測なのだが――リズティーヌは主犯にさせられているだけではないのかな」

金の細工がなされた肘置《ひじお》きに頬杖《ほおづえ》をつき、レオハルトはエメラルドグリーンの瞳でクエストを見上げる。

ユリアナには、完全に彼女の仕業《しわざ》ということにしたが、レオハルトには別の考えがあった。

「どういう意味でしょうか」

「リズティーヌなら性格的にも報復《ほうふく》をしかねない、と皆が思うだろう。実際に、彼女はあちこちで随分《ずいぶん》過激な話を人目も憚《はばか》らず話していたらしい。全部彼女がやったことにするのは簡単だ。けれど、それにしては上手く重なりすぎているとは思わないか？」

「ミルゲル王配殿下の騒動ですか」

レオハルトは頷く。

「まさか！　今回の件の黒幕は、ミルゲル王配殿下なのですか！」

声を荒らげたクエストに、レオハルトは人差し指を唇の前で立てた。

「ですが……トルネア王国と、ターラディア王国は同盟国です。しかも、かつてトルネアの危機を救ったのはターラディアですよね？　今回のように王太子妃となるお立場のユリアナ様を誘拐《ゆうかい》すれば、両国の友好関係にひびが入るというのは、子どもにでもわかりそうなものなのに」

声のトーンは下がったものの、クエストがまだ憤慨《ふんがい》しているのがわかる。

レオハルトは頬杖をついたまま、クエストに聞いた。

「ミルゲルの目的はなんだった？」

「アリエッタです。彼女を探すために、わざわざお祝いの品を持参して」

「ターラディアにいるのがわかっていながら、探し出せずにいたのは何故だろう？」

今度の質問には、クエストは首を傾《かし》げる。

「そういえば、アリエッタの教会は王宮に一番近い場所にあるのに――何故気付かなかったのでしょう……」

「それを意図的に隠していた人物がいたのだろう。そしてミルゲルがユリアナと接触するよう仕向けた」

レオハルトは長い足を優雅《ゆうが》に組みかえて、立っているクエストを真っ直ぐに見上げる。

「どういう……意味でしょうか」

「ミルゲルの出身国は、どこだったろうか」

「――カザス王国です……え？　まさか」

その昔、北の国で勃発《ぼっぱつ》した勢力争い。

北の大国トルネア対、勢いを持つ新興国カザス。どちらの国も南の大国ターラディアと同盟を組むことを望み、結果、ターラディア王国が選んだのはトルネア王国だった。

当時のカザスは、そのことをかなり恨《うら》んでいたという。

「王配殿下の狙いは、両国の友好関係にひびを入れることだったのですか」

クエストのその答えに、レオハルトは首を横に振る。

「いいや、ミルゲル自身の目的はアリエッタに過ぎない。けれど彼に協力すると見せかけて、利用した人物がいると思う。おそらくミルゲルにはアリエッタの居場所を教えず、指示に従えば会わせてやるとでも言っていたに違いない。リズティーヌも同じように利用されたのだろう」

「今回の件を画策《かくさく》した人物は、カザス王国の人間——ということなのですね」

「……断言するのは難しいがな」

「……アリエッタも、カザス王国出身でしたね」

ぽつりと呟《つぶや》くクエストに、レオハルトはもう一度足を組み直す。

ミルゲルが執着《しゅうちゃく》していたアリエッタのことは、すでに調べさせていた。彼女はカザス王国のネイキース侯爵家の人間だった。

ミルゲルとアリエッタは恋仲であったが、トルネア王国のラフィーネに引き裂かれたのだ。

しかし、カザス王国の第三王子と、トルネア王国のラフィーネ王女が結婚したことで、両国の関係がよくなったのは確かだ。

少なくとも、ターラディアに飛び火するほど悪い関係ではない。

そしてレオハルトには、一つの確信がある。

しかし、そのことについては、クエストに話すべきかためらっていた。

「そろそろ、お茶の時間ですね。ユリアナ様がお見えになる頃です。隣の部屋にお茶の用意をさせます」

金の鎖《くさり》がついた懐中時計に視線を落としながら、クエストはそう告《つ》げた。

「ああ……もうそんな時間か」

豊かな国であるターラディアは、その豊かさ故《ゆえ》に変化を好まない。

だからこそ、トルネアかカザスか、どちらかを選ばなければならない場面に直面したとき、先々代の国王は、強い野心《やしん》を持ち領土拡張を狙うカザスを拒《こば》んだ。

ユリアナは別の理由を聞かされたようだが、それは彼女を惑わすための策《さく》である。先々代の王がトルネアの王女を愛し、彼女のために雪の宮殿を建てたというのは、結果にすぎない。

（私だって、同じ選択をするだろう）

変わらずにいられるなら、そのほうがいいと思う気持ちが根底にある。

けれど、ユリアナがいる世界を守り続けるためなら、全てを壊してしまっても構わないと思うのも本心だ。彼女以外のなにもかも壊れてしまっても、自分の腕の中にユリアナさえいれば、レオハルトはそれで満足なのだから。

レオハルトは立ち上がり、クエストに言う。

「クエスト、今後、ラーグ教の者が怪《あや》しい動きをしないか、厳しく見てほしい」

「え？　ラーグ教ですか」

「そうだ」

これ以上は聞いてくれるなとばかりにレオハルトは身体の向きを変え、窓の側《そば》へ歩み寄る。

その様子でクエストはなにかを察《さっ》したのか、深々と頭を下げた。

「かしこまりました。お望みのままに」

かつて同盟を断られたことで、カザス王国がターラディア王国に対し、今も尚《なお》不満を感じているのは事実だろう。けれど、この話にはさらに裏がある。レオハルトが祖父と父から聞かされていたこと——カザス以上に、その勢力の拡大を望んでいたのは、ラーグ教の者だった。

かつてラーグ教関係者は、カザスがターラディアと同盟を結ぶよう国王を言いくるめ、飢饉《ききん》により力の弱ったトルネア王国にとってかわるべく画策《かくさく》した。

そして今回、彼らはレオハルトが寵愛《ちょうあい》するユリアナに目をつけた。ユリアナを盾《たて》にされたなら、レオハルトは彼らの言いなりになる他ない。未来のターラディア王国での実権を握ったも同然だ。

彼らはアリエッタを餌《えさ》に、ミルゲルにユリアナを誘拐《ゆうかい》させようとした。しかしミルゲルは予想以上にアリエッタに執着《しゅうちゃく》しており、ユリアナの誘拐を二の次にし、自《みずか》ら教会を回ってアリエッタを探し始めた。思惑通りに動かないミルゲルを見て、彼らは計画が失敗すると踏んだのだろう。アリエッタを匿《かくま》い、なにか起こったときにミルゲルをすぐトルネアへ帰すための口実《こうじつ》を、ユリアナにそれとなく伝えた。

馬車に細工《さいく》をしたのは、確かにリズティーヌのとりまきである。ただし、そのうちのひとりは裏でラーグ教と関係を持っていた。そしてユリアナに対するリズティーヌのいやがらせを利用し、ユリアナを足止めしてミルゲルと対面させた。そこで彼にユリアナをさらわせようとしたのだ。しかし誘拐は失敗。ミルゲルの口から自分たちのことが暴露《ばくろ》される前に、ラーグ教の関係者は別荘を襲撃《しゅうげき》して彼を逃がした。つまり、リズティーヌとミルゲルは利用されたのだ。しかし、陰で糸を引く者たちを囚《とら》えるには、証拠が足りない。

それに、ユリアナが真相《しんそう》を知れば、また落ち込み、思い悩むことになるだろう。だから彼女はもちろん、クエストにすら明言しなかった。ただし、もしまた同じことがあれば、そのときこそ容赦《ようしゃ》はしないと、窓の外を見つめるレオハルトのエメラルドグリーンの目には、強い光が満ちていた。

一方、北の国、トルネア王国では――

女王をひどく立腹《りっぷく》させた王配殿下が謹慎処分《きんしんしょぶん》となっていた。

誰かと会うことすら許されない状態のミルゲルは、先日届いた手紙を何度も読み返している。

トルネア王国　ミルゲル王配殿下

今生《こんじょう》では、もうあなたとお会いするつもりはございません。どうかご了承《りょうしょう》くださいませ。

私は私、王配殿下は王配殿下の道を三年前、自ら選んで歩《あゆ》み始めました。振り返ってはならない道でございます。どうぞ、ラフィーネ女王とお幸せに。

私はラーグ神に心身を捧《ささ》げ、一生を終える所存《しょぞん》です。

だからあなたも、もう誰にも惑わされぬよう、お願い申し上げます。

アリエッタ・ネイキース

手紙を読み終えたミルゲルは、小さく笑って、その手紙を暖炉《だんろ》の中に放り込んだ。

燃え尽きて灰になった手紙は、とある恋の終わりの証《あかし》だった。

＊＊＊

エディアノン宮殿の彼の寝室で、レオハルトは寝覚めの悪い朝を迎えた。

いや、あの日から気分よく目覚めた日などなく、自力で眠ることすら叶《かな》わなくなっていた。

あの日——ユリアナがラティアナの毒に冒《おか》され、湖《みずうみ》に落ちた日のことだ。

彼は溜息《ためいき》をついてベッドから身体を起こす。

自《みずか》らの失敗の積み重ねが招いた出来事を思い出すと、なんとも言えず気分が塞《ふさ》ぐ。

ユリアナと一緒にいるのに、うたた寝をしてしまったこと。湖岸《こがん》にラティアナが群生《ぐんせい》している事実に気付けなかったこと。ラティアナがどういった花であるのかを彼女に教えなかったこと——

　中でも一番の失態は眠ってしまったことである。自分が眠りさえしなければ、ユリアナを命の危険にさらすような事態はなかった。そう考えると、睡眠薬なしでは眠れなくなってしまう。

　薬を使って眠るから、悪夢を見るのだろうか？　けれどまた悪夢を見るかもしれないと思うと、眠れなくなる。実に悪循環だ。

　そのとき、ドアがノックされた。

「入れ」

「失礼します。レオハルト様」

　医者と共に入室してきた従者は、レオハルトに恭《うやうや》しくゴブレットを手渡す。

　彼はためらうことなくゴブレットに注《そそ》がれている液体を飲み干し、それを従者に返した。

「……体調はいかがですか？　レオハルト様」

「そうだな……とくに変わらない。飲み始めて四年経《た》つ。身体が慣れてしまったのかもしれない……量を増やしてはどうかな」

　言いながら従者の背後にいる医者に視線を送ると、彼は首を横に振った。

「慣らすことが目的なのですから、これ以上は増やせませぬ。ラティアナの毒を甘く見てはなりません」

「命に関わることは知っている。甘く見てはいない」

「……失礼いたしました」

「まぁ、いい……花粉《かふん》で倒れぬくらいの耐性がつけば上出来だろう」

「今は解毒薬《げどくやく》もございます。あまり無理をなさらぬよう……」

「あぁ」

けれど、もしまた同じことが起きたとき、今度こそすぐに手を伸ばし助けられなければ意味がない。

命は解毒薬で助かるかもしれないが、失われた信頼は取り戻せない。レオハルトはそう思っていた。

もう一度同じ失態を犯《おか》せば、二度と信頼を回復することはできないだろう。

――今だって、彼女の不信が完全に消えているとは思っていないけれど。

そのとき、コンコンと短く扉を叩く音が聞こえたため、入室を許可すると、ユリアナが入ってきた。

「おはようございますレオハルト様。お目覚めになったと聞いて……」

「嬉しいよ、すぐに来てくれるなんて。ゆうべはよく眠れた?」

「はい。レオハルト様は？」

「ぐっすり眠れたよ」

ユリアナの視線が黄金《おうごん》のゴブレットへ移動する。

「なにをお飲みになっていたのですか？」

「水だよ。喉《のど》が渇《かわ》いてね」

「……どこか具合でも悪いのですか？」

ユリアナは室内にいた医者の存在に気が付いて、心配そうに問いかけてきた。

「なんでもない、大丈夫だよ」

朝、自分が目覚めたらユリアナを呼ぶように申しつけてあったが、今度からは時間をもう少し遅くしてもらわなければいけない。レオハルトはそう考えていた。

ユリアナとは少しでも長く共に過ごしたいと思うけれど、秘密にしていることがあり、
彼女と同じベッドで眠ることを躊躇《ちゅうちょ》していた。

婚礼の儀が終われば、蜜月《みつげつ》の期間に入り、夫婦は毎晩ラティアナの蜜薬でできた蜂蜜酒《ミード》を飲んで、ベッドを共にするのがしきたりだ。その一ヶ月は公務を完全に休み、夫婦で過ごすことが決められているため、翌日の公務に響くからベッドを別にしようとも言えない。

けれども、不眠の理由を彼女には言えずにいる。

その日の夜も、ユリアナと共にベッドで眠ることは叶《かな》わなかった。

鳥の羽ばたく音が聞こえて、はっとする。

レオハルトは自分が湖岸《こがん》にいることに気が付いた。どうしてこんなところにいるのだろう？　そう不思議に思いながらあたりを見回して、目にした景色に身体が硬直する。

「――何故だ」

数十メートル先に白い花が群生《ぐんせい》しているのが見えた。

なにも知らなければ、ただ綺麗《きれい》な花畑だと思うだろう。濡《ぬ》れたように艶《つや》やかな花びらは見る者を魅了《みりょう》し、触れずにはいられなくさせる。その誘惑の花は命を脅《おびや》かす毒の花であるにもかかわらず――

「全て、駆除《くじょ》したはずなのに、どうして……こんな」

そして、再《ふたた》び視先を巡《めぐ》らせた途端《とたん》、そこに見つけたものに息を呑む。

花畑の中心に、幼《おさな》いユリアナがいた。彼女は一本、また一本と、ラティアナの花を摘《つ》み取っている。

花粉《かふん》を吸い込んだだけでも、身体を蝕《むしば》む強い毒を持つ花。それを楽しそうに摘んでいる彼女を見て、そこでようやくこれはいつも見ている夢なのだと気が付く。

今、そこにいるのは、十三歳のユリアナ。

過去の出来事の中に、レオハルトはいる。

「ユリアナ、花を捨てて、こっちにおいで」

「――お兄様？」

少し赤らんだ彼女の頬《ほお》。すでに毒に冒《おか》されているとわかり、堪《たま》らず叫ぶ。

「花は捨てて」

「どうして？」

ユリアナは愛らしい表情で小首を傾《かし》げる。その動きに合わせて、彼女のストロベリーレッドの巻き髪が揺れた。

「どうして捨てなければいけないの？　こんなに可愛《かわい》いお花なのに。それに……凄《すご》くいい香り」

愛《いと》おしげに花の香りを嗅《か》ぐユリアナに、レオハルトは再び叫んだ。

「やめろ、花粉を吸い込むな」

「……どうして？」

「それはラティアナ――毒の花だからだ」

「ああ……」

くすくすと、彼女はどこか薄暗く笑う。

こんな嘲笑《ちょうしょう》めいた笑い方を本物のユリアナはしない。そうわかっているのに、背中にひやりとしたものを感じてしまった。

「だから、お兄様はこちらにいらっしゃらないんですね。ご自分が毒に冒《おか》されたくないから」

「そうじゃない」

「いいんですよ。本当のことをおっしゃって。お兄様は王子ですもの……私のために危険な目に遭《あ》いたくないのは当然だと思います」

「そうじゃない」

――可能性を計算しただけだ。

あのとき、確実にユリアナを助けるためには、自分まで毒に冒されるわけにはいかなかった。

少しでも彼女が助かる確率を上げるには、ああするのが最善だと考えたのだ。けれど、あのとき、無垢《むく》な彼女の銀灰色《シルバーグレー》の目が告《つ》げていた。『どうして、傍《そば》に来てくれないの？』と、すぐに駆《か》けつけなかったレオハルトを責めるように。

「お兄様は、お姉様とご結婚されればいいんですよ。お兄様は、私が怖くて泣いていても平気なんですものね」

ユリアナは愛《いと》おしそうにラティアナを指先で撫《な》でると、彼に背中を向けて歩き出す。

「ユリアナ！」

彼女を追うために、ラティアナの花畑の中をレオハルトは走った。

全力で走っているのに、歩いているユリアナに追いつけない。そしてラティアナの花が、彼女が進む道に次々と咲いていく。

やがてユリアナは歩く速度を速めて走り始めた。彼女の身体は、どんどん幼《おさな》くなっていく。

ユリアナの身体が五歳くらいになったとき、彼女はつまずいて地面に転がった。

「ユリアナッ」

ようやく彼女に追いついたレオハルトは、転んだまま立ち上がれずにいる幼いユリアナを抱《かか》え上げた。

彼が抱き上げた瞬間、彼女はわぁっと泣き始める。

「お兄様、痛いよぉ」

「どこが痛い？」

彼が聞くと、幼《おさな》いユリアナは肘《ひじ》を押さえた。

パフスリーブから伸びた細い腕に擦《す》り傷はない。どうやら打撲《だぼく》したようだ。

「よしよし……」

転んだショックで泣き続けている彼女を落ち着かせるために背中を撫《な》でていると、徐々《じょじょ》に泣き声が小さくなる。

小さな身体を抱き寄せると、ユリアナもぎゅっと彼に抱きついてきた。

「お兄様、大好き」

「……私も、好きだよ。ユリアナ」

「お兄様、ユリアナね、お花の王冠《おうかん》を作ったの」

いつの間にか、ユリアナの小さな手には、ふたつの花冠《はなかんむり》があった。

——もうすぐ、この夢は終わる。

いつでも、五歳のユリアナが彼に花冠を被《かぶ》せるところで悪夢は終わるから。

ユリアナは青い花で作られた花冠をレオハルトの頭に被せると、誰かを探すようにあたりを見回した。

「これ、お姉様にあげてくる」

するりと彼の腕をすり抜けて飛び下り、ユリアナは再《ふたた》び走っていく。

「ま、待って、ユリアナ！」

いつもこうやってすり抜けて行ってしまう。それがわかっているのに彼はユリアナを引き留められない。

彼女はいつだって近くにいるのに、あっけなくどこかへ行ってしまう。

「行くな、ユリアナ！　おまえは、私とグレヴィアとどっちが——」

言いかけた言葉を呑み込む。

違う。グレヴィアと比べてどうという話ではない。

彼女が自分を愛してくれていないことが、耐えがたかった。

「……ユリアナ」

単なる愛情という域《いき》を超え、ユリアナのことを渇望《かつぼう》していた。狂気《きょうき》じみた感情を抱《いだ》いているという自覚があったから、ずっと、彼女を捕《つか》まえる決心ができずにいた。

ユリアナが彼に求めている愛情の形と、彼が欲する愛情の形が違っていたから——だから変えたくない。壊れてしまうのなら、このままでいたい。

『ねえ、赤ちゃんが産まれたんですって。見に行きましょうよ。レオハルト』

声が聞こえてはっと顔を上げると、五歳のグレヴィアがそこに立っていた。

『レオーネ子爵家の赤ちゃん、とても可愛《かわい》らしいんですって』

「……グレヴィア……」

『行かないの……?』

次の瞬間、五歳のグレヴィアが、二十歳の彼女へふわりと形を変えた。

『ねぇ、レオハルト。あなたは……このままでいいの……?』

いいか悪いかの二択しかないのなら、選ぶのは簡単だ。けれど、ユリアナのことを考えれば考えるほど選べない。

ユリアナのことを思えば、もうこのまま会わないほうがいいのかもしれなかった。

彼女の最後の願いを叶《かな》えれば、自分は、彼女の願い通りにしたという自己満足で生きていけるかもしれない。

この、目の前にいるもうひとりの幼《おさな》なじみのグレヴィアと結婚して、生きていけば……

グレヴィアはにこりと笑う。

『……そうだわ、三人でお茶会をしましょう。ね? いいでしょうレオハルト』

——いや、消えるはずなどない。

いつかこの胸を焦《こ》がす炎《ほのお》が小さくなり、消失するなんてありえない。

失えないとしがみついては執着《しゅうちゃく》し、何度も、何度でも、繰り返し自分は彼女を求めるように、恋をするだろう。

「わかった、グレヴィア――」

だから今の自分に迷いはないけれど、失えないと感じる分、さらなる執着心がユリアナに向けられていた。

いつもと変わらない、寝覚めの悪い朝がやってくる。

そして、黄金《おうごん》のゴブレットでラティアナの毒を飲むのも、いつもと同じ。

今朝は医師が退室し、着替えが済んでからユリアナを呼んだ。

「おはようございます、レオハルト様」

青い絹《きぬ》のドレスを纏《まと》った彼女は、今日も愛らしい。

「おはよう、ユリアナ」

彼女を抱き寄せて、思わず口付けてしまいそうになり、慌《あわ》ててやめた。

毒を飲んだ直後に口付けては、彼女にもラティアナの毒を飲ませることになってしまう。

「……レオハルト様？」

ユリアナは不思議そうな表情をしている。

無理もない。かなり不自然な状態で口付けるのをやめてしまったのだから。

「レオハルト様は、ラティアナの毒を服用《ふくよう》なさった直後なのでございますよ、ユリアナ様」

傍《そば》に控《ひか》えているクエストがそんなことを言い出す。

「余計なことを。慎《つつし》め」

ラティアナの毒を服用していることをユリアナに秘密にしているのは、クエストだって知っているはず。だからあえて口止めはしていなかったのに。

今日のクエストは真っ白いシャツに黒いベストを羽織《はお》り、茶色のトラウザーズを穿《は》いている。涼《すず》しげな表情でクラヴァットを揺らしながら一礼をするクエストを、レオハルトは恨《うら》めしく思った。

「待って、どういうことなのですか？　レオハルト様がラティアナの毒を飲まれているって……」

「王族が耐性をつけるために毒を飲むのは、珍しい話ではないよ」

クエストの代わりにレオハルト自《みずか》ら返事をする。

「で、でも……」

「レオハルト様がラティアナの毒を服用されるようになったのは、四年前からでございます」

思わず舌打ちをしてしまう。

ユリアナには教えたくないと主《あるじ》が思っているのは明白であるのに、それに反するようなことを言うとは、いったいどういうつもりなのだろうか。

「黙れ、クエスト。ただちに退室しろ」

「かしこまりました。なにかあればお呼びください」

部屋の扉が開かれて、クエストは彼の命令通りに退室していった。

ユリアナが銀灰色《シルバーグレー》の瞳を揺らしながら、レオハルトを見上げる。

「四年……というのは、私がラティアナの毒に冒《おか》されたあとから服用なさっているということですか？」

「……そうだね。ユリアナが倒れるのを見て、私もなにかあったときのために対策をしなければいけないと思ったんだよ」

「そうだったんですか」

「ああ」

彼女の真っ直ぐな瞳で見つめられて、思わず目を逸《そ》らしてしまいそうになったが、そうすれば今の言葉が正しくないと暴《あば》かれてしまうだろう。

だから、レオハルトはじっとユリアナを見つめ続けた。

「……王族が……とおっしゃるなら、じゃあ、私も飲むことにします」

「え？」

「お姉様が貸してくださったミステリー小説には、権力のある者に少しずつ毒を盛り、暗殺するお話もありました。つまり、そういうことなのですよね？」

邪気《じゃき》のない笑顔を向けられて、レオハルトの表情は引きつってしまう。

そんなふうに言われたら、飲まなくてもいいとは言えなくなる。ここでそう告《つ》げれば、ユリアナが毒を盛られて死ぬことになっても構わない……と言うのと同じになる。

グレヴィアが彼女に貸す本というのは、どうしていつも自分が窮地《きゅうち》に追い込まれてしまう内容のものばかりなのだろうか。

ついこの間までは、男女の性愛描写が詳細に描《えが》かれた恋愛小説だったのに、今度はミステリー小説だなんて、ユリアナに変な知恵をつけるようなものではないか。

「それでは、まずは朝の口付けをください。レオハルト様」

「それは……」

「どうなさったのですか？　レオハルト様。私に口付けをすることがおいやになられましたか……」

ユリアナに潤《うる》んだ瞳で見上げられたら、なにかしらの手を打たなければならない。

「なにを言う。その愛らしい唇を一日中私の唇で楽しみたいと思うほどなのに」

「それでは、なさってください」

いつもであれば、こんなふうに囁《ささや》けば羞恥《しゅうち》に頬《ほお》を染《そ》めて恥じらい、ぐずぐずと口付けをさせないくせに、今の彼女はまっすぐにレオハルトを見上げている。

「……あぁ」

唇が触れ合うだけの口付けをすると、彼女は首を傾《かし》げた。

「その口付けは、いつものレオハルト様の口付けとは違います」

「そうだったかな?」

とぼけることでユリアナが恥じらい始めるかと思いきや、彼女の反応は違った。

「いつもはもっと濃厚《のうこう》な口付けをなさるではないですか」

「……ん……そうかな」

「どうしてですか」

反応がワンテンポ遅くなったために、ユリアナのどうして攻撃が始まる。

彼女が大人になってからはすっかり聞かなくなっていたが、ユリアナが幼《おさな》い頃には、なにかにつけて『なんで』『どうして』と彼女の気が済むまで聞かれた。

大人が空気を読んで聞かないでおこうと遠慮《えんりょ》する部分を、しつこいくらい聞いてくる彼女。ときにレオハルトを困らせることもあったが、それはそれで可愛《かわい》いものだった。

けれど、絶対に答えたくないと思っていることについて聞かれると、どうにも反応は鈍《にぶ》くなる。

「私が、あんなことになったから……それが原因であるなら、毒に慣れなければいけないのは私だと思います。レオハルト様を危険な目に遭《あ》わせ続けるわけにはいきません」

ユリアナはそう言って目を伏せた。

「……ラティアナの毒に対する解毒薬《げどくやく》はできているから、おまえは飲まなくてもいいんだよ」

「え？　解毒薬ができているなら、レオハルト様はどうして毒を服用《ふくよう》し続けるのですか？」

「習慣……かな。解毒薬ができたのは最近だからね」

ユリアナは納得できていないという表情を見せる。

隠したいことから遠ざけることだけ考えているから、余計に嘘っぽくなるのだ。同じ嘘をつくにしても多少の真実が混ざっていなければ、相手を納得させることなどできない。それはわかっているけれど――

『お兄様は、お姉様とご結婚されればいいんですよ。お兄様は、私が怖くて泣いていても平気なんですものね』

いつもの夢に登場する、十三歳のユリアナの声がレオハルトの頭の中に響いた。

特別大事にしてきた幼《おさな》い少女が、最後の望みだと告《つ》げた言葉がグレヴィアとの結婚だったことは、レオハルトにとってひどく辛いものだった。

かつてのユリアナは、別荘に泊まることがあれば必ずレオハルトの部屋にやってきて、一緒に寝たがった。そんな彼女の行動は、自分を好きでいてくれているからだと解釈していたが、そうではなかったのだろう。

望みをはっきり言わないのはお互い様で、言わなくてもユリアナはわかってくれていると思っていた。しかし彼女の言葉は別離《べつり》を願うものに感じられて、レオハルトは悲しかった。

彼が欲しいのはユリアナの全て。彼女の心も身体も手に入れたかったのに。

(今だって、結局……)

無理強《むりじ》いして縛《しば》り付けている。いつも見ているあの夢は、それを責めているのではないだろうか？

同じベッドで寝ないのは自分の都合なのに、ユリアナが昔のように一緒に寝てほしいとねだってくれないのは、彼女が結婚を望んでないからだと考えてしまう。

彼女が本当はどう思っているか——常にそんな考えが頭の中にあった。

「毒を飲むことはさほど苦しいものではない。耐性をつけるためであって、致死量《ちしりょう》を飲んでいるわけじゃないから危険でもない」

「苦しくなくて危険でもないなら、どうして、私に口付けることができないのですか」

「私が大丈夫でも、おまえが平気とは限らない」

「レオハルト様が飲んでも大丈夫なくらいの量の毒なのに……それでも、口に残った毒を恐れて口付けできないというのはおかしくないですか」

「あぁ、おかしいかもしれないな。しかし、微量であってもおまえに毒を飲ませるわけにはいかない」

「どうしてですか。ラティアナは一番近くにある毒ですよね？　摂取《せっしゅ》する危険性の高いもので」

「だから、今は解毒薬《げどくやく》があると言っている」

「じゃあ、なんでレオハルト様は、わざわざ危険を冒《おか》してまで服毒《ふくどく》されるんですか」

「……習慣かな」

話が堂々巡《めぐ》りしていることには気付いていた。

また言い逃れできていないことにも、気が付いている。

ユリアナの瞳に涙が滲《にじ》み始めていることにも――

「……ユリアナ、なにか甘いものでも作らせようか」

「こういうときのレオハルト様は、いつもなら口付けで黙らせてごまかそうとするのに……」

ぼそぼそと呟《つぶや》く彼女に苦笑する。

「黙らせてごまかすなんてことは……」

「しています」

「ひどいね。まぁ……お腹も空《す》いてきたし、甘いものでも食べよう。生クリームたっぷりのケーキがいいかな。あと、フルーツも食べたいね」

扉付近に待機していたメイドに目配《めくば》せをすると、彼女は小さく頷《うなず》き部屋から出て行った。

「ソファに座ろうか」

ユリアナの手を引き、ゴブラン織《お》りのソファに座らせる。

責められたのはレオハルトのほうであるのに、今は責め立てたユリアナのほうがしゅんとしてしまっている。

「機嫌を直してほしいな」

レオハルトがユリアナの頬《ほお》を撫《な》でると、彼女の瞳から涙が零《こぼ》れた。

彼女の涙に嗜虐心《しぎゃくしん》を煽《あお》られるときもあれば、逆に庇護欲《ひごよく》に駆《か》られるときもある。今はそんな両極端な感情が同時に燻《くすぶ》っていて、レオハルトはどうしたものかと考えながら、ユリアナの頭を何度も撫《な》でた。

「……ごめんなさい。我《わ》が儘《まま》を言いました」

「うん？」

「呆《あき》れましたか」

「いいや、少しも」

実際、呆れてはいない。そしてレオハルトは、ユリアナが我が儘を言っているとは少しも思っていなかった。むしろ、彼女はもっと我が儘を言うべきだとすら考えている。

ユリアナが遠慮《えんりょ》をすればするほど、彼女との心の距離を感じてしまう。

幼《おさな》い彼女がなんの迷いもなく自分の傍《そば》に来ていたときと違うのは、自分に全幅《ぜんぷく》の信頼を寄せてはいないからだと気付き、失ったものに心を痛める。

それでもユリアナ自身を失うことはできないから、結婚することで縛《しば》り付けようとした。

彼女の指に輝く王家の紋章《もんしょう》が入った婚約指輪は、形が違うだけで、身動きできなくさせるための枷《かせ》と大差ない。

「……でも、レオハルト様が私が同じ失敗をすると危惧《きぐ》して、身の危険を顧《かえり》みずに毒の耐性をつけていらっしゃるなら、私は傍にいないほうがいいのではないでしょうか？」

「——なにを」

離れるつもりでいるのか？　と一瞬、冷静ではなくなりそうになったが、かろうじてレオハルトは己《おのれ》を保《たも》つ。

「……なにを言う。ユリアナがまた同じことをするとは思っていないけれど、おまえになにかあったときに、一番に助けに行けないのがいやだというだけだよ。おまえを信じていないわけではない」

「本当に？」

ユリアナが幼い子供のような瞳で、縋《すが》るように見上げてくる。その無意識の色香《いろか》にくらりとした。

蠱惑的《こわくてき》な瞳で誘惑をしかけてくるどんな令嬢よりも、ユリアナのこういった瞳にこそ情欲をかきたてられる。彼女の純粋で無垢《むく》な部分を知れば知るほど、己の色に染《そ》めたくなる。

——それは今に始まったものではなく、もうずっと前からそうだった。

「……本当だよ」

「じゃあ、傍《そば》にいても？」

「もちろん、いいよ」

ユリアナは少し考えてから、告《つ》げる。

「あの……夜は、レオハルト様のベッドで一緒に寝ても、いいですか」

「え？　あ……いいよ」

レオハルトが頷《うなず》くと、ユリアナはぱぁっと花が開いたような笑顔を見せる。

「すまなかったね」

レオハルトは謝罪してから、ユリアナを抱き締める。

（もっと、ユリアナを信じるべきなのかもしれない）

彼女の温《ぬく》もりを感じながら、レオハルトは己《おのれ》の疑心《ぎしん》を恥じていた——

「もしかして、一緒に眠れないことを寂《さび》しく思っていたのか？」

レオハルトが聞くと、彼女は小さく頷《うなず》いた。

＊＊＊

レオハルトはラティアナが群生《ぐんせい》する湖畔《こはん》にいた。

あぁ、またこの夢の始まりだ、とレオハルトはあたりを見回すが、今日はラティアナの花畑の中にユリアナの姿はなかった。

ラティアナの花畑の中で、彼女が花を摘《つ》んでいる姿を見るたびおかしくなりそうになるが、彼女がいないとなると、彼女が池に落ちたときのことを思い出し、焦らずにはいられない。

「ユリアナ！」

彼女の名を叫び、ラティアナの花畑に足を踏み入れようとしたとき、背後から声がした。

「お兄様、そっちに行っては駄目ですよ」

振り返ると、十五歳のユリアナがそこにいた。

「あぁ……ユリアナ」

「ラティアナは毒の花だって、お兄様が教えてくださったのに」

彼女はそう言って笑うが、すぐに笑顔をなくして俯《うつむ》いた。

どうしたのだろうかと思いレオハルトも視線を落とすと、彼女の手には青い花の花《はな》冠《かんむり》がふたつあった。

五歳の彼女がいつも手に持っていた花冠だ。

「私、お兄様に、お花の王冠《おうかん》を作ったの」

「……」

いつもの夢と同じように、ユリアナはレオハルトに花冠《はなかんむり》を捧《ささ》げる。

彼女は彼の頭に花冠を被《かぶ》せると、微笑《ほほえ》む。

「もうひとつは、お姉様にあげてきますね」

「待って、ユリアナ。それはグレヴィアにあげないで」

「え？　ど、どうして？　いやです」

ユリアナは動揺《どうよう》の色を濃くした瞳でレオハルトを見た。

「いやです。だってこれはお姉様のために作ったものです……私、お姉様を探さなくちゃ」

駆《か》け出そうとする彼女の腕を掴《つか》むと、ユリアナが怯《おび》えた表情を浮かべる。

そんな彼女の表情を見て劣情《れつじょう》に駆られた。それがユリアナにも伝わってしまったのか、彼女は逃げ出さない代わりに、目から涙を零《こぼ》す。

「……私が、怖い？」

レオハルトの問いかけに、ユリアナは何度も頷《うなず》く。彼女の頬《ほお》を滑《すべ》り落ちた涙は、花冠の上で小さく弾《はじ》ける。

「そうか。怖がらせてごめんね」

レオハルトはそう言うと、彼女の手の甲《こう》に口付けた。

「お兄様、駄目……です」

震える声が艶《つや》めいていて、はっと顔を上げると、そこには白磁《はくじ》のような白い頬《ほお》を赤く染《そ》めた十八歳のユリアナがいた。

レオハルトは微笑む。

「ユリアナ……その花冠、私にくれないか？」

「でも、ひとつあげたじゃないですか……」

「欲しいんだよ。ね、いいだろう？」

甘えるような声で囁《ささや》くと、彼女はいっそう頬を赤らめて、手に持っていた花冠を彼に差し出した。

「ありがとう」

レオハルトの手が触れた瞬間、花冠は一輪の赤い薔薇《ばら》へと変化する。

同じ冠を彼女に、と考えていたため、彼は戸惑ってしまうが、手元にユリアナの熱い視線を感じて、その薔薇をそのまま彼女の髪に挿《さ》した。

「……嬉しいです。お兄様」

うっとりと、目を閉じて薔薇に手を添えるユリアナを見ながら、レオハルトは告《つ》げる。

「ユリアナ。私も……寂《さび》しかったよ」

「え?」

「おまえが、遊びに来てくれなくなったから——もう、私はおまえにとって必要なくなったのか……、別の人間と遊ぶほうが楽しいのか、と思えて」

「……お兄様」

「ユリアナ、私は……おまえがいなくなると考えただけで怖いんだ。おまえの心が離れてしまったら……私には到底我慢できない」

本人を前にしては言えない本音を告げると、夢の中のユリアナはにっこりと微笑《ほほえ》んだ。

「もっと、私を信じてください。私にとって、レオハルト様は失いたくない存在です。だから、もうラティアナの毒は飲まないでくださいね」

最後の言葉がやたらとリアルで、はっとした。

誰かが髪に触れている。

夢はふっと消え失せて、そこで目が覚めた。

「……レオハルト様」

髪に触れていたのは、現実のユリアナだった。

今まで寝室を別にしていたのだが、今夜から同じベッドで寝るようにしていたことをレオハルトは思い出す。

「ん……ユリアナ？」

「ごめんなさい、起こしてしまいましたか」

「……逆に、私がおまえを起こしてしまったのではないのか？」

なにかうわごとを言っていたように思えて尋ねると、ユリアナは首を横に振った。

「いいえ」

「そう？」

「私、レオハルト様の寝顔……好きなんですよ。昔から、そうだったんですけど……でも、ベッドに潜《もぐ》り込むのはさすがにいけなかったですね。花嫁でもないのに」

ユリアナはふふっと笑ってから、レオハルトに身を寄せた。

「だから、こうやって一緒に寝るのは、花嫁の特権だと思うんです」

力説する彼女に、レオハルトは苦笑いする。

「……わかったよ。もう別々に寝ようだなんて言わない」

嬉しそうに微笑《ほほえ》むユリアナを見ていると、色々なことを許されたような気がした。

「ラティアナの毒も……もう飲まないでください。私だって、レオハルト様がいなくなってしまうのは、とても怖いです」

ユリアナはそう言うと、涙で瞳を滲《にじ》ませる。

「怖いのはこの身の終焉《しゅうえん》ではなく、レオハルト様がいる世界が終わってしまうことなのですから」

「誓えるなら、望みは叶《かな》えよう」

「なにをですか？」

彼女の頬《ほお》をそっと撫《な》で、レオハルトは告《つ》げる。

「その身が滅びる瞬間まで、私を想え」

ユリアナはレオハルトの手に自分の手を重ねながら答えた。

「誓いまず。私の想いは永遠です」

愛《いと》しい少女の誓いを聞いて、レオハルトは心の中でわだかまり続けていたものが解《と》けていくような気がしていた。

「ユリアナ、愛している」

「私も……」

レオハルトが唇をそっと重ね合わせると、ユリアナはひくりと身体を揺らす。

「怖いのか？」

ふるふると彼女は首を横に振る。

「少しだけ、緊張しています」

「期待ではなくて？」

エメラルドグリーンの瞳が色濃くなり、艶《つや》やかな輝きを見せ始める。

レオハルトの指先は目的を持ってユリアナの首筋を撫でたあと、彼女が着ている肌触りがいい寝衣を肩から落とした。

ユリアナの両方の乳房の膨《ふく》らみを見つめながら、先端部を指先で撫でると、彼女は心地よさそうに身体を震わせる。

「ん……っ」

ユリアナが自分を受け入れている。

レオハルトはいつだって、急《せ》かされるように彼女と身体を繋《つな》いでいたが、今夜は少しだけ違った。

なにがあっても、それこそ彼女を縛《しば》り付けてでも傍《そば》に置きたいと変わらず思っていたし、そうしなければもう己《おのれ》を保《たも》てそうにはなかった。

けれど、最愛の人物が自分に愛を向けてくれていると知り、心は歓喜《かんき》に震えていた。

彼女が相手でなければ、こんなふうにはならない。ユリアナを諦めようと思った日もあったが、今は同じことを思えない。

「私に抱かれることを、どう思う？」

「……う、嬉しい……です」

白い肌をうっすらと赤く染《そ》めながら、ユリアナは答える。

淡《あわ》い色をした乳首を指で撫《な》でているだけなのに、彼女の瞳は潤《うる》み、レオハルトを誘うように輝いていた。

「抱かれたいと思っているか」

「思って……います」

ぶるっとユリアナの身体が震えた。

乳房を撫でていた指先を下げ、寝衣の裾《すそ》を大きく捲《まく》り上げる。そうして露《あら》わになったドロワーズの紐《ひも》を解《と》き、彼女の下肢から抜き取った。

「あ……っ、や……」

羞恥《しゅうち》からか、ユリアナは太腿《ふともも》をぴたりと合わせて足を閉じる。

「ユリアナ、足を開いて。偽《いつわ》りなく私を受け入れるという意思表示をしなさい」

レオハルトの命令に、彼女の愛らしい銀灰色《シルバーグレー》の瞳が涙で滲《にじ》む。

今はユリアナが拒《こば》んでいるとは思ってはいなかったが、彼女の気持ちを推《お》し量《はか》りたくもあったから、彼は命《めい》じた。

「できないのか？　私に抱かれたいというのは嘘か」

「ち、違います」

首を左右に振って、ユリアナはほっそりとした両足をわななかせながら、そっと開いた。

「もっとちゃんと開きなさい」

「は……はい」

羞恥に耐えながらユリアナはさらに足を開く。その様子に、レオハルトはいたく満足した。

それがどういった種類のものかはわからない。けれど、彼女が耐えがたいほどの羞恥を覚えながらも応《おう》じてくれている様子は、彼の中にあるなにかに火をつけた。

暫《しばら》くそのままユリアナの秘部を眺めていると、やがてとろりとした蜜がそこから溢《あふ》れてくる。

「なにもしていないのに、溢れてくるのはどうしてなのだろう？」

「レオハルト様が……見ているから……」

彼女の声や顔は、まだあどけなさを残しているのに、蜜が溢れている部分はレオハルト自身を咥《くわ》えたがっているようにひくつく。そういったギャップもまた、ひどくレオハルトを興奮させた。

「期待をしているから、溢れているのだろう？　ちゃんとそう言いなさい」

「わ、私……期待、を……」

口元を手で隠しながら、ユリアナは小さな声で告《つ》げる。

最後まできちんと聞き取れはしなかったが、目的は言わせることにあったから、それでもよかった。

「触れて」

彼女の手を取り、その指を、露《つゆ》が滴《したた》っている部分に触れさせる。

ユリアナは不安そうな瞳でレオハルトを見たが、彼はお構いなしだった。

「指を動かしなさい。ちゃんとその部分が感じるようにね」

「そんなの……恥ずかしいです」

彼女に躊躇《ちゅうちょ》する気持ちがあるのはわかっていた。しかし、恥ずかしいと思いながらも、どこまで耐えてくれるのかという期待がレオハルトの中にあった。

「しなさい、ユリアナ」

そう言いながら、レオハルトは自分の寝衣を脱ぎ捨てた。

猛々《たけだけ》しく屹立《きつりつ》している部分をわざと見せつけ、ユリアナの太腿《ふともも》にやんわりと押しつけると、彼女の息が上がる。

「あ……っ、ん」

「動かして」

再《ふた》び同じ命令を彼女にすると、ユリアナは拙《つたな》い動きでその部分を愛撫《あいぶ》し始める。

彼女の細い指が動くたび、ぬちりぬちりと淫猥《いんわい》な音が響く。

「ん……いいね。ユリアナ」

支配欲が満たされ、それと同時に劣情《れつじょう》を煽《あお》られた。

あどけなさの残るユリアナが自慰《じい》をしている様子は、レオハルトを興奮させる。

「ん……んっ」

小さな花芯《かしん》は彼女の愛撫を受けて膨《ふく》らみ始め、蜜が溢《あふ》れる蜜源《みつげん》は、甘く香っていた。

「嬉しいよ、ちゃんと言う通りにしてくれて」

困惑の表情で指を動かしていたユリアナは、彼の意図がわかったのか、頬《ほお》を染《そ》める。

「……レオハルト様……私は……あなたのものです。だから」

どんなことでも耐えるとユリアナは消え入りそうな声で呟《つぶや》く。

「可愛《かわい》いね。ご褒美《ほうび》をあげよう」

レオハルトは己《おのれ》の唇を一度舐《な》めると、顔を彼女の下腹部まで下げた。

「レオハルト様？」

足を左右に大きく開かせて、彼はユリアナの中心部を舐め始める。舌先がその部分に触れると、ユリアナの身体が大きく跳ねた。

「あっ……や、ぁ！」

「……凄《すご》く、熱いな」

蕩《とろ》けたそこは、熱を帯《お》びているようだった。

快楽を与えているのはレオハルトだが、彼の舌戯《ぜつぎ》で蜜を流すユリアナを見ていると、屹立《きつりつ》した部分が興奮でいっそう膨《ふく》らむ。

「あ……ぁ、そんなふうに……しな……いで」

耐えるようにして、彼女はリネンを強く握り締めている。

「気持ちよくないのか？」

言いながら、花芯《かしん》を舌で舐《な》めると、ユリアナは身体をこわばらせ、息を詰めている様子だった。

「レオハルト様に……こんなこと……」

「ご褒美《ほうび》だと、私は言ったはずだけどね」

レオハルトはそう言うと、遠慮《えんりょ》することなく、彼女のその部分を唇や舌を使って愛撫《あいぶ》する。

「あ……っ、あぁ……」

舌先で嬲《なぶ》られる感覚に、ユリアナは堪《たま》らず高い声を上げた。

ゆったりと花芯や秘裂を舐めていた彼は、徐々《じょじょ》に舌の動きを大胆なものへと変化させ、ユリアナが乱れる様子を愉《たの》しむ。

「……だめ、レオハルト様……そんなに……しないで……っ」

ひくひくと震える入り口に舌先をねじ込むと、ユリアナが声をあげた。

「や……やぁ！」

きゅっと締まるその部分に、劣情《れつじょう》を煽《あお》られる。

彼女が欲しがる様子を見せれば見せるほど、レオハルトはそれ以上の気持ちで欲しくなってしまう。

「このまま達してもらおうと思っていたが、私のほうが限界だ」

羽毛がたっぷりと詰められた枕を幾重《いくえ》にも重ね、背もたれのようにしてユリアナを寄りかからせる。

座っている状態の彼女の両足を開いて、身体の中心部に猛々《たけだけ》しく勃《た》ち上がっている塊《かたまり》をあてがった。

「ユリアナ、よく見ておくんだ」

ユリアナの柔らかな内部に、レオハルトは自身の肉体をゆっくりと挿《さ》し込んでいく。

互いが繋《つな》がろうとしている場所を、彼女は感情が溢《あふ》れる寸前の瞳で見ていた。

「……いい子だ……」

ずずっと内部まで押し入れて、同じようにゆっくりと引き抜く。

内壁が絡《から》みつく感触に眉根《まゆね》を寄せながらも、レオハルトはじっとユリアナの様子を見つめた。

「レオハルト様のが……入って……る」

「ああ、そうだ。おまえの中に入っているのは、私だ」

「ん……っ、ん」

ゆったりとした抜き差しの動作に焦《じ》れ始めたのか、ユリアナは身悶《みもだ》える。

「……レオハルト様……っ」

「どうしてほしいんだ？　おまえはどうなりたい？」

意地悪く告《つ》げた彼の声に、ユリアナは興奮に濡《ぬ》れた銀灰色《シルバーグレー》の瞳をレオハルトに向けて、赤く艶《つや》めいた唇を開いた。

「もっと、突いて……ほしいです……」

「突かれて、よくなりたいんだな？」

こくりと彼女が頷《うなず》くのを見て、レオハルトは緩《ゆる》やかだった律動《りつどう》を激しいものに変える。

「あっ……あぁ！」

そうされるのを待ち望んでいたかのように彼女の内部がうねり、悦《よろこ》びを覚えたその肉体は、さらなる快楽を欲してレオハルトを奥へ導《みちび》こうとしていた。

ぴったりと互いの腰を重ね合わせると、彼はそのまま突き上げるようにしてユリアナを貫《つらぬ》く。

「あ……っ、レオハルト様！」

「あぁ……凄《すご》くいい……ユリアナ」

「んんっ」

ユリアナは身体を弓なりに反《そ》らして、熱くなっている中心部を彼に押しつけてきた。

快楽に従順な様子の彼女もとてもいいと、レオハルトは思った。

彼女をこんなふうにさせているのは自分なのだと陶酔《とうすい》する。

「可愛《かわい》いね。もっともっと、乱れてみせて」

「わ、私……っ、ン……あぁ、レオハルト様……好きです……愛しています」

ユリアナは腕を伸ばし、レオハルトの逞《たくま》しい肉体を抱き締めた。

「ああ。私も、愛しているよユリアナ」

口付けを交わす。

互いの舌を絡《から》めて、その部分でも深く繋《つな》がりたくて、求め合った。

ぬめった粘膜《ねんまく》の感触に、性的快楽の渦《うず》に呑み込まれそうになる。

堪《たま》らずに乱暴に突き上げると、ユリアナが艶《なま》めかしい声を上げて身体をこわばらせた。

「やぁ……っ、レオハルト様……そんなに……されたらっ」

「されたら……なに？」

舌を耳に這《は》わせると、ユリアナはなにかを観念したかのように腰をくねらせる。

「あぁ……っ、だめ……駄目です……」

ぬちゅぬちゅと淫猥《いんわい》な水音が、ふたりを繋ぐ部分から聞こえてきていた。

溢《あふ》れ出した蜜は、よりいっそうの興奮を誘う甘美《かんび》な香りがしている。まるで危険な花の香りのように、惑わされそうな香りだった。

「あ……っ、ああ、あああっ!!」

びくびくっとユリアナの身体が大きく跳ねる。

「……達したんだね」

「……レオハルト様、私……」

淫《みだ》らな感覚に酔《よ》いながらも羞恥《しゅうち》を覚えているのか、彼女は瞳に涙を滲《にじ》ませる。そんな様子を微笑《ほほえ》ましく思いながら、レオハルトはユリアナに口付けた。

「愛しているよ」

今までと変わらず、彼はこれからもユリアナだけを求めるだろう。

「私の気持ちに応《こた》えてくれるか？」

レオハルトの問いかけに、ユリアナは頷《うなず》いた。

「私も、レオハルト様を愛しています」

そう返事をしたユリアナの赤らんだ頬《ほお》や、陶酔《とうすい》したように潤《うる》んだ瞳を、レオハルトは愛《いと》しく思う。

彼女の小さな身体を抱いたまま、レオハルトは律動《りつどう》を再開させた。入り込んでいる塊《かたまり》をゆっくりと抜き、蜜が溢れる場所へ戻す行為を繰り返す。

「……っ、あ……あぁ……レオハルト様、ま……って」

「待たないよ」

レオハルトは意地悪そうに微笑みながら、ユリアナを何度も突き上げた。

彼女が達した直後なのは彼にもわかっている。しかし、これでも譲歩《じょうほ》しているつもりだった。

「……あ……ぁっ」

「――私は、もっとおまえを感じたい」

濡《ぬ》れた襞《ひだ》に包まれて快楽を得たい。温かな体内の感触を愉《たの》しみたい。

いささか自分勝手かもしれないが、彼女の内部がレオハルト自身を締めつけるたびにそんな気持ちが強まっていく。

ユリアナの秘所が溶けるように熱くなるにつれて、彼女を求める感情は激しくなった。

「だからユリアナ、私をもっと求めなさい」

いつもじゃなくてもいいから、せめてこうして抱き合っているときは、自分と同じ気持ちでいてほしい。

彼女の内部を隈《くま》なく擦《こす》るように腰を使うと、ユリアナが甘い声を上げる。

いつしかユリアナを気遣う気持ちは薄れ、欲望のままに彼女の柔肌《やわはだ》を貪《むさぼ》ってしまっていた。

「や……あぁ……レオハルト様……っ」

「……愛している、ユリアナ」

レオハルトはユリアナの唇を奪い、彼女と舌を絡《から》め合わせた。

その淫靡《いんび》な感触と吐息の近さに、よりいっそう興奮する。

「……ん……ぅ……愛しています……」

「……ン、好きだ……ユリアナ」

ぞくぞくするような甘い快感がレオハルトの背中に走る。ユリアナの内部に欲望の全てを吐き出したくなり、腰の動きを速めた。

粘着質《ねんちゃくしつ》で淫猥《いんわい》な水音に煽《あお》られて、ふと我を忘れてしまいそうになったが、かろうじて理性を保《たも》つ。

「……ユリアナ……っ」

「あ……っ、あぁ……だめ……また……きちゃう……」

ユリアナは羽毛の枕の上で背中を反《そ》らし、シーツを強く握り締めている。レオハルトはそんな彼女の手を自分の背に回させ、互いに強く抱き合った。

「……もうすぐ……私たちは夫婦になる……なんの遠慮《えんりょ》もいらないよ」

「……レオハルト様……好きです……」

ユリアナは大きな瞳に涙を滲《にじ》ませながら、レオハルトの身体にしがみつく。

「あぁ……ユリアナ……愛《いと》しいよ」

恋の成就《じょうじゅ》に心が甘く震え、快感が深まる。

それはユリアナも同じなのか、内側から溢《あふ》れ出した蜜の香りが、先程と同様に甘美《かんび》なものに変化していく。

彼女の香りに酔《よ》わされ、レオハルトは激しくユリアナを突き上げる。すると彼女も応《おう》じるように腰を揺らした。

「レオハルト様！　もう……私……あ、あああっ！」

強い快感に、ユリアナは彼の逞《たくま》しい身体を抱き締めながらぶるぶると震える。そんな彼女の様子を堪《たま》らなく愛《いと》しいと思って、レオハルトは微笑《ほほえ》んだ。

「可愛《かわい》いね……もっと欲しがって。入れて、突いてと言いなさい」

淫《みだ》らな命令だったが、快楽に溺《おぼ》れきったユリアナはレオハルトの望む通りに口を開く。

「あ……っ、はぁ……突いて……奥……、熱いの……」

いやらしい言葉を言わされると興奮するのか、彼女の淫唇《いんしん》がレオハルトの一部を強く締めつける。

「ああ、いいね……それ、凄《すご》くいいよ……」

「ん……あ……あぁ、レオハルト様っ」

「可愛い」

ユリアナの耳朶《みみたぶ》に唇を這《は》わせた瞬間、彼女の身体が弓なりに反《そ》った。

「ん……ゃ……あああああっ」

収縮して締め上げる内部の感触に、レオハルトは身を委《ゆだ》ねた。

「……出すよ、ユリアナ……っ」

いっそう繋《つな》がりを深くして、彼は己《おのれ》の欲望の限りを彼女の体内に注《そそ》ぎ込んだ。

「ん……っ、んぅ」

銀灰色《シルバーグレー》の瞳からぽろりと溢《あふ》れた涙を、レオハルトは唇で拭《ぬぐ》う。

「……愛している。どんなときでも、おまえだけは、私の傍《そば》にいてほしい」

「はい……レオハルト様……」

彼女は宝石のように輝く涙を流して微笑《ほほえ》んだ。

＊＊＊

ターラディア王国王太子レオハルトと、レオーネ子爵家令嬢ユリアナの婚礼の儀は、近隣諸国から招待した賓客《ひんきゃく》らが見守る中、つつがなく行《おこな》われた。

その後、夫婦となった二人は、金銀の細工《さいく》が施《ほどこ》された豪華な馬車に乗って市街地を一周するパレードで、国民から盛大な祝福を受ける。

ふたりを祝福するため、国民が沿道《えんどう》から馬車に向かって投げた白い花びらがひらひらと舞う様子は目を見張るほど美しいものだった。

次代の国王の結婚を、国中が喜んでいた。

これからも変わらぬ未来を望むように、ユリアナは最愛の夫となったレオハルトの傍で、指を組んで祈りを捧《ささ》げた。

永遠の愛を願って――

書き下ろし番外編

蜜より甘い彼女の誘惑

ターラディア王国の第一王子レオハルトと、ユリアナが結婚してから数年後――

国王の体調は一時期より落ち着き、レオハルトは変わらず王太子の責を果たしている。

そして周りの心配をよそに、二人の間には王子が二人、王女が一人誕生していた。親となった二人であったが、レオハルトとユリアナの仲睦《なかむつ》まじさは変わることなく、いつしかもう一子誕生するのではないか？　と噂《うわさ》されるほどの仲だった。

「レオハルト様、薔薇園《ばらえん》にお散歩に行きませんか？」

三児の母親となったユリアナだったが、彼女は変わらずあどけなさを残す少女のようで、レオハルトの心を掴《つか》んで離さない。

危惧《きぐ》されていた世継《よつ》ぎの問題も、二人の王子が誕生し、健《すこ》やかに成長していることで払拭《ふっしょく》された。最初からなにも心配することなどなかったのではないかと思うほど、今は平和で穏やかな日々だ。

「……全て、君のおかげだな。ユリアナ」

「え？　なんのお話ですか？」

「ターラディア王国の安泰《あんたい》。君はやがてこの国の母となる」

「それはレオハルト様も同じですよ」

にっこりと彼女は愛らしく微笑《ほほえ》んだ。

レオハルトは公務があり、ユリアナも三人の子の母となったため、互いに忙しい生活を送っているが、二人だけの時間をきちんと作ろう、というのが二人の間での約束事だった。

今は、侍女《じじょ》が子供たちの面倒を見ていて、レオハルトとユリアナは円卓《えんたく》を挟《はさ》んで向かい合って座っていた。

円卓の上にはグレヴィアが差し入れてくれた、たくさんの美味《おい》しそうなお菓子が並べられている。

上品な香りがする紅茶を飲みながら、二人はこのあとどうするかを話す。

「いい天気だからな……散歩もいいね。南西の花壇《かだん》にでも行こうか？」

レオハルトは意地悪そうな笑みを浮かべて彼女に告《つ》げる。

すると彼女は小さな子供のように、頬《ほお》を膨《ふく》らませて言い返してきた。

「私はもう南西の花壇に対して、なにも思うことはないです」

「あぁ、残念だな。君の私への愛情が薄れてしまったということだろうか？」

「いいえ、だって、レオハルト様は……今は、その……私の夫ですので、過去の些細《ささい》な出来事にいつまでも囚《とら》われているわけにもいかないです」

「君のその発言は、私に愛されている自信が持てた証拠かな？」

「……自信なんて、あるとは言い切れませんが」

「愛しているよ？　神の前で誓ったように、私たちはずっと一緒だ」

「……はい」

白磁《はくじ》のようなユリアナの頬《ほお》が赤く染《そ》まる。泣き虫だった少女は、すっかり大人の女性になり、あの頃以上にレオハルトを魅了《みりょう》していた。

庇護欲《ひごよく》に駆《か》られ続けた日々。だが今の彼女の美しさに危《あや》うさはなく、その美貌《びぼう》は目も眩《くら》むほどであり、蠱惑的《こわくてき》だと思う日もある。

「ずっと傍《そば》にいてくれ。君がいてくれれば、私は立派な国王にでもなんにでもなれる」

「はい。レオハルト様」

美しい笑顔を向けられて、レオハルトは安堵《あんど》する。彼女を疑う気持ちなど、もう、少しも持ち合わせてはいないのに、彼女の愛情を確かめたくて堪《たま》らなくなる。

彼女の言葉で。それから、身体で。

「……散歩は、あとにしないか？」

「気分が優《すぐ》れなくなりましたか？」

心配そうに表情を曇《くも》らせるユリアナに、レオハルトは首を左右に振った。

「君を抱きしめたくなった」

「……あ、はい……」

頬が、また赤くなった。

愛《いと》おしむ気持ちが強くなる。彼女がこの世に生まれたときから、レオハルトはユリアナに心を奪われていた。

愛くるしい赤ん坊だったユリアナ。彼女を初めて見た時、まるで天使のようだと思えた。ユリアナが産んだ子どもたちも可愛《かわい》らしかったが、ユリアナの赤ん坊の頃の可愛らしさとは比べ物にもならなかった。

「君が今ここに存在すること、そして君を私に与えてくれたことを、神に感謝する」

優雅《ゆうが》にソーサーからカップを持ち上げて、レオハルトがにこやかに微笑《ほほえ》むと、ユリアナも微笑んだ。

「ありがとうございます。私を選んでくださって」

「選ぶ……か」

自分は選んだ側《がわ》だろうか？　と彼は思う。

王子という立場だけで言えば〝選んだ〟と言っても誰も咎《とが》めはしないだろう。けれど、それは違うと思えた。自分の方こそ、彼女に選ばれたのだ。

選ばれないかもしれないと一度は逃げて、でも諦めきれずに抱きしめた。二度と離れられないと、強く思わされたあの時から、時間はそんなに過ぎてはいないように感じていたが――

窓の外では三人の子どもたちが庭園で遊んでいた。

彼らの成長が、時間の流れをはっきりと物語っている。

「薔薇《ばら》の花を、たくさん君に捧《ささ》げよう。真っ赤な薔薇を……」

レオハルトの言葉を聞いたユリアナは、嬉しそうに笑った。

「はい、レオハルト様」

椅子《いす》から立ち上がり、レオハルトはユリアナに手を差し伸べた。

彼女は微笑《ほほえ》んで彼の手に恭《うやうや》しく手を載せる。

お菓子のある部屋から寝室へと向かい、二人は天蓋《てんがい》付きのベッドに座った。

「愛しているよ、ユリアナ」

「はい、レオハルト様……私も……」

にっこりと微笑む彼女の頬《ほお》に一度唇を寄せてから、その薔薇のような唇にも口付けた。

結婚してから何度したただろう？　数え切れないほど彼女には口付けた。日に何度も、顔を合わせるたびに。

飽きることなどない彼女の唇の感触にも、その身体にも酔《よ》わされる。

蜂蜜酒《ミード》では酔えないのに、彼女の香りや柔からな肌の感触には酔わされてしまう。いつまでも触れて、いつまでも抱き締め合っていたい。それこそ、昼も夜も――

「……レオハルト様……」

「君は本当に、可愛《かわい》らしくて、美しいままだな」

「レオハルト様だって……私が独り占めしていいのかと思うほどの方ですよ」

「王子だからか？」

「……違うと、わかっていらっしゃるくせに」

ユリアナの瞳が熱っぽく潤《うる》み、口付けが深いものへと変わっていく。

口腔《こうこう》内で舌を絡《から》み合わせていると、粘膜《ねんまく》の触れ合いが下半身のものと似ているように思えてきてしまう。

途端《とたん》に気が急《せ》いで、ユリアナの胸元を飾るストマッカーを外して彼女のドレスを脱がせる。ふっくらとした胸に早く触れたくて、彼女の下着も早々に脱がした。

なにを焦っているのだろう。我ながらそう思ってしまうが、自分の中で制御しきれないなにかが暴《あば》れていて、衝動に任せたまま、彼女の身体を愛撫《あいぶ》する。

柔らかく、滑《なめ》らかな肌。その肌からほんのりと香る花の匂い。全てを独り占めしたくて堪《たま》らなくなる。

「……あぁ……ユリアナ。愛《いと》しいよ」

結婚してもなお、治まることのない彼女に対する執着心。

自分でも時々恐ろしくなるほどなのに、彼女はそれすら柔らかく包んでくれる。

いったいどちらが守る側《がわ》なのか、わからなくなるほどだ。

(私のほうが……彼女に守られている……)

守ってやりたいと思っていた幼《おさな》い少女に、今の自分は守られて、安らぎを与えられている。

「……私を一番、愛しているか？」

「もちろんですよ……レオハルト様。あなたを一番、愛しています」

わがままな執着心は大きく膨《ふく》らみ、彼女の体内で暴走する。

貫《つらぬ》いたせいか、ふるふると身体を小刻みに震わせる彼女の身体を、レオハルトはそっと抱き締めた。

「……大丈夫か？」

「……はい、でも、もう少し……ゆっくり」

「あぁ……すまない」

身体の動きをゆったりとしたものへと変えると、ユリアナが溜息《ためいき》ともつかない甘い吐息を漏《も》らした。

彼女の柔らかな体内を感じ、包まれている感触を味わうと、抱いているのは自分だが、抱かれているように思えてしまう。

「……君を一生守るから……」

「でも……危険なことは、しないでくださいね」

潤《うる》んだ瞳に囚《とら》われる。愛《いと》おしいと思う気持ちが一層《いっそう》募《つの》る。

何故、彼女でなければいけないのだろう？　何故彼女しか愛せないのだろう？　想いを諦めきれずに抱き締めた日を思い起こすと、胸が焦《こ》げるような感情に支配された。

「……っ、愛している」

腰を前後に揺らし、内側を堪能《たんのう》する。締め付けてくる彼女の内側の感覚に息が乱れた。襲《おそ》いくる愉悦《ゆえつ》に溺《おぼ》れそうになっては、自分の意識を取り戻し、彼女の反応を見ることに気持ちを切り替える。

「……んっ……レオハルト様……」

内部がうねり、奥へと誘うように動いていた。心地よい感覚に溺《おぼ》れる。彼女と身体を重ね合わせていることを強く感じさせられると、身体的快楽も強くなる。

「……ユリアナ……」

彼女の艶《つや》やかな髪を指で梳《す》き、額《ひたい》に口付け、強すぎる快楽から一時逃《いっときのが》れるように頬《ほお》を撫《な》でた。

「ん……レオハルト様……あぁ……愛しています」

「愛しているよ……」

奪わずにはいられないくらいに。

以前は身体を、今は母となった彼女の時間を。ユリアナはずっと自分だけを見ていればいいのにと、レオハルトは思ってしまう。

二人だけの時間がもっと欲しかった。

「ユリアナ……」

心の底からせり上がってくる大きな波。愛情なのか欲望なのかわからないものに支配されかけていた。

「あぁ……ン……レオハルト……様……」

ユリアナが腰を緩《ゆる》やかに揺らし始める。

彼女の快楽の高まりを感じることができて、レオハルトは微笑《ほほえ》んだ。

「よくなってきているか？」

「……っ、う……は、い」

潤《うる》んだ銀灰色《シルバーグレー》の瞳と目が合うと、愛《いと》しさがこみ上げてくる。

「可愛《かわい》い人だね……ユリアナ……」

レオハルトの息も乱れ始めていて、吐息を漏《も》らすと、ユリアナの腰の動きが激しくなった。

「あ……っ、あぁ……ン」

「……ン……激しい……ね」

「わ、私……あぁ……」

彼女の内壁が欲しがるように、きゅうきゅうと締め付けてくる。レオハルトの限界も近かった。

射精感を堪《こら》えるように息を詰めても、彼女の肉壁の感覚に翻弄《ほんろう》されてどうにもならなくなる。

「……ユリアナ……っ」

「……は……っ、あ……ぁ、あ……レオハルト様！」

ユリアナが高い声を上げて身体を弓なりに反《そ》らした。

震える細腰《ほそごし》を強く抱きしめて、レオハルトも彼女のあとを追うように、達した。

自分の身体から解《と》き放《はな》たれた欲望を、彼女が受け止める——

身体を小刻みに震わせている彼女の身体を抱き締めて、レオハルトはユリアナの頬《ほお》に口付けた。

「こうしている時間が……私は一番幸せだよ」

「……私も、です。レオハルト様を独り占めできる時間ですから」

愛らしく微笑《ほほえ》む彼女は、いずれ王妃となる。

きっと自分は彼女が王妃となっても、彼女を独占し続けるだろう。

独り占めしたがっているのは自分のほうだと苦笑しながら、レオハルトはユリアナに口付けた。

改めて、永遠の愛を誓って。

派遣OLの杏奈《あんな》が働く老舗《しにせ》デパート・銀座桜屋の宝石部門はただ今、大型イベントを目前に目が回るような忙しさ。そんな中、上司の嶋崎《しまざき》の一言がきっかけとなり杏奈は思わず仕事を辞めると言ってしまう。ところが、原因をつくった嶋崎が杏奈を引き止めてきた！その上、エリートな彼からの熱烈なアプローチが始まって——!?

B6判　定価：640円+税　ISBN 978-4-434-22634-2

本書は、2014年10月当社より単行本として刊行されたものに書き下ろしを加えて文庫化したものです。

ノーチェ文庫

ショコラの罠《わな》と蜜《みつ》の誘惑《ゆうわく》

桜舘《さくらだて》ゆう

2016年12月31日初版発行

文庫編集－河原風花・宮田可南子
編集長－塙綾子
発行者－梶本雄介
発行所－株式会社アルファポリス
〒150-6005 東京都渋谷区恵比寿4-20-3 恵比寿ｶﾞｰﾃﾞﾝﾌﾟﾚｲｽﾀﾜｰ5階
TEL 03-6277-1601（営業） 03-6277-1602（編集）
URL http://www.alphapolis.co.jp/
発売元－株式会社星雲社
〒112-0005 東京都文京区水道1-3-30
TEL 03-3868-3275
装丁・本文イラスト－ロジ
装丁デザイン－ansyyqdesign
印刷－株式会社暁印刷

価格はカバーに表示されてあります。
落丁乱丁の場合はアルファポリスまでご連絡ください。
送料は小社負担でお取り替えします。

ISBN978-4-434-22642-7 C0193